L'épouse de Leon Petrakis

*

Pour une nuit entre tes bras

DANI COLLINS

L'épouse de Leon Petrakis

Traduction française de
ERWAN LARHER

AZUR

HARLEQUIN

Collection : Azur

Titre original :
WHAT THE GREEK'S WIFE NEEDS

HARPERCOLLINS FRANCE
83-85, boulevard Vincent-Auriol, 75646 PARIS CEDEX 13
Service Lectrices – Tél. : 01 45 82 47 47 - www.harlequin.fr
ISBN 978-2-2804-5974-7 – ISSN 0993-4448

Composé et édité par HarperCollins France. Achevé d'imprimer en juillet 2021.
par CPI Black Print - Barcelone - Espagne
Dépôt légal : août 2021.

MIXTE
Papier issu de sources responsables
FSC® C159065

Pour limiter l'empreinte environnementale de ses livres, HarperCollins France s'engage à n'utiliser que du papier fabriqué à partir de bois provenant de forêts gérées durablement et de manière responsable.

Prologue

Tanja se répéta qu'elle était une femme moderne et que les femmes modernes allaient chercher ce qu'elles voulaient. Un homme, en l'occurrence. Leon Petrakis.

Son béguin estival était grec, sexy et célibataire. Il vivait sur son voilier et se présentait comme un citoyen du monde, le genre d'homme sans racines qui pouvait à tout moment larguer les amarres vers l'horizon. Pour l'instant, il avait l'intention de passer le reste de l'été à Tofino, la petite ville de la côte ouest de Vancouver Island où Tanja avait grandi. Il aidait Zachary, son frère, à agrandir la marina de leur père. L'heure du retour à l'université allait bientôt sonner pour elle, aussi s'était-elle décidée, en cette belle soirée d'août, à prendre les choses en main.

Elle descendit la rampe d'accès aux pontons. L'air était chargé d'odeurs marines qui la faisaient se sentir chez elle. En s'approchant du voilier de Leon, elle aperçut celui-ci sur le pont. Il portait un jean usé coupé au-dessus du genou et rien d'autre que son bronzage.

Mon Dieu, ce qu'il est beau ! songea Tanja en admirant ses larges épaules, ses cuisses musclées, son torse comme sculpté dans le marbre, ses cheveux bouclés mi-longs un peu en broussaille.

— Salut, matelot ! lança-t-elle aussi joyeusement que possible en dépit de son appréhension.

Leon se retourna avec désinvolture. Lorsqu'il la vit, un lent et magnétique sourire étira ses lèvres.

— Salut, Tany !

Elle eut le sentiment qu'il avait délibérément utilisé le surnom dont la gratifiait son frère, ce qui la rangeait d'office dans la case « petite sœur de mon meilleur ami ». Ses yeux noirs glissèrent sur sa minirobe bleue à fines bretelles. Elle tâcha de ne pas fixer la ligne de poils sombres qui, à partir de son nombril, disparaissait sous son short.

— Comme j'ai payé mes frais d'amarrage, je me demande ce qui me vaut ce plaisir..., plaisanta-t-Sil avec un clin d'œil complice.

— Je me disais que tu avais peut-être besoin d'un peu de compagnie pour l'apéritif, répliqua-t-elle en montrant la bouteille de vin blanc qu'elle avait apportée.

— Comment refuser une telle proposition ? Monte à bord.

Il prit la bouteille dans une main et lui tendit l'autre pour l'aider. Il ne recula pas lorsqu'elle se retrouva contre lui dans le cockpit. Il garda sa main dans la sienne et posa sur elle un regard légèrement moqueur.

— Je suis trop vieux pour toi, tu sais.

— À vingt-neuf ans ? Ne me fais pas rire ! J'ai vingt-deux ans, et je ne suis pas venue ici pour vivre ma première expérience !

En revanche, elle était venue pour faire l'amour avec lui - ce que Leon avait deviné, elle en était persuadée. D'ailleurs, sans la quitter des yeux, un sourire sensuel aux lèvres, il fit un petit mouvement de tête en direction de la bouteille.

— Dois-je l'ouvrir maintenant ou plus tard ?

L'invitation était délicatement formulée. Cet homme lui plaisait aussi pour sa galanterie. Tanja imaginait qu'il était du genre à connaître les femmes, à savoir comment leur donner du plaisir.

— Plus tard, réussit-elle à répondre, d'une voix rauque.

— Alors, descendons dans la cabine.

Elle aurait dû être plus nerveuse qu'elle ne l'était : même si elle n'était ni pudibonde ni inexpérimentée, se jeter au cou du premier venu n'était pas dans ses habitudes ! Et malgré quelques petits amis et deux relations sérieuses, elle n'était guère experte dans l'art de la séduction ni en matière d'érotisme.

Tanja fut surprise de découvrir que la cabine était très propre et en ordre : au temps pour les idées reçues sur l'intérieur des hommes célibataires ! Leon mit la bouteille de vin au réfrigérateur.

— Je ne m'attendais pas à avoir de la compagnie, dit-il en dardant sur elle un regard gourmand.

— Vraiment ? le défia-t-elle en relevant le menton.

Elle flirtait pourtant avec lui depuis la fin de l'année scolaire et son retour à Tofino, en juin. Ce matin, il avait enfin semblé réceptif et lui avait murmuré : « Très jolie, Tany. »

— Vraiment. Mais…, commença-t-il en la détaillant, je suis un adepte de la minijupe, des longues jambes, des taches de rousseur et des cheveux roux.

— Pourquoi ne l'as-tu pas dit plus tôt ! Je serais venue avant, lança-t-elle avec un sourire provocant.

— Tu sais pourquoi.

— Non. Ne sommes-nous pas des adultes consentants ?

Tanja s'efforçait d'avoir l'air blasé, mais lorsque Leon l'attira à lui, elle frissonna. Elle se retrouva avec les paumes posées sur le haut de ses pectoraux durs comme de l'acier. Seigneur… Les mains du superbe Grec descendirent le long de ses hanches. Elle crut qu'il allait l'embrasser, mais il n'en fit rien.

— Je ne mélange pas les affaires et le plaisir.

— Les affaires, c'est avec mon frère, répliqua-t-elle du tac au tac.

Il pinça les lèvres comme s'il n'était pas convaincu. Tanja avait le sentiment qu'il vivait un conflit intérieur.

— Et tu es là pour le plaisir ?

— L'espoir fait vivre, non ? Même si je trouve que tu parles beaucoup trop, ajouta-t-elle d'une voix espiègle en se penchant vers lui.

— Je vais me taire, alors, susurra-t-il, sensuel.

Il lui effleura les lèvres avec les siennes, comme pour la

tester. Puis il l'embrassa vraiment, un long, doux et langoureux baiser qui provoqua une déflagration en elle. Tanja avait pressenti que l'expérience serait différente avec lui. Plus forte. Plus excitante. Elle ne savait pas qu'elle lui ferait l'effet d'une tornade.

Elle enroula les bras autour de son cou. Leon la serra contre son corps musclé. Il ne faisait que l'embrasser, et cela dépassait déjà de loin tout ce qu'elle avait vécu. Tout son être s'épanouissait, et elle lui rendait ses baisers avec un abandon et une ferveur qui ne lui ressemblaient pas. Elle ne pouvait s'en empêcher. Plus leurs langues se mêlaient, plus elle était excitée et plus elle voulait l'exciter en retour.

Leon posa la main sur ses fesses et pressa son bassin contre le sien. Tanja ne pouvait ignorer la bosse qui déformait son short. Ils étaient soudés l'un à l'autre, s'embrassant comme si leur vie en dépendait. Elle commençait à penser que c'était peut-être le cas pour elle lorsque Leon s'écarta.

— Je ne m'attendais vraiment pas à ça, dit-il avec son accent si sexy. Tu es sûre de vouloir… ?

Elle hocha la tête. Elle vit alors une lueur passer dans son regard. Un avertissement ? La preuve qu'il était aussi surpris qu'elle par leur alchimie érotique ? Pour appuyer son consentement, elle lui mordilla la bouche, puis la lécha doucement. Le grand corps d'athlète de Leon frémit contre le sien. D'une main, le regard rivé au sien, il ouvrit derrière lui la porte de la chambre et la tira à l'intérieur. Folle de désir, Tanja avait l'impression que c'était la porte du paradis qui s'ouvrait…

Le grand lit triangulaire épousait la forme de la proue du voilier, calé entre les deux côtés de la coque. Pendant que Leon tirait les rideaux devant les hublots, Tanja retira sa minirobe et la fit glisser au sol. Elle avait mis un string bleu pâle dans l'espoir de lui faire de l'effet. Elle songea que le pari était réussi lorsqu'il ôta son short et qu'elle découvrit l'ampleur majestueuse de son érection.

Waouh !

Elle n'eut pas le temps de s'extasier plus avant : Leon la fit basculer avec lui sur la couchette et la gratifia d'un baiser sauvage. Son corps la brûlait partout où ils se touchaient. Celui de Leon était dur comme de l'acier, et pourtant si sensuel. Ses doigts la caressaient, l'exploraient, à la fois possessifs et légers, comme s'ils célébraient ses formes féminines. Tanja s'assit au-dessus de lui et se pencha vers l'avant, amenant ses seins à hauteur de la bouche de son amant. Il prit un téton en bouche et la décharge électrique qui la traversa faillit la faire crier. Dans le même temps, ses mains habiles lui caressaient les fesses, s'aventurant parfois plus loin sous son string.

Elle avait pensé à ce moment toute la journée. Elle y pensait depuis des semaines. Des mois. La bouche de Leon qui jouait avec les pointes de ses seins, ses doigts agiles qui titillaient à présent son clitoris : Tanja devenait presque folle. Quelques instants plus tard, la foudre la frappa, la laissant tremblante et haletante.

Oh ! Mon Dieu…

— Je veux ressentir cela en toi, murmura-t-il d'une voix rauque.

La lave ne demandait qu'à couler de nouveau dans ses veines.

— Moi aussi, répondit-elle dans un souffle.

Elle enleva son string pendant qu'il enfilait rapidement un préservatif. Leon se remit sur le dos et elle l'introduisit en elle. Il était si… viril ! C'était délicieux.

— Avoue que toi aussi, tu désirais cela, le défia-t-elle, les mains posées sur ses cuisses.

— Oui.

— Alors pourquoi…

— Nous sommes ensemble, à présent, la coupa-t-il.

Elle se redressa et posa les paumes au plafond de la cabine. Elle commença à onduler sur lui. La sensation était exquise, accentuée par le léger roulis du voilier. Leon faisait courir ses doigts sur son ventre, ses seins, ses épaules. Puis il lui agrippa les hanches et intensifia le rythme de ses coups de reins.

Tanja n'avait jamais ressenti cela. Elle se sentait femme pour la première fois - une sensation pure, puissante, profonde. Comme si son corps avait été façonné exactement pour cela. Pour lui. Ils étaient seuls au monde et pourtant, ils n'étaient pas de ce monde. Ils étaient un dieu et une déesse créant l'univers grâce à l'union sacrée de leurs corps.

Quand le pouce de Leon commença à décrire des cercles sur son clitoris, elle ne put retenir un gémissement. Le plaisir montait en elle par vagues.

— Tu es tellement belle ! susurra Leon. Dis-moi quand tu es prête à…

— Jamais ! haleta-t-elle. Restons ainsi pour l'éternité. Oh !

Un léger mouvement du bateau avait déréglé leur rythme et envoyé une onde de choc à travers Tanja. Cela dut perturber également le self-control de Léon, car il laissa échapper un cri de gorge.

— Bientôt…, l'avertit-il.

Il accentua la caresse de son pouce et l'ampleur de ses va-et-vient. Tanja était au bord de l'explosion finale. Elle voulait attendre son amant mais cela devenait de plus en plus difficile. Lorsqu'il lâcha enfin : « Maintenant ! », elle cria. Leon aussi, lui sembla-t-il, puis elle eut l'impression de se briser en mille morceaux.

1.

Cinq ans plus tard.

Lorsqu'elle entendit des coups impérieux frappés à la porte, Tanja sursauta. Aussitôt, son pouls s'affola. *Ils* étaient venus pour elle. En tant qu'étrangère, elle allait subir un interrogatoire, et peut-être pire… Elle songea brièvement à s'enfuir, mais pour aller où ? Istuval était une petite île au large des côtes tunisiennes, et il était quasiment impossible de la quitter depuis qu'elle avait été prise par des rebelles dont Tanja n'avait pas encore compris les motivations ni les revendications. Son séjour de volontourisme était prévu pour durer trois mois, avant que démarre son premier contrat de travail au Canada ; or elle n'avait pu quitter Istuval et cela faisait des semaines qu'elle était assignée à résidence.

Elle entendit Kahina, l'amie chez qui elle habitait, lancer un sonore : « J'arrive ! » Au même moment, Aksil, le frère de celle-ci, qui vivait de l'autre côté de la rue, entra par la porte de derrière.

— Kahina, il y a des hommes dehors pour Tanja !

Elle prit une grande inspiration pour chasser sa peur. Pas question de mettre Kahina en danger alors que celle-ci avait continué à l'héberger malgré la situation. Elle devait faire face.

Tanja toucha le petit corps endormi d'Illi. Il était chaud, confortablement lové dans sa couverture douillette. Elle devait se montrer forte, ne pas se laisser aller à la panique. Des pas lourds résonnèrent dans la maison. Elle posa les lèvres sur la joue du bébé de quatre mois et inspira profondément son doux parfum. Des larmes lui brûlaient les yeux et sa gorge était si serrée qu'elle pouvait à peine respirer. Elle sortit de la chambre, à la rencontre de son destin.

Dans l'entrée, Aksil tenait sa sœur contre lui. Deux soldats vêtus d'uniformes vert olive portaient des fusils automatiques en bandoulière. Derrière eux, Tanja aperçut un troisième visiteur, lui aussi grand, large et basané. Il portait un pull bleu marine sur un pantalon noir. Il avait une barbe de trois jours, des cheveux noirs ébouriffés et dégageait quelque chose de viril, presque animal.

Mon Dieu !

Elle eut l'impression que le sol s'ouvrait sous ses pieds. Que diable faisait *son mari* ici ?

Tanja se ressaisit. Pouvait-elle décemment appeler Leon Petrakis « son mari » ? Ils ne s'étaient pas vus depuis cinq ans, depuis qu'il était parti brusquement quelques jours après leur mariage dans l'intimité parce que son père était décédé. Lorsqu'elle lui avait proposé de l'accompagner, il avait juste répondu : « Non. »

Il s'était complètement éloigné du play-boy charmant et séduisant qu'elle avait épousé. Une semaine après son départ, il avait enfin répondu à l'un de ses nombreux messages lui demandant quand il reviendrait : « Je ne reviens pas. »

Il n'avait pas non plus dit grand-chose à Zachary, sinon qu'il était censé attendre le déblocage complet de son héritage, le jour de son trentième anniversaire. Il avait promis d'injecter des capitaux dans la marina, mais il avait fait le mort, mettant en péril le gagne-pain de son frère et la retraite de leur père. Tanja avait renfloué Zach avec l'argent qu'elle avait mis de côté pour l'université et devait encore aujourd'hui rembourser le prêt étudiant qu'elle avait contracté pour terminer son cursus.

Cela expliquait pourquoi elle aurait préféré tuer et manger

Leon Petrakis plutôt que devoir lui parler à nouveau. Pourtant, à son grand étonnement, il ouvrit les bras et lui parla avec ce qui ressemblait à de la tendresse dans la voix :

— *Agape mou !* Enfin ! Je suis ici pour te ramener à la maison.

Il avança vers elle à grands pas et l'attira contre son grand corps musclé. Elle avait oublié l'intensité de son énergie, de son magnétisme, de son sex-appeal, et la manière dont elle se sentait vénérée dans ses bras.

C'était avant ! lui cria une petite voix intérieure. *Ne l'oublie pas !* La dureté de ses muscles n'était que violence, son expression distante disait sa duplicité et, s'il était toujours aussi superbe, elle voyait la férocité derrière le masque. Hélas, ce que lui expliquait sa raison, son corps refusait de l'entendre. Elle percevait son odeur mâle si excitante, familière, et son étreinte faussement chaleureuse la réconfortait malgré tout après des semaines d'inquiétude. Tanja avait l'impression qu'une partie d'elle-même se raccrochait à lui comme à un morceau de son ancienne vie, à la sécurité et à la stabilité qu'elle aspirait tant à retrouver.

Reprends-toi ! s'intima-t-elle. *Ne laisse pas les vestiges de ton béguin pour lui te faire du bien. Tu le détestes !* Elle l'avait décidé des années auparavant, mais au lieu de le frapper et de l'insulter, elle se détendait… Cette réaction l'horrifiait, tout comme l'horrifièrent les frissons de plaisir qui la firent vibrer lorsqu'il posa les lèvres sur les siennes.

Une étincelle inattendue jaillit entre eux, éclata dans sa poitrine comme un feu d'artifice, envoya une onde brûlante au bout de ses doigts, dans ses reins et jusqu'à ses orteils. Leon cilla, comme si lui aussi avait vécu quelque chose d'imprévu. Ils n'avaient été amants que quelques semaines, mais la magie semblait avoir traversé les années. Elle entrouvrit la bouche et Leon approfondit leur baiser.

Tanja ferma les yeux. C'était si enivrant, si parfait, si *nécessaire*… Exactement comme cinq ans auparavant. Un ouragan de passion l'aurait emportée si Leon n'avait pas mis fin à leur étreinte, puis reculé d'un pas. Le retour au réel la fit chanceler.

Gardant un bras passé autour de ses épaules, il fit face aux soldats.

— Vous voyez ? Comme je vous l'ai dit, c'est ma femme. Elle est venue pour enseigner l'anglais, mais quand le... *changement* est arrivé, elle n'a pas pu partir parce qu'elle n'avait pas de parent masculin avec elle. Je vais la ramener à la maison, à présent.

Tanja joua le jeu et glissa le bras en bas du dos de Leon. Son autre main resta posée sur son torse, comme aimantée. Pourquoi était-il venu ? se demandait-elle. Elle avait cru qu'il avait oublié son existence.

Les deux soldats échangèrent des regards sceptiques.

— Vous vivez ici sans aucun homme de votre famille ? lui demanda celui qui semblait être le chef.

— Ma sœur et madame..., commença Aksil, avant de se tourner vers Leon, l'air perdu.

— Petrakis, le secourut-il.

— Oui, Petrakis, elles cohabitaient et enseignaient à l'école pour jeunes filles avant sa fermeture. J'accompagne ma sœur pour faire des courses quand elles ont besoin de nourriture. Elle va maintenant venir habiter avec ma famille.

Aksil serra le bras de Kahina comme pour la protéger. La situation semblait s'être apaisée quand soudain, Illi se mit à crier. Tout le monde se figea. Tanja chercha alors le regard de Leon et y accrocha le sien, dans lequel elle mit toute la supplication possible.

— *Agape mou,* tu dois être tellement excité de rencontrer enfin ta fille !

Arriver, repartir, divorcer : c'était le plan de Leon lorsqu'il avait reçu le courriel de Zach, le frère de Tanja.

Tanja est piégée sur Istuval. Elle a besoin d'un homme de sa famille pour lui faire quitter l'île. Ma femme doit accoucher d'un jour à l'autre, sinon j'irais moi-même. Papa a besoin de béquilles et ne peut pas voyager. Comme tu es techniquement toujours son mari…

Techniquement ? Malgré les cinq années d'éloignement, il était son mari, un point c'est tout ! Rompre son mariage n'avait pas été une priorité pendant que Leon reconstruisait l'empire de son père, et le savoir devenu richissime aurait peut-être rendu Tanja un peu trop gourmande…

Avec ce sauvetage à Istuval, il avait vu une occasion de mettre fin aux choses sans qu'elle puisse essayer de le rincer. Il avait gagné Malte, où il avait acheté un trimaran de course, préparé le bateau, mis de côté des pots-de-vin en différentes devises. Il avait également suivi les recommandations de Zach et fait des provisions de couches et de lait maternisé, parce qu'« ils » en avaient besoin. Il avait cru que le frère de Tanja lui conseillait un moyen de corrompre les soldats, mais il semblait à présent évident que ces produits pour bébé avaient une tout autre utilité…

Dès qu'il s'était approché des côtes, Leon avait été arraisonné. Le trimaran avait été fouillé. Il avait été accusé de faire de la contrebande, d'alimenter le marché noir sur l'île. Il avait dit la vérité : il était venu chercher sa femme. Mais il avait pensé à tout sauf au certificat de mariage, ce qui avait rendu les soldats méfiants. Heureusement qu'ils n'avaient pas compris qui il était réellement, car sinon ils auraient pu l'arrêter et demander une rançon. Au lieu de cela, ils l'avaient laissé accoster puis mis dans un véhicule et conduit ici pour voir sa femme. Et son *bébé* ?

Vu ce qu'il avait apporté, l'existence d'un nourrisson était presque une bénédiction. *Presque*, car ce n'était bien sûr pas son enfant qui apparut dans les bras de Tanja - il n'avait eu aucun contact avec elle depuis cinq ans - et que cela compliquait la situation.

— Voici Illi, annonça-t-elle d'une voix qui vibrait d'un amour profond.

Elle berçait la fillette comme si elle avait toujours été mère. Le bébé n'avait ni les cheveux roux de Tanja, ni son teint pâle, ni ses yeux noisette, mais des boucles noires et la peau cuivrée. Leon avait l'impression qu'une épine s'était enfoncée dans son cœur. Pourquoi, alors que son mariage avec Tanja n'avait été qu'un moment de folie passagère ? La façon dont elle avait mené sa vie ces dernières années ne le regardait pas.

Mais qui était cet autre homme ? Où était-il ? Pourquoi ne s'occupait-il pas de la mère et de l'enfant ? À présent, Leon devait faire passer cette petite fille pour sienne. Cela faisait naître en lui une fureur qu'il devait absolument contrôler. Pour le moment, du moins…

Alors il plaqua sur son visage un sourire de circonstance, conscient que les regards suspicieux des soldats pesaient sur eux. Après tout, ce petit bout de chou était impuissant et innocent ; et s'il voulait sauver Tanja, Illi allait devenir sa fille. Il essaya d'avoir l'air attendri.

— Comme elle est belle !

— Je vais lui faire un biberon, annonça la colocataire de Tanja.

Elle saisit le bébé qui piaillait toujours et sortit.

— J'étais contrariée que toi et moi soyons séparés. Mon lait n'est pas monté.

Leon comprit que Tanja avait dit cela autant à son intention qu'à celle des soldats. Il sauta sur l'occasion :

— Vous voyez ? leur lança-t-il. Mon beau-frère m'a dit que les couches et le lait étaient difficiles à trouver, ici. Je les ai apportés pour ma fille.

Un des deux hommes semblait prêt à les laisser partir sans autre forme de procès, mais l'autre avait le profil du petit chef sadique qui jouissait de son pouvoir. Leon détestait ce genre de personnage. Il avait été élevé par l'un d'entre eux et craignait d'en être devenu un, ce qui le remplissait souvent d'une forme de dégoût de soi.

— Pourquoi étiez-vous ici et pas avec votre mari quand vous avez eu le bébé ? demanda le tatillon à Tanja.

— Les choses sont différentes au Canada…

— Mon père est mort, la coupa Leon. Nous nous sommes mariés au Canada, mais j'ai dû retourner en Grèce à la mort de mon père. Il était déjà prévu que Tanja vienne travailler ici. Elle ne savait pas qu'elle était enceinte, sinon elle n'aurait pas voyagé.

Elle offrit aux soldats son plus beau sourire contrit.

— Quand j'ai réalisé, il était trop tard pour revenir en arrière. Ensuite, il a été difficile de prendre des dispositions pour repartir d'ici.

Leon nota qu'elle pesait ses mots pour ne pas paraître condamner les occupants, pour qui la femme tenait une place subalterne dans la société. D'où la raison de sa présence : sans un homme de sa famille, Tanja ne pouvait presque rien faire sur l'île, encore moins la quitter.

Les soldats semblaient à présent se demander si c'était du lard ou du cochon.

— Ma sœur est veuve, intervint Aksil. Elle a permis à Mme Petrakis et au bébé de rester ici par charité. Mon oncle est un homme de foi.

Lorsqu'il mentionna son nom, les soldats se redressèrent soudain. Leon en déduisit que c'était quelqu'un d'important. Aksil proposa d'aller le chercher afin qu'il décide si tout était en ordre pour un départ. Les soldats acceptèrent. Tanja se tourna alors vers lui :

— Chéri, pourquoi ne pas nourrir Illi pendant que je fais mes valises ?

Leon commençait à penser qu'ils avaient un avenir dans la comédie, dans l'espionnage.

— J'aimerais beaucoup.

Tanja plaça le nourrisson au creux de son bras et mit le biberon dans sa main libre. Puis elle sortit de la pièce. Illi entreprit de téter avec avidité. Elle avait un regard confiant sous ses longs cils noirs. La sensation primale de bien-être, de chaleur le prit par surprise. Il la chassa. Bon sang, ce n'était même pas son enfant !

Depuis la chambre lui parvenaient des bruits de tiroirs et de placards qu'on ouvrait et refermait. *Pourvu que tout se passe bien !* songea-t-il. Tout ce qu'il souhaitait, c'était quitter cette île avec Tanja et son bébé. Zach aurait tout de même pu l'avertir ! Toutefois, Tanja serait peut-être plus encline à accepter un divorce à l'amiable puisqu'il allait aider aussi son enfant.

Elle réapparut avec une petite valise et un gros sac de voyage.

— A-t-elle terminé ? demanda-t-elle.

Leon acquiesça. Tanja lui plaça alors une serviette sur l'épaule et le guida pour qu'il tienne Illi de manière que sa tête repose dessus. Il lui tapota dans le dos et elle rota. C'était la plus petite créature qu'il ait jamais tenue dans ses bras. Un sentiment de possessivité l'emplit. Au moment où il la rendait à Tanja, la porte d'entrée s'ouvrit sur Aksil.

— Mon oncle est en route, affirma-t-il aux soldats.

L'atmosphère était tendue, ce qui n'empêcha pas Illi de s'endormir dans les bras de sa mère, qui la berçait doucement. Leon nota qu'elle avait l'air épuisée, et semblait ne pas avoir mangé à sa faim depuis longtemps. Ce constat lui serra la gorge. Il avait le souvenir d'un corps mince et athlétique doté de courbes féminines. Ses sourires, son humour, son apparente confiance en elle lui avaient laissé imaginer que leur liaison serait simple et légère. Or la découverte de l'incroyable sensualité de Tanja avait été aussi inattendue que dangereuse. Aveuglé par le désir, il l'avait épousée.

Il s'était dit depuis qu'il avait rêvé la puissance de leur alchimie, mais à peine l'avait-il revue qu'il avait compris son erreur. Tanja Melha était toujours aussi attirante et sensuelle. Ils s'étaient embrassés pour donner le change aux soldats et sa bouche le brûlait encore. S'il ne l'avait pas repoussée, il aurait presque pu lui faire l'amour contre le mur…

Le son d'une voiture qui approchait le tira de ses pensées. Le moteur s'éteignit, des bruits de pas sur le perron, puis un homme âgé à la barbe blanche entra. Leon ne comprit pas un traître mot des échanges qui s'ensuivirent entre les soldats et le nouvel arrivant. Ce dernier examina le passeport de Leon, celui de Tanja et le certificat de mariage qu'elle leur montra - heureusement qu'elle l'avait emporté !

L'oncle d'Aksil posa des questions et reporta les réponses sur une sorte de formulaire. La tension était presque palpable. L'amie de Tanja et son frère se tenaient immobiles, raides, comme s'ils avaient même peur de respirer. Enfin, le vieil homme tendit un papier à Tanja. Elle lui sourit poliment, mais ses lèvres tremblaient.

— Si tout est en ordre, dit-il, je vais emmener ma femme et ma fille sur mon bateau.

2.

Tanja ne savait pas exactement qui était l'oncle d'Aksil et de Kahina, mais elle savait que son amie avait fait appel à lui lorsque l'école avait été fermée et que toutes les étudiantes avaient été contraintes de rester dans leurs familles. Sa femme et lui avaient interrogé Tanja sur la façon dont Illi avait été prise en charge. Après une enquête rapide, ils avaient conclu qu'elle disait la vérité. Comme les parents du bébé étaient morts, que son seul parent vivant, son frère adolescent, était impossible à retrouver, Tanja avait été autorisée à garder Illi, à la condition de ne pas attirer l'attention sur Kahina ou le reste de la famille.

Elle avait attendu, terrorisée, que le vieil homme la dénonce aux soldats, mais il n'en avait rien fait. Au contraire, il lui avait délivré un sauf-conduit et avait même prêté sa voiture à Aksil pour que celui-ci les accompagne au port de plaisance. Tanja avait embrassé Kahina, qui était devenue comme une sœur pour elle, puis Leon, Illi et elle étaient montés dans le véhicule.

— Je suppose que votre oncle mérite une contrepartie, dit Leon tandis qu'ils arrivaient en vue du port.

Il ôta son pull et se retrouva en T-shirt moulant ; ses muscles tendaient le tissu léger. Il ouvrit une poche cachée dans le pull.

— Ce sont des euros. J'avais des dinars, mais les soldats ont exigé une taxe d'amarrage. J'ai aussi des dollars américains et des livres sterling sur le bateau.

— C'est ce que vous croyez, répondit Aksil avec un sourire résigné.

— Ce n'est pas la première fois que je navigue en eaux troubles : ils ne trouveront pas toutes mes réserves.

— Nous verrons bien, lâcha Aksil, fataliste.

D'un mouvement de tête, il désigna la boîte à gants. Leon y laissa des billets. Au poste de contrôle, Tanja tendit son sauf-conduit pendant qu'Aksil expliquait la situation. La barrière se leva.

Avant de grimper à bord du bateau de Leon, Tanja, qui portait Illi, étreignit Aksil de son bras libre.

— Vous allez nous manquer, toutes les deux, dit-il en touchant la joue du bébé. Mes enfants seront bouleversés de ne pas avoir pu vous dire au revoir.

— J'aurais tant aimé que vous puissiez tous venir !

— C'est chez nous, ici. Et comme tu t'en es rendu compte, nous bénéficions d'une protection. Reviens nous voir un jour avec Illi, d'accord ?

— Promis ! jura Tanja. Et remercie encore ton oncle.

Elle se détourna avant de ne plus pouvoir retenir ses larmes. Un chapitre de son existence se terminait. Et celui qui s'ouvrait lui réservait sans doute bien des surprises…

Dans la nuit, la masse sombre parsemée de lumières d'Istuval rapetissait derrière eux. Leon avait coupé le moteur quelques minutes après la sortie du port et hissé les voiles. Il barrait son trimaran avec l'assurance du marin expérimenté qu'il était. Si elle n'avait pas forcément confiance en lui, elle se fiait à ses qualités de navigateur.

Son mariage était devenu un sujet tabou parmi ses amis ; on ne l'évoquait que si un homme persistait à lui proposer un rendez-vous. Depuis l'été où elle avait épousé Leon, sa vie était rythmée par les études et le travail. Elle n'avait jamais pris le temps de socialiser, et encore moins d'avoir une relation sérieuse. Peut-être que si elle avait rencontré quelqu'un qui lui avait vraiment fait tourner la tête, elle aurait demandé le divorce, mais cela n'était jamais arrivé.

Toutefois, lorsqu'elle avait posé ses valises à Istuval, c'était dans l'intention de se rendre ensuite en Grèce pour se séparer une fois pour toutes de Leon. Car au début, elle était tellement furieuse, blessée par sa trahison qu'elle avait décidé que ce serait à lui de venir la voir s'il voulait divorcer. Elle avait fini par regretter cette attitude puérile en constatant que les années s'écoulaient sans un signe de sa part ; et plus le silence durait, plus il devenait difficile d'être celle qui le romprait.

Elle avait donc repoussé le moment de la confrontation jusqu'à ce qu'elle rejoigne Istuval. Puis elle s'était dit qu'elle le contacterait une fois installée dans son appartement ; puis elle avait décidé d'attendre d'avoir son emploi du temps, puis que ses cours commencent, puis de se sentir à l'aise dans sa nouvelle vie… Bref, elle avait procrastiné, sans compter que le destin avait mis Illi sur son chemin. Poursuivre son mari en vue d'un divorce avait alors cessé d'être une priorité.

Et voilà que Leon était apparu comme un chevalier, héroïque et galant, sauvant sa femme et un enfant qui n'était pas le sien ! Des larmes de gratitude lui montèrent aux yeux.

— Tu as besoin d'aide pour les manœuvres ? Je peux prendre la barre si tu veux.

— Je peux gérer tout seul. Tu devrais aller te reposer. Nous n'atteindrons pas Malte avant demain après-midi.

Ainsi, c'était leur destination ? Elle avait complètement oublié de lui demander où ils allaient…

— Tu n'as pas à rester éveillé toute la nuit. Je peux te relayer.

— J'ai fait de la course en solitaire, lui rappela-t-il. Je suis habitué. Toi, on dirait que tu n'as pas dormi depuis des semaines !

Sais-tu à quoi ressemblent les nuits d'une jeune mère ? faillit-elle lui répliquer. Elle se retint : inutile de se disputer maintenant - les occasions n'allaient sûrement pas manquer…

— Réveille-moi si…

— D'accord. Mais ça ira, ne t'inquiète pas.

Tanja baissa la tête et descendit les trois marches raides vers l'intérieur de la cabine. L'espace de vie était étroit et épuré, avec une cuisine d'un côté, un banc et une longue table repliable de l'autre. Une porte à la proue menait à la couchette. Tout était minimal, rien à voir avec le voilier sur lequel Leon naviguait lorsqu'ils s'étaient rencontrés.

Elle avait lu peu après qu'il l'avait abandonnée au Canada qu'il avait perdu la fortune de son père. Raison pour laquelle sans doute il n'avait pas investi dans la marina que son frère avait reprise après leur père. Récemment, Leon semblait être revenu en fonds, avait-elle découvert par inadvertance sur Internet avant de gagner Istuval - elle avait mis pendant cinq ans un point d'honneur à ne pas chercher d'informations à son sujet.

Tanja installa Illi sur la couchette après lui avoir fabriqué un espace protégé par des coussins et un traversin. Puis elle se brossa les dents, fit une toilette de chat et se coucha près du bébé. Elle réalisa alors combien Leon avait raison : elle était épuisée. La rancœur qu'elle éprouvait à son encontre ne s'était pas dissipée, mais elle devait tout de même reconnaître qu'il avait été courageux de venir la sauver. Quel Leon Petrakis était le vrai ?

De toute évidence, c'était Zach qui lui avait demandé de venir la chercher, mais pourquoi son mari avait-il cédé ? Et que se passerait-il ensuite ? Devrait-elle exiger le divorce avant de rentrer au Canada ? Elle grimaça. Pourquoi le mot « divorce » lui transperçait-il la poitrine ? Elle voulait divorcer ! Elle en avait besoin ! Elle ne pouvait pas vivre éternellement dans cet entre-deux.

Ses paupières se fermèrent. Bercée par les mouvements du trimaran, Tanja se laissa happer par le sommeil. Elle entendit vaguement que Leon était descendu dans le cockpit, puis entrouvrait la porte.

— Merci, Leon, bredouilla-t-elle dans un demi-sommeil.

Les nuages vaporeux se teintaient de rose dans l'encadrement du hublot quand Illi se mit à gémir. Tanja se frotta les yeux, désorientée.

— Je suis là, ma poupée. Allons trouver ton biberon.

Elle avait laissé celui qu'elle avait préparé avant de partir dans le minuscule réfrigérateur. En le sortant, elle se rendit compte qu'il n'y avait pas de micro-ondes.

— Tout va bien ? fit la voix de Leon.

Tanja leva les yeux. Assis à la barre dans le cockpit, Leon s'était penché et la regardait. Il avait l'air fatigué avec sa barbe naissante et ses cernes, mais il était toujours aussi sexy. Elle fronça les sourcils : d'où venait cette pensée déplacée ? Elle devait contrôler sa libido, sinon la situation deviendrait *vraiment* compliquée…

— Elle a besoin d'un biberon.

— N'utilise pas l'eau du robinet si tu ne l'as pas fait bouillir au préalable. Je n'ai pas eu le temps de vidanger les réservoirs et de les remplir d'eau potable avant de quitter Malte.

— D'accord.

Elle se souvint que la veille, après s'être brossé les dents, elle avait par habitude bu la fin du verre. Elle n'allait pas tomber malade, si ? Elle se rassura en constatant qu'elle ne se sentait pas mal, enfin pas trop, mais sans doute était-ce la faim et un peu le mal de mer. De toute façon, elle n'avait pas le temps de s'apitoyer sur son sort, il fallait faire réchauffer le biberon d'Illi au bain-marie.

— Tu vas bientôt manger, bébé, je te le promets, lui murmura-t-elle.

— Il y a quelques provisions dans le rangement sous le coussin du banc, annonça Leon. Soupe, café soluble, chocolat, et des bouteilles d'eau.

Tanja suivit ses instructions et découvrit les trésors promis par Leon.

— Il y a aussi du porridge ! s'exclama-t-elle, ravie.

Elle testa sur le dos de sa main la température du biberon d'Illi. Il était tiède, cela irait. La petite vida le biberon en un temps record. Elles retournaient généralement se coucher ensemble après son biberon du matin, mais cette fois, Tanja installa Illi sur la couchette, puis elle bloqua la porte en position ouverte afin de pouvoir la voir et l'entendre. Elle revint à la cuisine pour préparer un bol de porridge et une tasse de café qu'elle apporta à Leon.

— Je peux monter prendre le relais si tu veux dormir un peu, proposa-t-elle.

Le trimaran filait à belle allure sur une mer calme qui étincelait au soleil levant. Leon désigna d'un geste les instruments de navigation.

— Tu maîtrises tout cela ?

Tanja toucha un des écrans de contrôle positionnés à côté de la barre.

— Il semble que nous soyons à quelques degrés de la route directe. Je dirais que c'est volontaire de ta part, pour éviter…

Elle toucha l'écran radar à la recherche d'informations.

— Pour éviter ce gros navire, qui semble être un porte-conteneurs.

— Bravo ! la félicita Leon. J'imagine que tu sais aussi faire fonctionner la radio.

— Oui.

— Parfait.

Ils étaient tout proches l'un de l'autre, assis côte à côte derrière la barre. Si elle inclinait la tête et se penchait, elle pourrait l'embrasser. Comme la veille, quand il était apparu, sorti de nulle part, un dieu grec venu la sauver. Il l'avait embrassée comme s'il l'aimait. Elle l'avait embrassé en retour comme s'il lui avait manqué. À présent, le regard de Leon passait de ses lèvres à son cou. Le pouls de Tanja commença à accélérer. Mais Leon détourna les yeux et crispa les mâchoires.

— Donne-moi vingt minutes, et je serai d'attaque pour douze heures supplémentaires.

Il descendit dans la cabine et s'installa tant bien que mal

sur le banc. Il ferma les yeux et Tanja eut l'impression qu'il s'endormait aussitôt.

Tanja mangea lentement son porridge à la cannelle. Elle aurait souhaité pouvoir en profiter davantage, mais elle se sentait légèrement nauséeuse. C'était peut-être à cause du café. Elle n'en avait pas bu depuis un moment et il était assez fort. Ou alors, c'était à cause de son anxiété.

Les questions se bousculaient dans son esprit, menaçant de la rendre folle. Y avait-il un consulat canadien à Malte ? Elle avait fait trois escales sur son chemin vers Istuval et doutait qu'il y ait des vols directs pour le retour. Elle devrait donc présenter un passeport à Munich, à Paris ou ailleurs. Chaque fois, il y aurait le risque que des douaniers se posent des questions sur Illi, qui ne lui ressemblait pas du tout. Et puis ses cartes de crédit fonctionneraient-elles ? Tanja n'avait pas eu accès à Internet depuis des lustres, n'avait pu honorer son contrat avec le cabinet d'expertise comptable qui l'avait embauchée, puisqu'elle n'avait pu quitter Istuval à temps, et ses dernières rentrées d'argent remontaient à plus de six mois…

Elle soupira. Zach faisait ce qu'il pouvait pour la ramener à la maison, mais il était loin de rouler sur l'or - la naissance de son premier enfant n'allait rien arranger. D'ailleurs, se demanda-t-elle soudain, avait-elle une nièce ou un neveu ? Sans doute Leon l'autoriserait-il à utiliser son téléphone, puisque le sien avait été échangé contre de la nourriture quelques semaines auparavant.

Comment allait-il réagir lorsqu'elle demanderait le divorce ? Elle s'était peu à peu persuadée que son mari était une belle ordure. Trop beau. Faux jeton. Un horrible coureur de jupons, menteur de surcroît. Elle avait conscience d'être tout autant à blâmer que lui pour leur mariage précipité ; mais il ne lui avait pas semblé précipité, alors.

Avant de se jeter au cou de Leon, Tanja avait beaucoup traîné avec lui et Zach. Son frère admirait beaucoup son ami grec, qui était venu jusqu'au Canada pour l'aider à reprendre la marina paternelle. Zach avait élaboré un plan pour que Leon investisse dans l'agrandissement des lieux. Celui-ci avait accepté d'y placer des fonds dès qu'il toucherait son héritage, à trente ans. Or son frère, sur la base de cette promesse, avait acheté des propriétés en bord de mer, engagé des architectes, commencé à dépenser de l'argent qu'il empruntait de plus en plus frénétiquement. Il affirmait qu'il rembourserait une fois que Leon aurait injecté du capital.

Avec sa formation de comptable, Tanja s'occupait des comptes de l'entreprise. Elle avait essayé de mettre son frère en garde, mais elle aussi avait été très excitée par ce projet d'agrandissement. Et puis, chaque fois que Leon entrait dans le bureau, tout son être s'animait de manière troublante.

Elle savait que ce n'était qu'une attirance physique, sexuelle, mais le jour où il avait enfin répondu à ses avances, sur son voilier, elle avait eu l'impression d'être au paradis. Ensuite, elle avait vécu un enchantement total avec cet homme sublime épris de liberté. Une semaine après le début de leur liaison, il lui avait fait sa demande. Elle avait dit oui, bien sûr. De plus, leur mariage était une bénédiction pour *tout le monde*. Ils avaient prévu une lune de miel en Grèce, afin que Leon puisse présenter Tanja à ses parents et leur annoncer leur union.

Hélas, le père de Leon était mort subitement, son mari était reparti chez lui et Zach n'avait jamais vu la couleur de l'argent qu'il avait promis d'investir. Pas de lune de miel non plus, évidemment… Ils s'étaient tous sentis floués. Tanja n'avait pas voulu admettre qu'elle était mariée à l'homme qui les avait ruinés. Elle était retournée à l'université et avait passé des semaines à espérer que Leon se présente et s'explique.

Cependant, alors que la douleur de son abandon se transformait en colère, elle s'était convaincue qu'elle avait eu des sentiments pour un homme qui n'existait pas vraiment. D'ailleurs, le sexe avait-il été aussi fantastique que dans son souvenir ou avait-elle sublimé cela aussi ? Si elle en croyait leur dernier baiser, Leon lui faisait toujours autant d'effet…

C'était tellement superficiel ! Et puis ce n'était pas parce que le sexe était bon que l'homme l'était, comme il le lui avait brutalement démontré.

Pourtant, il était venu la chercher au mépris du danger, et cette action d'éclat bouleversait à nouveau l'image qu'elle avait de lui.

Leon s'éveilla après un somme d'une heure. Tanja lui laissa la barre et descendit dans la cabine préparer deux tasses de café et du porridge pour lui. Illi dormait profondément. Elle stérilisa le biberon pour qu'il soit prêt quand elle en aurait besoin puis regagna le cockpit. Elle s'assit en face de Leon, but une gorgée de café et poussa un long soupir. Quoi qu'il arrive entre eux à partir de maintenant, elle avait quelque chose à lui dire qui ne pouvait pas attendre.

— Je te remercie, Leon.

La voix de Tanja était empreinte d'une gratitude si sincère que la gorge de Leon se serra. Un élan de culpabilité le traversa : n'aurait-il pas dû savoir depuis le début où se trouvait sa femme et qu'elle avait des ennuis ? Elle ne devrait pas avoir l'impression qu'il lui avait fait une faveur alors qu'il avait agi comme tout homme bien l'aurait fait pour sa femme. Mais était-il un homme bien… ?

Il avait passé la nuit à penser à Tanja, intensément conscient de sa présence toute proche. Sa femme. Une femme qu'il avait épousée sur un coup de tête, surtout parce que Zach avait appris qu'ils avaient couché ensemble. Son ami n'avait rien dit, toutefois Leon avait supposé qu'il attendait une demande en mariage. Il ne cédait jamais à la pression, mais il aimait bien Zach, avec lequel il devait à l'époque faire affaire. Il était plus insouciant qu'aujourd'hui, inconséquent même, vivant dans l'instant présent. En fait, il avait demandé Tanja en mariage parce que c'était… *amusant*.

— Zach ne m'a pas dit que tu avais un bébé, lança-t-il. Où est le père ?

Il jeta un coup d'œil à ses voiles pour s'assurer qu'il était correctement toilé en fonction du vent.

— Mort.

Avant qu'il ait le temps de trouver la formule appropriée pour lui présenter ses condoléances, elle reprit :

— Je n'ai pas porté Illi. Pas de grossesse, pas d'accouchement.

— Mais..., bafouilla Leon en fronçant les sourcils, abasourdi par cette nouvelle. Tu l'as adoptée ?

Cette possibilité provoqua un étrange changement en lui, comme si un poids lui était ôté des épaules. C'était déconcertant.

— C'est pour Illi que je suis restée à Istuval lorsque les autres professeurs ont été évacués. Je m'occupais d'elle. Zach m'a mis en contact avec des fonctionnaires au Canada pour m'aider dans le processus d'adoption, mais j'ai dû échanger mon téléphone contre des provisions et je n'ai plus pu le contacter du tout. Je l'ai prévenu, mais je suppose qu'il a paniqué quand il a cessé d'avoir de mes nouvelles. Alors il a appelé la cavalerie, ironisa-t-elle avec un signe de tête dans sa direction. Je devrais lui faire savoir que tu as réussi, non ?

— Je n'avais apporté qu'un portable prépayé et ils l'ont pris. Nous devrons attendre jusqu'à Malte. Dis-moi, comment es-tu arrivée sur Istuval ?

— Lorsque j'ai eu mon diplôme de comptable, j'ai fait un stage dans un cabinet. Un de mes collègues revenait d'un séjour à Istuval dans le cadre d'un programme de tourisme solidaire. Cela semblait intéressant, alors j'ai postulé. J'ai payé mon vol, mais l'école de Kahina m'offrait le gîte et le couvert pour un prix symbolique et en échange de cours d'anglais pour les femmes et les filles. J'ai aussi un peu enseigné autour de l'entreprise : création, comptabilité, communication...

— C'est ainsi que tu as rencontré la mère d'Illi ? Elle était étudiante ?

— Je ne l'ai jamais rencontrée. Ses deux parents sont morts. J'ai rencontré son frère, Brahim. Il avait quatorze ans. Il s'est présenté au début de mon premier cours parce que sa mère était inscrite, mais qu'elle était trop malade pour y assister. Il voulait que je le rembourse. J'ai fait le nécessaire. Il est revenu quelques jours plus tard : il voulait savoir comment créer sa propre entreprise. Alors je l'ai invité à se joindre au cours.

— Une manière astucieuse de ne pas payer ! C'est un petit malin, on dirait !

— Ne sois pas cynique. Brahim n'est pas comme ça, c'est quelqu'un de bien. La vie ne l'a pas épargné. Il essayait de subvenir à ses besoins et à ceux de sa mère. Son beau-père venait de mourir, les laissant avec Illi. Sa mère avait un cancer, mais elle avait refusé de suivre un traitement tant qu'elle était enceinte.

— Oh ! bon sang ! grimaça Leon, ému.

— C'est ainsi que j'ai perdu ma mère, alors la situation de Brahim m'a beaucoup touchée. Je voulais l'aider. J'ai proposé de garder Illi si besoin. Il voulait se débrouiller seul. Sa mère est retournée à l'hôpital. Le matin, Brahim nettoyait des piscines ; le soir, il faisait la plonge dans un restaurant. Il était tellement fatigué qu'il s'endormait souvent pendant mes cours. J'ai commencé à prendre Illi le soir, puis j'ai suggéré à Brahim de dormir sur mon canapé. Nous avions un système très bien rodé, qui a duré quelques semaines.

— Tu as rencontré leur mère ?

— J'ai essayé, mais Brahim refusait. Il disait que l'hôpital pensait qu'Illi était dans sa famille et que si quelqu'un apprenait que c'était une étrangère qui s'en occupait, il serait dénoncé et on lui enlèverait sa petite sœur. Quand il m'a annoncé que sa mère était en phase terminale, j'ai commencé à envisager de les adopter. Cela allait prendre des mois avec la bureaucratie, alors Kahina m'a proposé de prolonger mon permis pour que je puisse rester et enseigner. Cela aurait fini par marcher, et puis l'île a été envahie. Je n'ai pas pu abandonner Brahim et Illi.

Elle se tut, pâle comme de la porcelaine, les yeux brillants. Elle avait parlé avec une émotion qui l'avait transpercé. Elle était restée calme, sans jamais essayer de le convaincre, déroulant des faits. Leon comprenait mieux la situation, à présent.

— Où est Brahim maintenant ?

— Je ne sais pas, répondit-elle d'une voix tremblante.

Il est rentré plusieurs fois avec des bleus. Il ne voulait pas en parler. Puis il a appris que sa mère était décédée. Il était dévasté. L'école a été fermée. Je me disais que si je pouvais les emmener au Canada… Mais je ne pouvais même pas aller faire les courses toute seule. Tous les vols ont été annulés. Kahina nous a accueillis, mais Brahim a refusé de venir chez elle. Je me rends compte maintenant qu'il subissait des pressions pour s'enrôler dans l'armée et qu'il avait peur de nous compromettre. Il m'a supplié d'emmener Illi au Canada. J'ai dit que je voulais qu'ils viennent tous les deux, mais il a dit que l'important, c'était que sa sœur soit en sécurité.

Elle essuya une larme qui coulait sur sa joue. Leon avait le cœur serré mais ne dit rien.

— J'ai sauvegardé ses SMS sur mon cloud avant d'effacer la mémoire de mon téléphone, mais je suppose que dans un dossier d'adoption, les messages d'un adolescent ont peu de poids.

— Où en es-tu de tes démarches ?

— Pas assez loin, se désespéra-t-elle. L'oncle de Kahina, l'homme qui est venu hier soir, voulait au départ que je confie Illi à un foyer ou un orphelinat. Je n'ai pas pu… Il a essayé de me convaincre qu'elle serait adoptée, mais comment y croire alors que, durant toute notre conversation, des coups de feu étaient tirés dehors ? Je lui ai affirmé que si je devais rester sur Istuval pour devenir sa mère, alors je resterais. Il a fini par convenir que je pouvais continuer à m'occuper d'elle tant que je n'attirais pas l'attention sur sa famille. Donc je ne quittais jamais la maison.

— Tu étais assignée à résidence ?

— Seulement ces deux derniers mois, mais c'est le cas pour la plupart des femmes de l'île, à présent. Kahina a un jardin et quelques poulets. C'était de la débrouille en permanence, d'autant que je devais donner de quoi manger à la nourrice qui allaitait Illi.

— C'est pour ça que tu as l'air de ne pas avoir mangé

depuis des semaines ? Bon sang, Tanja, tu as besoin de te nourrir, toi aussi !

Leon avait haussé la voix malgré lui. Tanja sursauta, puis réagit aussitôt :

— Une femme qui allaite deux bébés aussi !

Elle poussa un long soupir et secoua la tête.

— C'est ce qui m'a persuadée que j'étais vraiment la mère d'Illi, reprit-elle avec calme. Je me fichais de tout tant qu'elle n'avait pas faim.

Il ne savait pas s'il fallait la féliciter ou la blâmer. Il savait seulement que cela le rendait furieux de la voir dépérir, même s'il respectait son sens du sacrifice. La frustration d'avoir été mis à l'écart et de ne pas pouvoir revenir en arrière pour réparer quoi que ce soit adoucit son exaspération lorsqu'il demanda :

— Pourquoi Zach ne m'a-t-il pas dit tout cela ?

— Je pense qu'il ne me croyait pas sérieuse à propos de l'adoption d'Illi et Brahim jusqu'à ce que je refuse de quitter Istuval. Et puis il a eu d'autres soucis : sa femme avait une grossesse compliquée. Ce qu'il prenait pour un caprice de ma part lui paraissait secondaire. La vérité, c'est qu'une fois que les rebelles ont pris le pouvoir, j'ai eu peur de lui dire à quel point c'était grave. Je ne voulais pas le stresser plus qu'il ne l'était déjà. Nous étions aussi en sécurité que possible, chez Kahina.

— Il aurait quand même pu me le dire !

Zach avait craint que Leon refuse d'aider Tanja s'il savait qu'un bébé était concerné aussi ? Il ne pouvait pas croire qu'il était tombé si bas dans l'estime de son vieil ami, et pourtant…

— Tu as des documents, malgré tout ? Un papier officiel qui te donne la garde d'Illi et t'autorise à voyager avec elle ?

Il la vit blêmir et déglutir avec peine. Elle posait à présent sur lui un regard suppliant. Leon eut l'impression qu'un bloc de ciment lui tombait dans l'estomac.

— Tanja ?

— Euh… Je…, bafouilla-t-elle en cillant et en se tordant

les mains. J'ai un certificat de naissance délivré par l'oncle de Kahina.

Un nœud coulant se referma autour de sa gorge au moment où il demanda d'une voix rauque :

— Ne me dis pas que tu m'as impliqué dans l'enlèvement d'un enfant…

3.

— L'enlèvement d'un enfant, tu y vas un peu fort ! protesta Tanja.

Pourtant, elle ne put s'empêcher de penser que Leon n'avait pas tout à fait tort, même si elle n'avait jamais considéré les choses sous cet angle.

Leon la regarda fixement alors qu'il prenait le micro de la radio et envoyait un message à destination de toute embarcation se trouvant à proximité de Birzebbuga, au sud de l'île de Malte.

— Que fais-tu ? demanda-t-elle, inquiète soudain.

— Je ne peux plus accoster à Malte, n'est-ce pas ? J'avais prévu de te mettre dans un avion pour le Canada, mais que se passera-t-il si nous sommes interrogés à propos d'Illi ? Je préfère être dans mon pays, en présence de mon avocat, lorsque *nous* informerons les autorités qu'elle n'est pas biologiquement notre fille.

— Je ne l'abandonnerai pas, Leon ! s'écria Tanja, désespérée.

— Je n'ai pas dit que tu aurais à le faire, grommela-t-il. Mais je ne vais pas me rendre complice d'un acte délictueux. Que cherches-tu ? À m'envoyer en prison ?

— Non !

Il leva les yeux au ciel. La radio crachota une réponse. Leon demanda au bon Samaritain de transmettre un message à *La Couronne de Poséidon* pour que son bateau vienne à la rencontre du trimaran. Il donna leurs coordonnées et leur route et ajouta que l'équipage devait faire des provisions pour un bébé avant de quitter le port.

— C'est quoi, *La Couronne de Poséidon* ? demanda-t-elle alors qu'il mettait fin à sa transmission.

— Mon yacht, dit-il en se levant. Je vais sur le pont. J'ai besoin de m'éclaircir les idées.

Tanja n'eut pas le temps de le retenir : Leon avait déjà quitté le cockpit et elle se retrouvait seule.

Tanja rassembla la vaisselle sale et l'apporta dans la cabine pour la laver. Lorsqu'elle entendit une voix dans le haut-parleur de la radio, elle passa la tête par la porte.

— *La Couronne de Poséidon* quittera le port dans l'heure.

Elle prit le micro pour remercier son interlocuteur, grimpa de nouveau dans le cockpit, se mit sur la pointe des pieds et pivota vers la proue. Elle informa Leon, qui lui répondit par un simple signe de tête.

— Même pas de réconciliation sur l'oreiller, grommela-t-elle pour elle-même en redescendant dans la cabine.

Elle s'était doutée que Leon ne serait pas content d'apprendre la vérité à propos d'Illi, mais il n'y avait tout de même pas de quoi se jeter à l'eau, si ?

Le nourrisson dormait comme un petit ange. Tanja se glissa à côté d'elle et s'assoupit. Illi la réveilla une heure plus tard en gazouillant. Elle souriait et donnait de petits coups de pied dans le vide. *Quelle enfant adorable !* Tout en jouant avec elle sur la large couchette, elle s'interrogeait : combien de temps resteraient-ils coincés en Grèce ? Le point positif, c'était qu'il y aurait sans doute des vols directs au départ d'Athènes pour Vancouver. De toute façon, elle avait initialement prévu d'aller en Grèce après son séjour à Istuval, pour braver le lion Leon dans sa tanière et demander le divorce. Ce qui restait à faire…

Une douleur soudaine lui tordit le ventre, et ce n'était pas l'angoisse. Elle respira lentement pour calmer l'élancement et se leva afin de préparer un biberon à Illi. Elle chancela et faillit perdre l'équilibre. La tête lui tournait. Elle cala rapidement le bébé en sécurité sur le matelas. Son estomac se retournait sous le coup d'une froide nausée.

— Non ! gémit-elle doucement en réalisant qu'elle était malade.

Elle toucha Illi, qui n'avait aucun signe de fièvre. Son agitation croissante semblait provoquée par la faim et une couche mouillée. Tanja la changea et utilisa des lingettes pour la nettoyer et se laver les mains, en se rappelant que l'eau des réservoirs n'était peut-être pas potable. Était-ce ce qui causait ces coups de couteau incessants dans son ventre ?

Elle utilisa de l'eau en bouteille pour préparer le biberon. Cette simple tâche l'épuisa. Elle frissonnait et avait des vertiges. Une fois le biberon prêt, elle fit un effort herculéen pour s'installer avec Illi dans le cockpit et la nourrir.

Leon descendit quelques instants plus tard et se figea en les voyant.

— Je dois garder les yeux sur l'horizon, lui dit-elle.

— Mal de mer ?

— Oui.

Tanja se voulait affirmative mais elle doutait que le mal de mer soit la cause des frissons chauds et froids qui la traversaient en alternance.

— Mange quelque chose.

Leon s'installa devant les écrans des instruments de navigation.

— Non, merci.

— Garde le cap pendant que je vais nous préparer une soupe, ordonna-t-il d'un ton qui n'admettait pas de réplique.

Il descendit dans la cabine tandis qu'elle se glissait dans le siège du skipper. Elle se concentra sur sa respiration pour tâcher d'apaiser sa nausée.

Illi venait de terminer son biberon quand Leon revint avec deux mugs de soupe. Il lui en tendit un. Elle détourna la tête, incapable de supporter l'odeur.

— Je sais que tu n'as pas faim, mais ça t'aidera. Il faut te forcer un peu.

— J'ai bu un peu de l'eau du robinet, admit-elle.

— Pourquoi ? Je t'avais dit de ne pas le faire !

— Pas assez tôt. Je l'ai bue hier soir.

Il poussa un soupir impatient et déposa les deux tasses dans des supports prévus pour que le roulis et la gîte ne les renversent pas. Il posa sa large main sur son front. Au bout d'un moment, il déplaça le dos de ses doigts vers sa joue, en un geste incroyablement apaisant.

Son ton, cependant, était moins réconfortant lorsqu'il lâcha :

— Tu as de la fièvre.

— Au moins, ce n'est pas contagieux.

— J'espère, murmura-t-il.

— Je vais m'éloigner, si tu as peur, s'agaça-t-elle.

Illi à son bras, le biberon vide dans l'autre main, Tanja se tortilla pour s'extraire du siège. Au moment où elle passait devant Leon, il l'encercla de ses bras. Il lui arracha le biberon vide et le déposa sur le siège. Il avait l'air mécontent.

— C'est peut-être quelque chose de plus grave. Une appendicite ?

— Oh ! c'est très apaisant, merci ! ironisa-t-elle, avant de reprendre avec calme : Je ne vais pas si mal, ne t'inquiète pas.

Pourtant, Illi était lourde comme un sac de ciment dans ses bras, un sac qui gigotait joyeusement. C'était si agréable de la voir heureuse que Tanja ne pouvait pas lui reprocher cette énergie.

Quand elle leva les yeux vers Leon, elle le surprit en train de les regarder avec une expression étrange - de l'amusement, certes, mais aussi quelque chose de plus intense, de plus… *intime*. Il tourna aussitôt le visage vers l'horizon, ne lui offrant que son profil parfait de dieu grec, mais ce qu'elle avait entrevu, que ce soit de la tendresse ou de l'envie, faisait battre son pouls plus vite.

Une crampe plus violente que les autres la ramena à des préoccupations plus triviales. Elle laissa échapper un gémissement. Elle se leva brusquement, flanqua Illi dans les bras de Leon et se dirigea vers la proue du trimaran, le cœur dans la gorge.

Quand elle revint dans le cockpit en tremblant, Leon l'informa qu'il avait des cachets contre le mal de mer.

— Ils m'assomment et je dois m'occuper de la petite demoiselle.

— Je peux la tenir. Va t'allonger.

— Si je suis allongée, autant l'avoir près de moi, argumenta-t-elle.

Elle descendit les trois marches et tendit les mains. Leon sembla hésiter, puis s'accroupit et lui passa le bébé.

— Appelle-moi si tu as besoin d'aide, dit-il. Il ne reste que quelques heures avant de croiser *La Couronne de Poséidon*. Tu te sentiras peut-être mieux à bord, il y a moins de roulis.

— J'en suis sûre, lui mentit-elle.

Elle savait déjà qu'elle était loin d'être au bout de ses souffrances.

Quand Leon établit un contact visuel avec son yacht, il descendit pour prévenir Tanja. Elle et le bébé dormaient encore. Tanja avait des taches rouges sur ses joues pâles. Il lui toucha le bras et elle frissonna.

— Nous allons bientôt monter sur mon yacht.

Elle marmonna sans ouvrir les yeux. Il lui toucha le front. Elle était brûlante. Il poussa un juron.

— Tu as beaucoup de fièvre, dit-il. Tiens bon !

— Est-ce qu'Illi va bien ?

— Elle dort. Elle n'a pas de fièvre, lui assura-t-il après avoir posé le dos de deux doigts sur la joue du bébé. Je vais gérer la manœuvre de transfert. Je reviens vite.

Dès qu'il fut suffisamment proche de *La Couronne de Poséidon*, Leon affala les voiles. Le yacht avait un équipage d'une douzaine de marins. Deux d'entre eux étaient à bord du long canot racé en bois qui aborda le voilier. Un resterait à bord pour ramener le trimaran à Malte. Leon transféra leurs affaires, puis réveilla Tanja, qui s'était rendormie. Elle s'assit sur la couchette en tremblant. Leon ôta son pull.

— Tiens, dit-il avant de l'aider à l'enfiler. Je vais prendre le bébé.

— Je peux le faire, protesta-t-elle d'une voix faible.

— Non. Tu es malade.

Illi se mit à pleurer quand Leon la prit dans ses bras, mais il ne s'en souciait guère. L'état de Tanja l'inquiétait beaucoup plus. Elle faillit tomber quand elle essaya de se lever.

— Reste là, ordonna-t-il en l'asseyant sur la couchette.

Il sortit et remit le bébé au pilote du canot. À son retour dans la cabine, Tanja était debout, chancelante, accrochée à la paroi pour ne pas tomber. Elle semblait à l'article de la mort et paniquée.

— Laisse-moi t'aider.

Sa maigreur le frappa quand il l'aida à monter sur le pont, et elle lui parut légère comme une plume lorsqu'il la porta pour la déposer dans l'annexe. Elle s'y recroquevilla, Illi dans les bras.

Leon donna des instructions précises au marin qui prenait la barre du trimaran puis descendit à son tour dans le canot. Il s'assit à côté de Tanja et enroula les bras autour d'elle, à la fois pour la réchauffer et pour l'aider à tenir le bébé. Elle se blottit contre lui avec un soupir reconnaissant. Elle posa la tête sur son épaule. Puis elle la redressa et, le regard fixé sur son yacht, demanda d'un ton indigné :

— Qu'est-ce que c'est que *ça* ? C'est un bateau de croisière, pas un yacht !

— Il y a des cabines pour douze invités, et non douze cents, répliqua-t-il.

Il garda pour lui que *La Couronne de Poséidon*, qui avec ses cinq ponts se profilait comme un gratte-ciel au-dessus d'eux, avait été présentée comme le premier giga yacht du monde quand son père l'avait commandée.

— J'ai *économisé* pour pouvoir aller passer des vacances

à Istuval en faisant du *bénévolat* ! s'emporta Tanja avec ce qu'il lui restait de vigueur. J'ai choisi Istuval parce que l'île est assez proche de la Grèce pour que le trajet soit *abordable*. Je redoutais de te demander le divorce parce que je pensais que je pourrais me retrouver coincée à payer des frais de justice et que je n'ai pas d'argent pour des avocats. Une fois que j'ai eu Illi et Brahim dans ma vie, je ne savais pas comment je pourrais payer pour un divorce et une adoption. Et toi, pendant ce temps, tu navigues à bord de *ça* !

Leon baissa la tête, inexplicablement mal à l'aise. Était-ce à cause du mot « divorce », ou à cause de tous les autres, lancés comme des flèches acérées qui avaient réussi à se ficher en lui plutôt que de se briser contre ses défenses ?

— C'est mon père qui l'a fait construire, maugréa-t-il. Il a été loué à un sultan pendant les trois premières années. Comme caution, il m'a permis d'emprunter…

— Je m'en moque ! Tu es assis sur un tas d'or depuis des années alors que j'ai échangé mon smartphone contre du lait maternisé ! Tu es le pire des hommes, Leon !

Le mastodonte, avec ses ponts en escalier aux angles élégants et son aérodynamisme de vaisseau spatial, avait l'air d'être fait de mercure et de verre. Il était moderne, visuellement magnifique, et Tanja le devinait luxueux avant même d'avoir embarqué.

Alors que l'élégant canot à moteur qui les transportait approchait de la poupe, la coque s'ouvrit et le canot entra. Un membre de l'équipage l'amarra et ils en descendirent. En face d'elle, une salle de musculation aux parois vitrées abritait des tapis roulants et des appareils disposés de manière à pouvoir profiter de la vue sur bâbord.

Un homme vint la saluer.

— Bonjour et bienvenue. Je suis Kyle, le commissaire de bord.

Tanja songea qu'il avait l'accent australien.

— Une salle de jeux ? s'étonna-t-elle en lisant un panneau sur une porte dans le mur arrière.

— Des jet-skis, du matériel de kitesurf, de plongée, ce genre de choses, expliqua Kyle. Après la salle de sport se trouvent notre sauna et notre spa, mais nos masseurs ou manucures peuvent aussi officier en cabine.

En grandissant dans une marina, Tanja avait vu des navires de luxe. Mais les monstres de ce genre jetaient l'ancre au large, et elle n'était jamais montée à bord d'aucun.

— Vous avez même un ascenseur…, remarqua-t-elle en jetant un regard assassin à Leon lorsqu'ils y pénétrèrent.

— Nous en avons quatre, dit Kyle avec obligeance.

— Oh ? Combien d'héliports ? plaisanta-t-elle, cynique.

— Deux, répondit Kyle avec le plus grand sérieux.

— Deux, répéta-t-elle avec une moue de dédain.

Mais ses bravades cessèrent lorsque l'ascenseur s'arrêta et qu'elle perdit l'équilibre. Leon les retint, Illi et elle, puis il prit Illi et garda un bras autour de Tanja tandis qu'ils sortaient de la cabine. Il dégageait une telle chaleur ! Il lui fallut toute sa concentration pour faire fonctionner ses jambes. Elle voulait se fondre dans sa force, fermer les yeux et le laisser prendre le contrôle total.

— Faites immédiatement venir le médecin dans ma cabine, ordonna-t-il. Et dites au capitaine de rester en permanence à distance d'hélicoptère de Malte, au cas où nous devrions évacuer ma femme vers un hôpital.

— Bien, monsieur.

Kyle posa les bagages et se dirigea vers un téléphone blanc fixé au mur près de l'ascenseur. Leon la guida le long d'un large couloir, avec de la moquette au sol. Ils longèrent un atrium surmonté d'un dôme de verre coloré, puis arrivèrent devant une double porte capitonnée. Leon ouvrit un battant et la fit entrer dans un espace qui ne devait pas faire loin de cinquante mètres carrés.

D'un côté, il y avait une cuisine avec un comptoir et des tabourets ; de l'autre se trouvait un espace de travail avec un bureau majestueux, un écran sur un bras articulé et une imprimante. Un troisième espace, spacieux et lumineux, avec un canapé bas, des fauteuils, des coussins et une table, permettait de se reposer et de manger. De grandes baies vitrées ouvraient sur le pont privé qui les entourait.

De l'autre côté de la cabine, une salle de bains et un dressing, lequel permettait d'accéder à l'immense chambre à coucher. Elle s'ouvrait elle aussi sur le pont, où était installé un jacuzzi. L'immense lit autorisait une vue à 180° sur la proue. Tanja en avait le souffle coupé. Ses jambes faiblirent et elle s'assit au bout du lit. Comment était-il possible d'être si riche que l'on pouvait se permettre autant de luxe ?

Elle entendit Leon, qui était retourné dans la pièce principale, demander à Kyle de laisser les bagages et de trouver un lit pour Illi.

— Pourquoi nous avoir fait venir dans ta cabine ? lui demanda-t-elle quand il revint.

— Tu as besoin d'aide avec le bébé.

Il tenait encore Illi, qui faisait des bruits humides en soufflant contre son poignet. Elle sourit et tendit les bras à Tanja.

— Je peux y arriver, répliqua-t-elle en levant les mains pour prendre sa fille.

— Tu es sûre ? ironisa Leon en approchant le bébé d'elle.

Non. Ses bras étaient comme des spaghettis mouillés. Elle finit par les laisser retomber en gémissant. Leon la toisa, l'air de dire : « Tu vois, je te l'avais bien dit ! » Elle lui jeta un regard plein de ressentiment. La dernière chose qu'elle désirait était de devoir compter sur lui, mais il était douloureusement évident qu'elle n'avait pas le choix.

Pour l'instant.

4.

Le médecin du bord arriva dans la cabine de Leon avec un message du capitaine :

— Nous avons croisé le *Pennyloafer* en faisant route pour vous récupérer. Votre ami Kyrkos nous a contactés par radio et propose que vous vous retrouviez à Malte.

Même si son complice de jeunesse ne manquait jamais une occasion de le voir lorsque leurs chemins se croisaient en Méditerranée, Leon sourit de la coïncidence - Kyrkos était médecin. Il décrocha le téléphone intérieur et appela le capitaine :

— Invitez Kyrkos à bord s'il est toujours dans le coin. Dites-lui que c'est pour une visite à domicile.

Leon, qui portait toujours une Illi occupée à babiller, écouta le médecin poser quelques questions à Tanja tout en prenant sa température.

— Vous avez de la fièvre, mais ce n'est pas inquiétant. Je pense que cela passera dans un jour ou deux. Il faut vous réhydrater et manger des fruits. Je vais vous apporter des comprimés.

Lorsqu'il fut sorti, Tanja se tourna vers lui.

— Puis-je me doucher ?

— Je ne sais pas. En es-tu *capable* ? ironisa Leon.

— Très drôle… L'eau était aussi précieuse que tout le reste, chez Kahina. C'est pourquoi j'avais l'habitude de boire tout ce que j'avais versé, pour ne pas gâcher. Et c'est aussi pourquoi je n'ai pas pris de douche depuis trois jours. Rester sale ne m'aide pas du tout à me sentir mieux.

— Vas-y, dit-il avec un signe de tête. Ne ferme pas la porte à clé. Appelle si tu as besoin d'aide.

Elle lui envoya par-dessus son épaule un regard qui semblait signifier : « Plutôt mourir ! » Leon voulut ajouter une pique bien sentie sur le fait qu'elle allait profiter des commodités du yacht qu'elle lui avait reproché de posséder, mais il se souvint qu'elle avait failli s'effondrer sur le trimaran. Cela lui avait fait très peur. Elle avait besoin de conserver ses forces, pas de les gaspiller à se battre contre lui.

Quant au navire, il savait que c'était un luxe obscène. Il avait envisagé de s'en séparer, mais c'était aussi un luxe sacrément pratique. Le navire l'avait amené rapidement à Malte et lui permettait à présent de prendre soin de Tanja et du bébé.

Un steward apporta pour elle un jus de fruits frais et les comprimés promis par le médecin du bord. Quelques secondes plus tard, Tanja émergea de la salle de bains, enroulée dans un grand drap de bain. Elle semblait aller un peu mieux. Il lui donna un T-shirt et un caleçon à lui qu'elle pourrait porter pour dormir. Elle ne fit aucun geste pour se changer. Elle fixait Illi avec inquiétude.

Leon devinait le conflit intérieur qui la travaillait : elle était malade, mais elle voulait être celle qui s'occupait d'Illi. Elle possédait un instinct maternel aigu, fascinant.

« C'est ce qui m'a persuadée que j'étais vraiment la mère d'Illi », lui avait-elle dit. Il entendait les mots résonner en lui tandis qu'il contemplait les preuves des privations que Tanja s'était infligées pour protéger le bébé : pommettes et clavicules saillantes, joues creusées, cernes sous les yeux. Cela alimenta son sentiment de frustration. Il aurait voulu lui tenir rigueur de ne pas avoir pris soin d'elle-même, mais comment aurait-il pu l'en blâmer ?

— Va te reposer. Je peux tenir Illi dans mes bras pendant

que je vérifie mes messages. Je ferai savoir à Zach que tu es en sécurité.

— Oh ! Oui, préviens-le, s'il te plaît. Merci, dit-elle avec un soulagement visible, avant de regagner la salle de bains pour se changer.

Deux heures plus tard, Leon avait regardé une bonne dizaine de vidéos sur les soins de base à prodiguer aux bébés. Il apprit que les bébés de quatre mois ne savaient pas comment s'asseoir, et qu'il n'avait donc pas à s'inquiéter de voir Illi échouer à se tenir sur ses genoux. Pendant quelques secondes, il avait eu peur d'avoir mal fait et blessé le nourrisson.

« Tu es le pire des hommes ! » lui avait lancé Tanja.

Je sais ! avait-il eu envie de crier en retour. Certains de ses comportements passés lui pesaient sur la conscience. Rien de criminel, mais il avait souvent été négligent, peu attentionné envers les autres. Et puis il y avait les choses que son père avait faites. À son crédit, Leon avait pris des mesures pour réparer les torts que son géniteur avait causés.

Il avait été perturbé par l'explosion de Tanja à propos de ses difficultés financières. « J'ai échangé mon smartphone contre du lait maternisé », avait-elle lancé. Comment ne pas culpabiliser après avoir reçu une telle vérité en plein visage ? Il aurait dû faire plus d'efforts pour s'enquérir de sa situation au lieu de croire qu'elle avait avancé dans sa vie et qu'il ne lui manquait pas du tout.

Tout à coup, Leon se rendit compte que le bébé s'était endormi au creux de son bras. Son visage poupin le fit fondre. *Ne t'attache pas !* s'ordonna-t-il. Il se leva et l'installa doucement dans le lit d'enfant que Kyle avait trouvé ; il la recouvrit d'une couverture légère. Il resta à regarder Illi comme un idiot pendant quelques minutes, et il serait demeuré là si le téléphone intérieur n'avait pas sonné. C'était Kyle, qui lui annonçait l'arrivée de son ami Kyrkos.

Leon sortit de l'ascenseur et entra dans le salon principal, où Kyrkos l'attendait. Celui-ci l'étreignit avec chaleur.

— Leon ! C'est bon de te voir !

Il remarqua alors que son ami n'était pas venu seul.

— Je ne pense pas que tu aies rencontré ma femme, Cameron.

Pas celle-ci, non. Si Leon avait assisté au mariage de Kyrkos avec sa première femme, il avait appris par la rumeur que cette jeune mondaine s'était élevée du rang d'assistante à celui de maîtresse avant de devenir, consécration suprême des croqueuses de diamants, son épouse.

— J'ai demandé à Kiki de m'amener, minauda la jolie blonde, même si votre capitaine a dit que c'était une visite médicale. Je meurs d'envie de visiter ce yacht dont j'ai tant entendu parler !

— Avec plaisir, répondit poliment Leon, avant de faire signe au matelot qui se tenait derrière le bar : Christos va vous montrer les lieux.

— Je pensais te trouver en train de saigner, dit Kyrkos. Qui a besoin de moi ? Un membre de l'équipage ?

Leon ouvrit la bouche pour répondre mais se rendit compte qu'il n'avait pas d'explication à donner sur l'identité de Tanja. Si Kyrkos décidait qu'elle avait besoin de soins urgents, Leon voudrait être identifié comme son plus proche parent pour donner des autorisations si nécessaire. Donc il pouvait seulement dire la vérité.

— J'ai besoin que tu examines ma femme, Tanja.

— Vous êtes marié ? s'écria Cameron avec joie. Oh ! mon Dieu ! Est-elle enceinte ?

— Non, dit fermement Leon, qui se tourna vers le jeune matelot : Pouvez-vous montrer le navire à notre invitée pendant que j'accompagne le médecin ?

— Bien sûr, monsieur.

Leon emmena Kyrkos dans l'ascenseur.

— Marié ? demanda celui-ci, sarcastique.

— Kiki ? répliqua Leon avec un petit sourire taquin.

— Oui, bon, d'accord, murmura Kyrkos en levant les yeux au ciel. Mais maintenant que tu es marié, tu vas apprendre qu'il vaut mieux choisir ses batailles que de perdre la guerre. Et d'ailleurs, pourquoi n'ai-je pas été invité au mariage ?

— C'est une longue histoire, dit Leon en se dirigeant vers sa cabine. Nous faisons route vers la Grèce, mais si Tanja a besoin d'un hôpital, nous retournerons à Malte.

Kyrkos s'approcha du lit de bébé.

— Bon sang, Leon ! Tu as un *bébé* ? Comment se fait-il que je sois le dernier à l'apprendre ? Cammy est abonnée à tous les comptes de people et suit tous les sites de potins mondains !

— Je… Nous n'avons rien rendu public. Ma principale préoccupation en ce moment est Tanja. Elle a horriblement mal au ventre, de la fièvre et des nausées. Elle a bu de l'eau sans doute un peu croupie.

Il amena son ami dans la chambre et réveilla doucement Tanja. Elle cligna des yeux, l'air désorienté, puis se ressaisit aussitôt :

— Où est Illi ?

— Elle fait la sieste, dit-il en pointant du doigt la pièce principale. Voici mon ami Kyrkos. Il est médecin.

— Salut.

Ses cheveux roux et dorés étaient ébouriffés autour de son visage pâle. Leon ne put s'empêcher d'admirer sa beauté sauvage, naturelle. Elle répondit aux questions de Kyrkos sur son état de santé général et l'apparition des symptômes. Celui-ci lui prit sa température. Il constata que sa fièvre était tombée, sans doute grâce aux pilules que le médecin de bord lui avait données.

— Cela devrait s'arranger d'ici quelques jours. Si la situation s'aggrave, consultez un médecin à Athènes. Je peux par précaution faire faire des analyses de sang à Malte, pour m'assurer que tout va bien. Nous nous y rendons.

Leon poussa Tanja à accepter. Kyrkos lui fit une prise

de sang. Tandis que la jeune femme passait dans la salle de bains, Kyrkos se pencha vers lui :

— Elle est très mince, murmura-t-il. Du fer et un cocktail de vitamines seraient une bonne idée.

Leon envoya aussitôt cette recommandation au commissaire de bord. Lorsque Tanja reparut, Illi se mit à pleurer. La jeune femme fit mine d'aller vers elle, mais Leon la retint par le bras.

— Je vais m'occuper du bébé. Retourne te coucher.

— Elle n'a pas mangé depuis que nous sommes à bord, n'est-ce pas ?

— Non, mais j'ai fait envoyer ses biberons au chef pour qu'ils soient stérilisés. Je peux m'occuper du bébé.

Il fanfaronnait un peu en disant cela, parce que Tanja avait l'air si faible et nerveuse. Il sentit qu'elle hésitait. Kyrkos intervint :

— C'est une bonne idée de la nourrir au biberon en ce moment, Tanja. Vous devez reprendre des forces.

— Oh ! euh…

Leon comprit qu'elle était sur le point d'expliquer qu'Illi n'était pas sa fille et qu'elle n'allaitait donc pas. Dans le dos de son ami, il lui fit signe de ne rien dire.

— D'accord, murmura-t-elle. Et merci pour le check-up.

Elle retourna s'allonger. Leon emmena Kyrkos hors de la chambre. Illi avait le visage froncé et des larmes sur les joues. Elle se frottait le visage contre son épaule.

— Je sais que tu as faim, lui chuchota-t-il. Je vais te donner quelque chose tout de suite.

Il décrocha le téléphone intérieur et demanda au chef de préparer un biberon et de le faire apporter dans le salon principal.

— Alors ? À quoi ça ressemble, d'être père ? lui demanda Kyrkos.

Leon faillit éclater de rire et lui répondre : « Repose-moi la question quand j'aurai plus de cinq minutes d'expérience ! » Dans le même temps, il prit conscience que cela le contrariait de ne pas l'être. Il ne pouvait pas plus expliquer cette contrariété que l'inquiétude qu'il éprouvait pour un bébé qu'il avait rencontré à peine vingt-quatre heures auparavant. Il n'était pas un sentimental, mais tout ce que Tanja lui avait raconté sur cette petite chose sans défense, dont la mère avait sacrifié sa vie pour elle, suscitait en lui de l'empathie.

Et puis toute personne normalement constituée qui se retrouvait face à un bébé affamé, qu'il s'agisse d'un chaton, d'un chiot ou d'un poupon, chercherait à le nourrir, non ? Ce n'était pas un grand effort ni un exploit que de lui tapoter le dos et de le rassurer.

— Tu ne veux pas d'enfants ? demanda-t-il pour éviter de répondre à la question de Kyrkos.

— C'est la raison pour laquelle mon premier mariage n'a pas tenu. Mon temps libre est précieux. Je veux le passer sur l'eau ou sur les pistes, pas à changer des couches. Toi, on dirait que tu arrives à tout concilier : profiter de la vie et naviguer avec un bébé. Enfin, si on peut appeler ça « naviguer », termina-t-il avec ironie en jetant un coup d'œil circulaire à l'atrium.

L'arrivée d'un steward épargna à Leon de répliquer à la pique de son ami. Il lui tendit un plateau sur lequel était posé un biberon, comme s'il servait une flûte de champagne.

— Le chef l'a fait lui-même. Il a dit que la température devrait être parfaite.

Leon déposa une goutte sur le dos de sa main pour en être sûr, puis il tendit l'offrande à Illi. Elle s'en saisit avidement et commença à téter en souriant. Il n'en fallait pas beaucoup pour être un héros à ses yeux, songea Leon, qui lui sourit en retour. Kyrkos arborait une expression légèrement méprisante, cynique à tout le moins, qui hérissa Leon. Il sentait le besoin de protéger Illi, un besoin puissant qui frisait l'irrationnel puisqu'il se vit brièvement jeter Kyrkos par-dessus bord.

— Où peut-on trouver la femme de mon ami ? demanda-t-il au steward.

— Au bar, monsieur.

Illi toujours dans les bras, Leon emmena Kyrkos sur le

pont inférieur. Le vaste espace bar permettait de se réunir à plusieurs pour prendre l'apéritif, un cocktail après dîner ou un simple rafraîchissement durant la journée. Les trois écrans de télévision diffusaient le plus souvent du sport mais on pouvait aussi y regarder des films.

— Oh mon Dieu ! s'exclama Cameron en se précipitant vers eux. Vous avez un *bébé* ?

Avant qu'il ait pu réaliser ce qu'elle faisait avec son portable, elle avait pris une photo de lui.

— Si vous voulez me prendre en photo, merci de me demander *avant*, grinça-t-il sans masquer son agacement.

— Cammy, ne poste rien à moins que Leon te dise que ça ne le dérange pas, intervint Kyrkos avec empressement.

— Oups..., grimaça-t-elle d'un air faussement contrit. J'en ai déjà posté un million du bateau.

— Le yacht, ça va, dit Leon d'un ton poli malgré son exaspération. Supprimez celle d'Illi et moi, s'il vous plaît.

Il était sincèrement révolté par le manque total de respect de la jeune femme pour sa vie privée.

— Vraiment ? demanda Cameron en battant des cils. C'est *tellement* mignon.

— J'avais l'intention de remercier votre mari pour la visite à domicile en vous faisant passer une semaine à bord de *La Couronne de Poséidon* plus tard dans l'année...

Son silence laissait intentionnellement planer la menace d'un changement d'avis. Kyrkos dut comprendre le message, car il darda sur sa femme un regard sévère.

— C'est une compensation plus que généreuse pour mon temps, déclara-t-il. Supprime la photo, Cammy.

— Si tu insistes, Kiki, maugréa-t-elle, avant de s'exécuter de mauvaise grâce.

Tanja avait essayé de se rendormir, en vain. Elle s'était tournée et retournée dans le grand lit, si bien qu'au bout d'une heure, elle avait décidé, ne voyant pas Leon revenir avec Illi, de se lever. Grincheuse, elle enfila un peignoir et sortit de la cabine de maître.

Elle commença par se perdre dans les couloirs, passant d'un pont à un autre sans réussir à se repérer. Heureusement, elle croisa enfin un steward. Celui-ci se renseigna en passant un appel téléphonique. Il lui apprit que Leon se trouvait dans la salle de spectacle, puis lui proposa de lui préparer un smoothie. Elle accepta. Il lui donna des indications précises pour rejoindre Leon et sa fille.

Tanja s'arrêta sur le seuil de la grande salle de style cabaret, munie d'une scène pour les concerts, de fauteuils en cuir et de tables bistrot. Leon, Illi sur ses genoux, était assis devant un scintillant piano à queue.

— Il faut pousser plus fort, disait-il à la fillette, qui avait un doigt posé sur une touche. Je crois que tu peux le faire.

Il appuya doucement sur la touche qu'elle avait tapotée sans en tirer un son et l'enfonça assez pour que s'élève dans l'air une note légère.

— Tu as entendu ? Essaie !

Face à ce spectacle, Tanja fondit, comme si toutes ses fibres de femme vibraient à l'unisson de la corde du piano frappée par le petit marteau recouvert de feutrine.

— Un des stewards m'a dit que tu donnais une leçon de piano à Illi. Je n'y croyais pas.

Leon leva les yeux. Il avait l'air fatigué, mais il avait taillé sa barbe et portait une nouvelle chemise.

— Elle perdait à la roulette, déclara-t-il, pince-sans-rire. Je devais la faire sortir du casino.

— Il n'y a *pas* de casino sur ce yacht.

Tout en le disant, elle paria intérieurement qu'il y en avait vraiment un.

— Je te montrerais bien, mais la tenue de soirée est exigée à l'entrée, poursuivit-il sur le même ton, non sans avoir jeté un coup d'œil à son peignoir.

Lorsque Illi comprit que Tanja était là, elle poussa un cri d'excitation et ses petits bras s'agitèrent. Tanja posa son smoothie et s'avança pour la prendre. Son peignoir s'entrouvrit. Elle capta le regard de Leon posé sur l'échancrure - elle portait un T-shirt en dessous. L'atmosphère était à présent chargée de particules aphrodisiaques. Tout homme aussi viril que Leon avec un bébé aurait activé chez n'importe quelle femme quelque chose de primitif qui avait un lien avec l'essence de la maternité, de l'accouplement, et Tanja se dit qu'elle ne devrait pas laisser cela l'affecter aussi profondément.

— Tu portes des vêtements propres, dit-elle à Illi en observant sa grenouillère. Qui t'a changée ?

Elle jeta un regard à Leon, s'attendant à ce qu'il mentionne une employée ou la femme de son ami monté à bord.

— Moi.

— Vraiment ? s'étonna-t-elle. Pourquoi ?

— Sa couche était… Illi avait… Bref, tu comprends.

— Tu as changé sa couche ? s'exclama Tanja, abasourdie.

— Pourquoi est-ce si surprenant ?

— Je ne pensais pas que tu saurais comment faire.

Leon se contenta de lever les yeux au ciel sans répondre, puis il désigna son smoothie d'un geste de la tête.

— Si tu avais faim, il t'aurait suffi de décrocher le téléphone et de commander. Tu n'avais pas besoin de quitter ta cabine.

— Comme tu ne me ramenais pas Illi, j'ai voulu savoir où elle était.

Il plissa les yeux.

— Tu t'es dit que je l'avais donnée à Kyrkos pour qu'il l'abandonne devant une église ? Ne me fais-tu pas confiance ?

Tanja faillit laisser échapper un ricanement moqueur. N'avait-elle pas de bonnes raisons de se méfier de lui ? Elle s'assit et posa Illi sur ses genoux. Celle-ci s'agitait et se tortillait en tous sens, pleine d'énergie.

— Après tout, ne suis-je pas son *père* ? la provoqua Leon d'un ton glacial, en insistant bien sur ce dernier mot.

Elle ressentait certes une pointe de culpabilité pour l'avoir impliqué sans son consentement, mais s'il attendait des excuses, il pouvait toujours courir !

— Tu as vu combien les choses étaient devenues difficiles sur Istuval. Penses-tu que j'aurais dû abandonner Illi dans un orphelinat ? Aurais-je dû demander à Kahina de l'élever, alors qu'elle ne peut plus travailler pour subvenir à ses besoins et qu'elle va vivre de la générosité de son frère dans un avenir proche ?

Il lui apporta son smoothie et le posa sur la table, à portée de main.

— Non. Mais tu m'as mis dans une position difficile.

— J'en suis désolée, répliqua-t-elle, mais son ton ironique démentait ses paroles.

Elle croisa le regard accusateur de Leon. Il ne bougeait pas, debout au-dessus d'elle, les mains enfoncées dans les poches de son jean, le visage fermé.

— Très bien, soupira-t-elle, faisons la paix. Mais une explication serait la bienvenue. Pourquoi n'as-tu jamais répondu à mes appels ? Ai-je fait quelque chose pour que tu me battes froid comme ça ?

Au fil des ans, Tanja s'était convaincue qu'elle était responsable du silence de Leon, que tout était sa faute et qu'elle était trop bête pour en comprendre la raison.

— Ah, l'heure des grandes explications a sonné ? Très bien, allons-y !

Tanja retint son souffle. Enfin, elle allait savoir…

Leon commença à faire les cent pas, agité, les mains toujours dans les poches.

— Tu as dû lire des articles relatant l'effondrement de l'empire de mon père, je suppose…

— Empire que tu as été obligé de restructurer, oui, confirma Tanja. J'ai cru comprendre que tu étais occupé, Leon. Mais de là à ne pas prendre cinq minutes pour m'expliquer pourquoi tu ne voulais pas revenir au Canada…

Elle avait pensé à monter dans un avion pour aller lui demander des réponses les yeux dans les yeux, mais elle était aussi fauchée que son frère et son père. Leon ne voulait plus la voir, alors elle avait avancé dans sa vie. Plus ou moins. Elle s'était concentrée sur l'obtention de son diplôme pour éviter de ressasser son idylle brisée. L'argent était une chose, le coup violent porté à son estime de soi en était une autre.

— Les informations rendues publiques n'étaient que la partie émergée de l'iceberg, déclara-t-il, tendu. Je faisais tout ce que je pouvais pour cacher le maximum de choses et édulcorer le reste. J'étais pris dans une spirale sans fin. Quand je pensais à t'appeler, *bam* ! Une tuile me tombait dessus. Chaque minute, la situation empirait, je faisais découverte terrible sur découverte terrible. Je ne pouvais pas prendre le risque que cela fuite dans la presse.

— Et tu as le culot de mettre en question *mon* manque de confiance en *toi* ? s'emporta Tanja. Je n'aurais pas dit un mot si tu me l'avais demandé. Que peux-tu me dire, à présent ? Parce que tu te doutes bien que ton silence a nourri mon imagination et que dans aucun de mes scénarios tu n'as le beau rôle !

— Ah bon ? ricana-t-il. Alors, qu'ai-je fait de si terrible ?

— Tu as coulé la marina de mon père !

— Ton frère l'a coulée, la contredit-il avec fermeté.

— Tu avais promis à Zach que tu investirais avec lui.

— Et puis je lui ai dit que je n'avais pas d'argent et qu'il devait trouver quelqu'un d'autre.

— Pas d'argent, hein ? ironisa-t-elle en désignant le luxueux décor et le piano à queue. Zach s'est associé avec toi, Leon. Parce qu'il te faisait confiance. Et tu l'as planté. Tu nous as tous plantés !

— J'avais l'intention de participer au développement de la marina lorsqu'il me l'a proposé. Or, lorsque j'ai réalisé combien mauvaise était la situation que mon père avait laissée derrière lui, j'ai dû organiser une liquidation. C'est le business, Tanja. Ce n'était pas personnel et Zach le savait.

— Zach l'a pris personnellement, lui rétorqua-t-elle. Et moi aussi, figure-toi ! J'ai trouvé que ta défection était assez *personnelle*, vu que nous étions mariés. Bon sang, j'étais ta femme, Leon !

— Depuis une semaine, railla-t-il. Et ce n'était pas un vrai mariage.

Ces mots la heurtèrent durement. Elle se recroquevilla sur sa chaise, serrant Illi dans ses bras. Elle détourna le regard et le posa sur les immenses baies vitrées donnant sur l'horizon, un étincelant ton sur ton de bleus.

— Il n'était pas véritable, mais il est légal, reprit Leon, laconique, l'air renfrogné. Et il est grand temps de discuter du divorce, je suis d'accord avec toi sur ce point. Ce n'est pas comme si nous étions amoureux : nous nous sommes mariés parce que ton frère a découvert que j'avais couché avec toi. Il m'a fait comprendre que si j'investissais dans la marina, votre père voudrait un mariage.

— C'est pour cela que tu m'as fait ta demande ? s'écria Tanja, horrifiée.

Leon s'y entendait pour tirer sur l'ambulance, songea-t-elle, dégoûtée.

— Tu le savais, non ? s'agaça-t-il.

— Je pensais que tu ressentais quelque chose pour moi, soupira-t-elle en secouant la tête. Nous couchions ensemble… Oh ! mon Dieu !

Elle ferma les yeux. Elle aurait tant voulu avoir la force de se lever et de partir…

— Tu n'as même pas voulu m'épouser, poursuivit-elle, effondrée. C'est ce que tu dis, n'est-ce pas ? Je suis vraiment une idiote… Bon, j'ai compris le message en constatant que tu ne revenais pas, mais je pensais que c'était ma faute, que j'avais fait quelque chose de mal. Ou que tu avais compris que tu pouvais avoir n'importe quelle femme bien plus élégante et moins ennuyeuse que moi. Je pensais que tu te souciais de moi, et pas seulement de me mettre dans ton lit.

— *Tu* m'as mis dans ton lit, rétorqua-t-il. Tu t'es pointée avec du vin. Je n'étais pas ton premier amant. Je ne t'ai pas séduite.

Chaque phrase, chaque mot avaient claqué comme un coup de feu. Elle aurait pu riposter, mais à son grand dam Leon avait raison.

— Cela n'explique pas pourquoi tu as pris la peine de me demander en mariage.

— Je… Je ne sais pas pourquoi j'ai cédé. J'aimais bien Zach. Nous allions devenir associés. Épouser sa sœur semblait être un bon moyen de… sécuriser tout cela. Et puis tu vas croire que je suis fou, mais je ne pensais pas que tu accepterais. Je pensais que nous avions une aventure d'été. Tu allais retourner à l'université…

— Tu as bluffé et je suis tombée dans le panneau, c'est ce que tu dis ? bégaya Tanja, incrédule.

— Quelque chose comme ça, oui… Et puis mon père voulait que je vienne travailler pour lui. Je pensais qu'avec une femme et des affaires au Canada, je pourrais refuser.

— J'étais donc une sorte de gilet pare-balles ? s'étrangla-t-elle. Génial… Ton père savait-il qu'il était malade ? Et que son empire s'écroulait ? C'est pour cela qu'il voulait que tu sois auprès de lui ? Et toi, savais-tu qu'il avait des problèmes de santé ?

— Il a été victime d'une crise cardiaque, inévitable compte tenu de son mode de vie. Mais non, personne ne savait qu'il était aussi mal en point. Il n'avait pas vu de médecin depuis des années. Je pensais qu'il faisait une nouvelle fois preuve d'autorité, qu'il exigeait que je vienne travailler pour lui afin qu'il puisse me dire que je n'étais pas à la hauteur. Il l'avait déjà fait deux fois ; je n'avais pas envie de revivre ça.

— Tu as dû avoir des remords quand tu as appris sa mort. Est-ce pour cette raison que tu es resté en Grèce une fois de retour ?

— Je n'aurais pas fait un choix différent si j'avais compris qu'il allait mourir, marmonna Leon, la mine sombre. J'avais décidé que je ne travaillerais pas pour lui. Que je commencerais à monter mes propres affaires. C'était un vrai salaud, crois-moi.

Tanja ouvrit de grands yeux, effarée autant que surprise par l'accusation de Leon. Elle se souvient qu'il était resté étrangement stoïque lorsque sa mère lui avait annoncé la mort de son père. « Elle insiste pour que je rentre à la maison. Je reviendrai bientôt », avait-il dit. Elle s'était étonnée de la façon dont il avait pris la nouvelle - sans émotion - et agi comme si rentrer en Grèce auprès de sa mère était une contrainte. Elle s'était refusée à juger : chacun avait une manière à soi de vivre le chagrin.

— J'étais un homme différent à l'époque, reprit Leon en se passant une main sur le visage. Un enfant gâté. Tant que mes cartes de crédit fonctionnaient, je ne me demandais pas d'où venait l'argent. Quand j'ai été obligé de prendre la relève, j'ai compris pourquoi il ne m'avait jamais confié que des tâches subalternes. Sa fortune avait été construite sur des choses comme le travail des enfants, la collusion, le délit d'initiés et le contournement des règles environnementales.

— Tu es sérieux ? s'exclama Tanja, sous le choc.

— Hélas ! Cela m'a laissé deux choix. Je pouvais partir et tout perdre, laisser ma mère dans le dénuement, ou essayer de racheter ses fautes. Ce n'étaient pas les miennes, mais j'en avais bénéficié. Alors j'ai décidé de faire le ménage. Avec un grand pouvoir vient une grande responsabilité, mais pour prendre des responsabilités, je devais maintenir le pouvoir. Je suis donc resté et j'ai fait les choix difficiles qui nous ont permis de survivre, y compris revenir sur mon accord avec ton frère.

— Tu n'as rien voulu me dire parce que tu as cru que je révélerais les méfaits de ton père ?

— Nous nous connaissions à peine. Franchement, je m'attendais à ce que tu viennes me voir pour divorcer. Plus le temps passait et plus, ne te voyant pas venir, je pensais qu'il était préférable de ne pas réveiller le lion qui dort. Je me suis dit que tu savais que j'étais fauché et que tu avais choisi de prendre tes distances. En comparaison des malversations de mon père, prendre mes distances avec une femme qui ne voulait pas de moi et avec une possibilité d'investissement que je ne pouvais plus me permettre ne représentait pas grand-chose.

— Cela représentait beaucoup pour nous ! répliqua Tanja, agressive.

— Zach est allé trop vite en besogne ! Il a pris les devants sans s'assurer que son financement était bouclé. Parfois, des accords de principe sont remis en question. C'est le business, Tanja !

— Je comprends à quel point les choses ont été difficiles pour toi. Tu as sauvé tes fesses, pas les nôtres. Rien de personnel contre nous, lança-t-elle, amère.

— Descends de tes grands chevaux, par pitié ! Si j'étais si terrible, pourquoi n'as-tu pas divorcé ? Pourquoi m'as-tu épousé ? L'amour ? ironisa-t-il.

— Je pensais qu'il y en avait entre nous, oui ! J'étais jeune et romantique, je pensais que la passion était le signe de quelque chose de plus durable. De plus, tu étais ami avec mon frère, ton investissement aurait garanti à mon père une retraite confortable. Donc oui, mon mariage ressemblait à un conte de fées nimbé de bonheur éternel.

L'attitude de Leon disait clairement le dédain que lui inspirait son discours pourtant sincère.

— Je sais que c'était immature et irréaliste, pas besoin de faire cette tête ! s'emporta-t-elle. Ça me fait encore mal que tu n'aies rien ressenti pour moi. Pourquoi t'être donné la peine de venir à Istuval ? Tu aurais pu me laisser pourrir là-bas, au moins tu n'aurais plus jamais entendu parler de moi !

Son expression se durcit. Il resta silencieux si longtemps que Tanja craignit d'avoir dépassé les bornes.

— Je pensais que cela me mettrait dans la meilleure position pour négocier notre divorce, avoua-t-il enfin.

Cela déclencha en Tanja une nouvelle vague d'indignation. Heureusement, le petit corps chaud d'Illi blotti contre le sien la réconfortait - et l'empêchait peut-être de sauter à la gorge de Leon…

— Je ne veux pas de ton stupide argent, Leon ! Je veux juste ma liberté.

— Eh bien, c'est un peu compliqué maintenant, n'est-ce pas ? dit-il avec un signe de tête en direction d'Illi.

— Pas vraiment, dit Tanja avec fermeté. J'ai passé cinq ans sans toi, bien que ton nom soit relié au mien sur un morceau de papier. Il en sera de même pour Illi. Nous n'attendrons rien de toi après cette petite croisière. J'ai les moyens de gagner ma vie.

Elle embrassa la joue douce du bébé.

— Nous trouverons un arrangement qui te conviendra, grommela-t-il.

Une femme intelligente aurait accepté, surtout avec un enfant à nourrir. Mais Tanja s'était sentie trop insultée, bafouée.

— Ce n'était pas un vrai mariage, lui rappela-t-elle avec un sourire éclatant. Ne le transformons pas en un vrai divorce.

5.

Dans une autre vie, Leon aurait pris le refus de Tanja de recevoir de l'argent comme une victoire. Aujourd'hui, il était furieux. Mais avant qu'il puisse lui répondre, son téléphone vibra dans sa poche.

— Un SMS de Zach. Je vais voir s'il accepte un appel vidéo.

Il pianota sur son écran puis tendit le téléphone à Tanja. Un sourire éclaira le beau visage de celle-ci. Sa famille était aimante, un amour sans réserve, constant, brut, puissant. C'était beau à voir, le genre de relation que Leon admirait et respectait, mais en laquelle il n'avait pas confiance. Un orage avec des éclairs était excitant à regarder, mais cela vous tuait si vous étiez assez négligent pour ne pas vous en protéger.

— Leon, commença la voix énervée de Zach, avant de s'apaiser comme par miracle : Oh ! c'est toi ! J'étais inquiet quand j'ai vu que Leon m'appelait. J'ai pensé qu'il pourrait avoir de mauvaises nouvelles. C'est si bon de te voir !

— Tu n'as pas reçu le message disant que nous étions en sécurité ? Illi, dis bonjour à oncle Zach !

Elle avait posé le bébé sur ses genoux pour faire face à la caméra.

— Hé, ma chérie ! dit Zach avec chaleur. Bon sang, elle devient grande. Shonda dort, mais regarde : voici Bryant.

— Oh ! Zach…, soupira Tanja d'une voix émerveillée. Il est si beau !

Elle leva vers Leon un regard qui brillait d'une telle joie qu'il sentit une onde brûlante lui parcourir le corps. Elle lui fit un signe de tête pour l'inviter à venir voir. Il obéit presque malgré lui, alors que Zach et lui se parlaient à peine. Il se plaça derrière Tanja et vit un nouveau-né emmailloté dans une couverture jaune et portant un chapeau vert pâle.

— Félicitations, dit-il poliment.

— Ah, tu es là…, lâcha Zach d'une voix glaciale.

L'image se brouilla : le frère de Tanja sortait visiblement de la chambre d'hôpital. Apparut alors à l'écran son visage fatigué, cheveux ébouriffés.

— Merci d'avoir fait sortir Tanja d'Istuval, reprit Zach. Shonda était alitée et a subi une césarienne d'urgence, hier.

— Tout s'est bien passé ? demanda Tanja avec anxiété.

— Ils se portent tous les deux très bien.

— J'ai hâte de le tenir dans mes bras, soupira Tanja.

— Je pensais que tu étais déjà en chemin. Où es-tu ?

— Sur le yacht de Leon.

— Tanja n'est pas assez en forme pour prendre l'avion, intervint Leon.

— Je peux voler ! protesta-t-elle en lui envoyant un regard mécontent par-dessus son épaule.

— Tu peux à peine te battre contre le bébé pour le téléphone !

Illi était sur le point de l'attraper des mains de Tanja. Il la prit dans ses bras.

— Tanja et moi avons des questions juridiques à régler, reprit-il. Nous ferons cela à Athènes.

— Vous divorcez ? Bonne idée, commenta Zach, toujours aussi distant. Que s'est-il passé, Tanja ? Tu es tombée malade ?

Leon se dirigea vers une peinture abstraite très colorée accrochée à la paroi, donnant à Illi quelque chose à fixer. Tanja rassura son frère en lui expliquant qu'elle avait vu un médecin et qu'elle se sentait déjà mieux. Contrairement à elle, Leon ne pensait pas être la cause des ennuis financiers de Zach. Il se demanda comment lui voyait les choses.

Il ne s'était pas trop inquiété quand il avait rompu leur accord verbal. Pour commencer, il n'avait pas eu le choix, et bien qu'il ait apprécié Zach, il ne l'avait jamais considéré comme un ami véritable. Sans doute était-ce dû à sa propre personnalité : il avait toujours vu beaucoup de soi-disant « amis » graviter autour de lui, dont la plupart voulaient seulement profiter de sa fortune. La proposition de Zach d'investir dans l'agrandissement de la marina n'avait donc pas été une surprise.

Leon avait rencontré Zach à l'occasion de régates. Ils avaient navigué ensemble, une relation de travail étroite qui exigeait beaucoup de communication et de confiance. Or comme Leon était devenu très méfiant, il ne s'ouvrait que dans la mesure où cela était absolument nécessaire. Ce qui l'avait titillé, en dehors du projet lui-même, c'était que Zach s'était senti obligé de quitter le monde de la compétition pour reprendre l'entreprise de son père - tout le contraire de ce que Leon aurait accepté de subir. Il était profondément égoïste à cette époque. Une partie de lui avait imaginé que s'il aidait Zach, il aurait un moyen de le persuader de continuer à faire des courses avec lui. Dans son monde, on lui avait toujours appris que les faveurs engendraient des faveurs, et qu'il n'y avait rien que l'argent ne pouvait acheter ; on n'y agissait pas par bienveillance, philanthropie ou amitié.

Apprendre que Tanja le blâmait pour la perte de l'entreprise familiale laissait un goût métallique de déshonneur dans sa bouche. D'autant plus qu'il avait renoncé à l'accord conclu avec Zach pour sauver l'entreprise de son propre père, construite sur des mensonges.

Leon détestait déceler quelque chose de son père chez lui, pourtant cela survenait trop souvent à son goût. Il ressemblait tellement à son père que, tout comme sa mère avec celui-ci, sa femme se sentait méprisée et trompée.

« Je pensais que tu ressentais quelque chose pour moi. Nous couchions ensemble », lui avait-elle lancé. Il avait ressenti envers Tanja ce qu'il avait ressenti envers toute femme attirante et disponible qui s'intéressait à lui : du désir. Même si son désir pour elle avait été particulièrement puissant. Avant de la rencontrer, il avait eu des relations de différentes durées, allant de liaisons d'un soir à un an. Toutes avaient été agréables, et aucune ne lui avait inspiré plus qu'un niveau d'affection basique. Avec Tanja, cela avait été différent. Outre que son attitude offensive avait flatté son ego, la jeune femme l'avait fasciné par sa personnalité à la fois légère et réfléchie. Sincère. Entière.

Leon avait très vite deviné qu'elle prenait les choses plus au sérieux que lui. Le lien entre Zach, leur père et elle était infiniment plus complexe et *réel* que tout ce qu'il pouvait commencer à appréhender. Les côtoyer avait été à la fois captivant et déroutant. Intimidant, d'une certaine manière, parce que leur lien était l'une des rares choses dans la vie qu'il ne comprendrait ou ne vivrait jamais pleinement.

Il savait aussi pressenti qu'une liaison avec Tanja l'amènerait à l'épouser, ce qui expliquait sans doute pourquoi il avait fini par la demander en mariage. Il était alors convaincu que cela ne durerait pas, qu'elle finirait par comprendre qu'il n'était pas capable de lui donner l'intensité émotionnelle qu'elle attendait. Pourtant, il s'était rassuré en se répétant qu'elle était une adulte capable de prendre ses propres décisions. En réalité, il avait juste voulu coucher avec une femme qui l'attirait.

Voilà le genre d'homme que tu as été, se dit-il. Non pas dénué de morale, mais avec une compréhension très superficielle du bien et du mal. Il était également inconséquent. Tout ce qui comptait pour lui à cette époque, c'était d'obtenir ce qu'il voulait - ou qui il voulait - quand il le voulait. Il avait grandi depuis. À présent, il réfléchissait à ce qui était le mieux pour les autres, pas seulement pour lui-même.

« Vous divorcez ? Bonne idée ! » avait dit Zach quelques minutes auparavant. Une bonne idée, sans doute, oui… Toutefois, quelque chose en Leon se braquait. Il était un champion dans l'âme, raison pour laquelle il avait gagné plus de régates qu'il n'en avait perdu. Raison pour laquelle il avait réussi à redresser l'entreprise de son père. Mais un refus obstiné de l'échec ne servait pas à grand-chose quand une des parties ne voulait plus jouer. Il savait à quoi ressemblait la vie de deux personnes qui se déchiraient et pourtant restaient mariées. Il ne pouvait pas plus infliger cela à Tanja qu'à lui-même, et encore moins au bébé dont la tête reposait sur son épaule.

Il frotta le dos d'Illi en écoutant Tanja finir la conversation avec son frère :

— Fais savoir à papa que je vais bien. Dis-lui que je l'appellerai bientôt.

— Je le ferai. Je t'aime, sœurette.

— Je vous aime aussi. Tous les trois.

Elle raccrocha dans un soupir de joie et ferma les yeux. Bon sang, ce qu'elle était belle !

— Je suis tata, s'exclama Tanja en rouvrant les yeux. C'est incroyable, non ?

Techniquement, cela faisait de lui un oncle, mais Leon ne releva pas. Et puis elle enchaînait déjà, comme revigorée par l'échange avec son frère :

— Je me sens vraiment beaucoup mieux. C'était peut-être simplement le mal de mer.

Il vint toucher son front. Elle n'était pas fiévreuse. Illi sourit et tendit ses petits bras potelés vers elle.

— Viens par ici, bébé !

Elle rayonnait. Une femme maquillée et élégamment vêtue était souvent séduisante, mais Tanja, avec son visage lumineux qui irradiait un amour inconditionnel, était envoûtante. Il avait envie de lui caresser la joue, d'effleurer sa peau si douce. Il voulait qu'elle le regarde avec ce sourire sincère et étincelant. Troublé, il lui donna le bébé et récupéra son téléphone.

— N'essaie pas de précipiter ton rétablissement. Tu as traversé beaucoup d'épreuves.

Il avait déjà fait savoir à son chef qu'elle avait besoin de bien manger. Elle pouvait supporter de prendre quelques kilos. Il entreprit de vérifier ses messages.

— Je ne veux pas compter sur toi plus longtemps que nécessaire, répondit-elle.

— J'ai demandé à mon avocat de prendre l'avion pour nous rejoindre. Georgiou…

Il s'interrompit et poussa un juron. Trois messages différents s'étonnaient de son mariage !

— Qu'est-ce qui ne va pas ? s'inquiéta Tanja.

— Notre mariage n'est plus secret, on dirait…

Il l'informa que Cameron avait posté des photos du yacht et qu'il avait dit à Kyrkos qu'il était marié.

— Au temps pour la confidentialité des patients ! Pourquoi lui as-tu avoué que nous étions mariés ?

— Que pouvais-je dire d'autre ?

— Je ne sais pas. Quelles pourraient être les conséquences ? Quelqu'un s'en souciera ?

— Je suis cité et photographié de temps en temps, dit-il sèchement.

Néanmoins, il se retrouvait plus souvent dans les pages « économie » des journaux et des sites que dans les rubriques mondaines puisqu'il avait renoncé à courir après les femmes et les trophées. Mais il était un homme riche et puissant. Tanja ne se rendait-elle pas compte des conséquences que cela pourrait avoir sur ses affaires ? Elle fronçait les sourcils d'inquiétude, lissant de la main les cheveux d'Illi.

— C'est un scoop, pas un scandale, la rassura-t-il. Je vais discuter avec mon équipe de relations publiques et publier une déclaration.

Pourtant, sa désinvolture laissa vite place à une froide colère lorsqu'il lut un message qui venait d'arriver : le directeur d'un grand groupe de presse l'informait qu'une photo de lui et de son bébé était envoyée aux principaux médias.

— Quelle sale petite garce !

— Qui ? demanda Tanja, qui semblait de plus en plus anxieuse.

— Cameron, la nouvelle femme de Kyrkos. Elle a pris une photo de moi avec Illi. Elle m'a promis de la supprimer mais apparemment, elle n'en a rien fait.

Voilà pourquoi il n'avait pas vu la valeur de l'amitié de Zach, songea-t-il. Parce que ses amis l'avaient toujours trahi ou déçu à un moment ou à un autre de leur relation. Il connaissait Kyrkos depuis presque toujours, et celui-ci gâchait des années d'amitié pour quoi ? Cinq minutes de gloire en ligne pour sa femme ? Désespérant…

Tanja referma les bras autour d'Illi. Elle se mordillait avec nervosité la lèvre inférieure. Ses yeux bougeaient, inquiets. La gorge de Leon se serra : il comprenait qu'elle avait peur de perdre le bébé. Constater sa vulnérabilité fit naître en lui une pulsion primaire de protection.

— Mon avocat, Georgiou, arrive demain. Je vais lui demander de se pencher minutieusement sur la situation d'Illi.

— Emmène-moi à Malte, demanda-t-elle d'un ton ferme. Je veux rentrer chez moi.

— Tu ne peux pas rentrer chez toi, lui rappela-t-il. Illi n'a pas de passeport. À la douane, on te demandera si tu as l'autorisation de son père pour l'emmener à l'étranger. Ils voudront voir ses papiers, et ton certificat de naissance trafiqué ne résistera pas à un examen poussé.

— Écris-moi une lettre qui dit que tu nous donnes la permission d'aller au Canada !

— Un autre faux document ? s'agaça-t-il. Non, Tanja. Je ne suis pas comme mon père, je ne mange pas de ce pain-là. J'ai le choix entre laisser à penser que j'ai abandonné mon bébé à mon ex-femme ou donner corps à une belle histoire sur ma femme et moi qui fondons une famille. Je choisis la belle histoire.

— Tiens donc ! répliqua-t-elle en le fusillant du regard. Tu peux donc mentir quand cela t'arrange, on dirait. Illi n'est pas à toi, Leon !

— Vérifie les documents que tu as remplis avant de quitter Istuval, lui retourna-t-il durement.

Elle tressaillit et détourna le regard, la bouche tremblante mais la mâchoire serrée. Leon constatait qu'elle était prête pour le combat ; une vraie louve défendant son petit. Il s'exhorta à la patience, rien ne servait de se battre.

— Je crois qu'il est dans l'intérêt d'Illi qu'elle soit avec toi. Je ne laisserai personne te la prendre. Tu as ma parole.

— Pardonne-moi si je n'ai pas une confiance débordante en ta parole.

La repartie avait claqué dans l'air et sur sa peau comme la lanière d'un fouet. Peut-être qu'il le méritait, mais cela faisait quand même mal… Or il n'était pas comme son père, qui avait négligé son propre fils par égoïsme, parce qu'il estimait avoir mieux à faire.

— Que cela te plaise ou non, tu m'as rendu responsable d'elle. Je ne me déroberai pas à cette responsabilité. Et si nous ne cessons pas de nous disputer, cela n'aidera pas.

— J'aurais aimé ne jamais…

Elle scella les lèvres sur ce qu'elle allait dire, mais ce n'était pas très difficile à deviner.

— … M'avoir rencontré ? M'avoir épousé ? Alors tu n'aurais pas Illi, n'est-ce pas ? résuma-t-il brutalement.

Il lui prit le bébé sans qu'elle l'en empêche - elle était encore faible. Elle tremblait néanmoins de colère et ses yeux lançaient des éclairs.

— Je vais la garder pendant que tu te reposes, déclara Leon. Tu veux dormir ici ? Ou sur une chaise longue au bord de la piscine ? Je peux t'aider à retourner à la cabine si tu préfères.

— Tu as beau essayer d'être gentil, mon opinion sur toi ne change pas : je pense toujours que tu es un salaud égoïste, impitoyable quand il s'agit d'obtenir ce que tu veux.

Elle se leva et posa les poings sur les hanches en le toisant, mais elle chancela. Pâle, elle se retint au dossier de la chaise. Quand Leon tenta de l'aider, elle se dégagea vivement.

— Fais-la monter quand elle sera prête pour sa sieste.

— Bien sûr.

Il était peut-être égoïste et impitoyable, mais aussi capable de magnanimité ; du moins une fois qu'il avait obtenu ce qu'il voulait…

6.

Tanja se réveilla dans le noir avec le sentiment qu'elle ne se rendormirait pas. Qu'allait-il se passer maintenant que son mariage était public ? Et avec sa demande d'adoption ? C'était encore si précaire…

Elle ne voulait pas compter sur Leon et ses avocats pour régler les choses, mais avait-elle le choix ? Ses ressources financières étaient épuisées, et elle ne pouvait pas travailler tant qu'elle n'avait pas un ordinateur portable et une connexion Internet ; or elle ne pouvait rien acheter tant qu'elle n'avait pas de revenus. C'était un cercle vicieux.

— Pourquoi soupires-tu comme ça ? fit la voix calme de Leon à côté d'elle.

Elle se retourna. Il était couché sur le lit, toujours aussi sexy même avec l'air endormi.

— Que fais-tu ici ?

— Je dors. Ou plutôt je dormais, jusqu'à ce que tu te mettes à souffler comme une forge.

— Tu aurais pu dormir ailleurs, non ? Ce ne sont pas les cabines qui manquent, ici !

— C'est *mon* lit. Et puis je devais pouvoir entendre Illi pour que tu n'aies pas à te lever.

— Elle est dans le salon ?

Elle leva la tête et tendit l'oreille. Aucun signe d'agitation.

— Merci de m'avoir aidée à m'occuper d'elle.

— Dit-elle à contrecœur, la taquina-t-il à voix basse, l'œil amusé.

— Je n'aime pas avoir besoin de ton aide, concéda Tanja. Tu dois quand même admettre que c'est étrange.

— De m'avoir réveillé pour *parler* ? En effet !

Sa mémoire lui projeta soudain des images de leurs deux corps nus dans le même lit, la nuit, et elle frissonna. Elle roula sur le matelas pour s'écarter de lui et lui tourner le dos.

— Je suis désolée de t'avoir réveillé.

Il garda le silence. Quand il reprit la parole, l'humour avait disparu de sa voix, teintée à présent de quelque chose de plus grave :

— Qu'est-ce qui te semble étrange ? Que nous ayons fait semblant d'être mariés pendant cinq ans et que nous fassions maintenant semblant d'avoir un bébé ensemble ? Ce n'était pas sur ma liste de choses à faire avant de mourir.

Elle se retourna pour lui faire face de nouveau, même si elle ne pouvait pas le voir dans l'obscurité de la cabine.

— N'as-tu jamais eu envie de… rencontrer quelqu'un d'autre et fonder ta propre famille ?

— Non. Je n'ai jamais voulu d'enfants.

Aïe ! Tanja ne s'attendait pas à une réponse aussi abrupte alors qu'elle l'avait vu si prévenant avec Illi.

— Je suis désolée que nous nous imposions, dans ce cas.

— Mon enfance a été compliquée, voilà tout. Je suis sûr de te l'avoir déjà dit.

En effet, mais il avait toujours changé de sujet lorsqu'elle avait tenté de lui soutirer davantage d'informations.

— De l'extérieur, on dirait que tu as toujours eu tout ce que tu voulais. J'ai toujours été surprise de t'entendre dire que ton enfance était compliquée.

— En apparence, j'avais tout. J'ai grandi dans le luxe. Cela aurait dû être idéal, mais le mariage de mes parents était horrible. Cela a faussé ma vision de la famille. Je me suis toujours refusé à faire subir à un enfant cette tension permanente.

— Je suppose que j'aurais dû te demander avant notre mariage si tu voulais des enfants. Je me suis toujours imaginée mariée avec des enfants. Nous étions vraiment condamnés à échouer, on dirait…

Un profond silence s'installa entre eux avant qu'il dise, doucement mais avec force :

— C'est ce que je pensais.

— Alors, pourquoi m'avoir épousée ? demanda-t-elle en tâchant d'ignorer la douleur lancinante qui la traversait.

— Je te l'ai dit : je voulais que mon père me lâche les basques.

— C'est si *froid* !

— J'essaie d'être honnête, Tanja. Aussi honnête que j'aurais dû l'être à l'époque. Peut-être que si je l'avais été, tu ne m'aurais pas épousé. Tu croyais vraiment qu'on aurait un petit pavillon, deux enfants et un chien ? Qu'on finirait côte à côte dans des rocking-chairs sous le porche ?

Tanja remonta la couverture sous son menton, en pensant à son père qui avait perdu sa femme alors qu'ils étaient tellement amoureux.

— Tout d'abord, nous devrions nous estimer heureux si nous avons la chance de vieillir. Je ne pensais pas que le mariage serait facile, mais j'imaginais que nous trouverions des solutions au fur et à mesure. Maman et papa se sont mariés très tôt et ont dû relever des défis, mais ils les ont surmontés. Ils s'y sont attelés avec l'intention de faire leur vie ensemble et ont fait en sorte que cela soit possible, voire simple. C'est ça, l'engagement, non ? Cultiver les raisons que l'on a de rester ensemble.

— Pourquoi se sont-ils mariés si vite ? Ta mère était-elle enceinte de Zach ?

— Au contraire. Ils avaient tous deux des parents très stricts et se réservaient pour le mariage ; comme ils étaient… impatients, ils ont eu de courtes fiançailles. N'est-ce pas mignon ?

Leon ne répondit pas. Son silence la blessa. Certaines choses ne changeaient jamais, se dit-elle. Elle aurait dû comprendre tout de suite qu'ils n'allaient pas ensemble, car déjà à l'époque il l'excluait de son monde. Elle avait pensé qu'il finirait par baisser sa garde, mais elle n'avait pas eu le temps de le vérifier ; et apparemment, il ne voulait toujours pas s'ouvrir.

De manière inattendue, il se redressa sur un coude, la surplombant de sa silhouette imposante. Tanja tenta en vain de déchiffrer l'expression de son visage.

— Je n'ai été avec personne depuis toi, déclara-t-il comme s'il lui lançait un défi.

Tanja était abasourdie. Sidérée.

— Menteur !

— Crois ce que tu veux, rétorqua-t-il comme si elle l'avait insulté. C'est pourtant la vérité.

— Tu as eu un souci physique ? Un problème ? Il s'est passé quelque chose ? demanda-t-elle, soudain inquiète.

Leon était tellement viril, sensuel, porté sur le sexe, que c'était la seule explication qui lui était venue.

— C'est un *choix*.

— Vraiment ? ne put-elle s'empêcher d'insister, sceptique. Pourquoi ferais-tu cela ?

— J'avais déjà fait assez de choses qui me faisaient ressembler à mon père. Il s'est tellement mal comporté, toute sa vie… L'infidélité était comme la dernière goutte d'eau. Si je pouvais m'accrocher à une once de moralité, si je m'empêchais d'être infidèle, alors je devenais meilleur que lui.

Sa vision de lui-même était si sombre qu'une profonde tristesse lui serra la gorge.

— Le célibat était donc comme une forme d'autoflagellation ?

— Oh ! oui, j'ai beaucoup pratiqué, plaisanta-t-il.

Elle éclata de rire et poussa sur son épaule, sans le faire bouger d'un pouce.

— C'est comme ça que les jeunes disent de nos jours ? répliqua-t-elle sur le même ton humoristique que lui.

— Je n'en sais rien. Personne n'admet faire ce genre

de choses, déclara-t-il d'un ton léger, et pourtant lourd de sous-entendus.

Un frisson dangereusement érotique naquit au creux de son ventre. *Mon Dieu…*

Des souvenirs brûlants de moments partagés sur le voilier de Leon lui revinrent à l'esprit. C'était bien le même homme qui l'avait tellement éblouie qu'elle n'avait pu qu'accepter sa demande en mariage. Tanja fut soudain très consciente des draps froissés qui séparaient leurs corps sous la faible lumière de la lune. Consciente de son odeur. De sa force. De son magnétisme.

— C'est bien que toi, tu aies eu des amants. Je ne m'attendais pas à ce que tu sois fidèle. J'avais juste besoin de travailler sur moi-même.

— Je… Qu'est-ce qui te fait croire que j'ai eu des amants ? balbutia-t-elle.

Tanja se demandait si elle allait lui dire la vérité. S'il le fallait.

— Et pourquoi n'en aurais-tu pas eu ? Tu n'avais pas à te punir.

Elle répugnait à admettre que le sort qu'il lui avait jeté était si puissant qu'elle était encore sous son emprise. Lorsque le doigt de Leon se mit à jouer avec une mèche de ses cheveux, une décharge électrique la traversa. Elle devinait son air grave dans la pénombre.

— Ne me dis pas que je t'ai fait tellement de mal que tu ne peux plus faire confiance aux hommes ! Si tu te refusais les plaisirs de la chair à cause de moi, ce serait vraiment un fardeau trop lourd à porter, même pour moi.

— Non, ne t'inquiète pas. Je… Après ton départ, j'étais assez désenchantée. Les hommes, le mariage… J'ai dû travailler pour payer mes études, donc de toute façon je n'avais pas le temps de faire plus que prendre un café. Heureusement. Parce que, sinon, j'aurais dû me libérer de toi d'abord et…

Tanja se tut. Il lui était difficile d'admettre que Leon avait mis la barre assez haut. Personne ne lui avait fait ressentir ce qu'elle ressentait en ce moment même, et il ne faisait que caresser machinalement ses cheveux. Depuis quand y avait-il des nerfs dans les mèches de cheveux qui conduisaient droit vers les zones érogènes ?

— Je n'ai jamais rencontré quelqu'un qui…, reprit-elle, hésitante.

… *Qui m'ait fait autant d'effet.*

— Bref, tu ne m'as pas brisée, Leon, acheva-t-elle.

— Tant mieux. Je ne veux pas de ce genre de pouvoir.

— Trop de responsabilités ?

— Oui.

Il paraissait franc, mais c'était une franchise douce et non plus brutale, cette fois. Il avait la paume posée sur l'épaule de Tanja et lui frôlait l'oreille du bout des doigts.

— Tu n'as même pas été tentée d'avoir une relation occasionnelle ? demanda-t-il.

— Pas vraiment. Pas si je peux passer cinq ans sans sexe, tenta-t-elle de plaisanter.

— Tu me sembles toujours aussi passionnée. Cela va peut-être te surprendre, mais la plupart des gens font tout ce que je leur dis de faire. Tu m'as souvent résisté. C'est frustrant, mais je te respecte pour cela.

— Il faut croire que tu fais ressortir cet aspect de ma personnalité.

Tanja essayait de garder un ton léger, même si la caresse de Leon provoquait un embrasement de tous ses sens. S'il savait que les pointes de ses seins étaient dressées et que le cœur de sa féminité palpitait de désir, nul doute qu'il se jetterait sur elle comme un loup sur sa proie.

— On dirait que nous ne pouvons pas nous empêcher de nous défier. Je n'ai pas oublié…

Était-ce une sorte d'avertissement ? se demanda Tanja. Le signal que le *jeu* pouvait commencer ? À travers le drap, elle repoussa de la paume le torse de Leon, mais pas trop, afin qu'il ne se sente pas rejeté.

— Doucement, matelot, le provoqua-t-elle. Après cinq ans, je pense qu'un simple courant d'air pourrait t'exciter. Et ne me dis pas que c'est moi qui te fais de l'effet.

— Quand tu parles ainsi, je me dis que toi, tu as oublié à quel point nous sommes explosifs, ensemble.

Il n'avait pas bougé. Tanja réalisa combien il était près d'elle. Elle aurait voulu qu'il le soit encore plus, que sa bouche se rapproche de la sienne. Elle aurait dû lui lancer une réplique lapidaire, mais elle se contenta de murmurer :

— Peut-être…

Alors, lentement, très, très lentement, la tête de Leon s'abaissa. Enfin, ses lèvres se posèrent avec délicatesse sur les siennes. Elle entrouvrit la bouche. Il approfondit leur baiser, qui l'entraîna à sa suite dans un océan de passion. Leon roula sur elle. Seigneur, qu'il était bon de sentir de nouveau le poids de son corps puissant sur le sien ! Un gémissement lui échappa et elle s'abandonna à la fougue de leur fusion renaissante.

Leon abandonna ses lèvres pour l'embrasser dans le cou, la mordiller. Tanja haletait, en feu. C'était magnifique.

— C'est encore mieux que dans mes souvenirs, chuchota-t-il d'une voix lascive. J'adore le goût de ta peau.

Elle le fit taire en prenant ses lèvres avec fougue. Elle maudissait ces draps entortillés entre leurs deux corps, même s'ils ne l'empêchaient pas de sentir qu'il la désirait. Elle se cambra pour être en contact plus étroit avec son sexe tendu tandis que leurs langues se mêlaient. Elle voulait le toucher, le prendre en elle.

Leon se releva et descendit les draps jusqu'à la taille de Tanja. Il posa alors sa main libre sur un de ses seins à travers le doux coton de son T-shirt.

— Arrête-moi, commença-t-il d'une voix rauque, ou je…

Il ne lui laissa pas le temps de répondre et posa la bouche sur son mamelon. Il le mordilla et l'aspira à travers le tissu. Des sensations délicieuses irradièrent en Tanja. Elle était à sa merci… Elle fit courir ses mains sur son dos musclé, ses biceps durs, ses épaules tendues. Il avait la peau chaude. Pantelante, ouverte, elle voulait le supplier d'aller plus loin. Son corps l'exprimait mieux que sa bouche : son bassin ondulait contre l'érection de Leon en une danse suggestive.

Ce fut le moment choisi par Illi pour se mettre à pleurer dans la pièce voisine.

Tanja se figea. Leon poussa un juron et laissa tomber sa tête sur l'oreiller près de la sienne. Il respirait comme un plongeur remontant à l'air libre après de longues minutes d'apnée. Il roula sur le côté.

— Je vais la chercher, grommela-t-il. Donne-moi une seconde.

Elle ne parvenait pas à réagir, alors qu'elle mourait d'envie de s'enfuir. Que venait-il de se passer ? Un cataclysme, évidemment, mais… comment ? Pourquoi ? Qu'est-ce que cela signifiait ?

— Non, je m'en occupe, déclara-t-elle.

Elle se leva et attrapa la robe de chambre posée sur la chaise. Elle traversa le dressing et gagna le salon.

— Tout va bien, mon bébé, murmura-t-elle. Maman est là.

Elle chancelait à nouveau, mais cette fois-ci ce n'était pas à cause des séquelles de sa maladie. *Bon sang, Tanja, tu as failli faire l'amour avec Leon !* Heureusement, la présence d'Illi la dispensait de réfléchir plus avant à cet… *incident.*

Elle se pencha pour sortir sa fille du berceau. En se relevant, elle eut un vertige.

— Avant de la coucher pour la nuit, j'ai demandé au chef de préparer un biberon, l'informa Leon, appuyé à la porte de la salle de bains. Il est dans le frigo derrière le bar. Si tu peux t'en occuper toute seule, je vais prendre une douche.

— Bien sûr, approuva Tanja. Je te remercie.

Lorsqu'elle entendit se tirer le verrou de la porte, elle songea que rien ne serait plus jamais comme avant entre Leon et elle.

7.

Lorsque Tanja se réveilla, le yacht ne bougeait plus. Avisant le ciel bleu et le grand soleil qui faisait étinceler les flots calmes, elle ouvrit la grande baie vitrée qui donnait sur le pont privé, laissant entrer l'air pur. Le navire semblait à l'ancre au pied de falaises majestueuses avec des taches de verdure dans les crevasses. C'était stupéfiant de beauté. Puis elle commanda le biberon d'Illi, se rafraîchit et entreprit de changer sa fille.

— L'île de Cythère, l'informa Kyle en lui apportant le biberon. M. Petrakis m'a demandé de vous faire savoir que son équipe d'Athènes arrivera bientôt. Le petit déjeuner sera servi près de la piscine, si vous vous sentez d'attaque pour les rejoindre.

— Je me prépare et je descends, dit-elle au commissaire de bord.

Elle était affamée et impatiente de savoir comment les choses allaient se passer. Le bruit d'un hélicoptère en approche se faisait à présent entendre. Tant mieux, car elle préférait ne pas affronter Leon seule. D'ailleurs, elle aurait préféré ne pas l'affronter du tout… Leur séance torride l'avait fait se tourner et se retourner dans le lit, tout à la fois mortifiée et sexuellement frustrée. Si Illi ne les avait pas interrompus, elle aurait fait l'amour avec lui. Tanja n'arrêtait pas de se dire que c'était la privation qui l'avait amenée à s'abandonner ainsi, mais elle devait bien reconnaître que Leon n'avait rien perdu de son habileté ni de son attrait. En un baiser, elle était redevenue la jeune femme amoureuse et insouciante qu'elle était cinq ans auparavant.

Ce qu'il avait vu de désirable en elle restait un mystère. Cinq ans de renoncement rendaient appétissante la première venue, supposait-elle.

Quelle qu'ait été la raison qui les avait fait replonger, la trêve précaire qu'ils avaient établie en serait forcément affectée. Et cela bouleversait tous les repères de Tanja. Lorsqu'elle pouvait encore le définir comme le salaud qui l'avait abandonnée, elle l'avait affronté sans se soucier de savoir s'il la trouvait attirante ou s'il l'aimait bien. Elle était convaincue qu'il ne ressentait rien pour elle, sinon il ne l'aurait pas quittée.

Mais le souvenir de leurs caresses avait ébranlé ses certitudes et provoqué une remise en question. Elle regarda sa jupe de coton froissée et son T-shirt sans manches rose pâle en regrettant de ne pas posséder des vêtements plus flatteurs. Si au moins elle avait sa silhouette et ses courbes d'avant, ces nippes ne pendraient pas sur elle comme du linge mouillé sur un cintre. Elle était encore très pâle, avec des cheveux ternes et plats.

Son manque de sophistication était-il la véritable raison pour laquelle il l'avait abandonnée ? *Quelle importance ?* se dit-elle. Elle voulait qu'il sorte de sa vie, non ?

Leon n'était pas aussi irresponsable qu'elle l'avait cru. Son absence de remords en ce qui concernait Zach et la perte de la marina était horripilante, mais elle comprenait mieux, à présent qu'il lui avait expliqué, ce qui l'avait poussé à agir comme il l'avait fait. Les choses qu'il avait dites à propos de son père étaient particulièrement effrayantes. Elle était fière de lui pour avoir essayé de réparer les torts causés par celui-ci, toutefois l'expérience lui avait clairement laissé une cicatrice indélébile.

Pourtant, elle désirait toujours sortir d'un mariage qui n'était qu'un morceau de papier. Elle ne pouvait pas rester ainsi liée à jamais, d'autant que leurs baisers avaient réveillé en elle le désir de vivre *quelque chose*. Pas avec Leon, bien sûr. Il ne croyait pas aux engagements à vie et ne voulait pas d'enfants.

Illi la tira de ses pensées. Elle avait terminé son biberon et se tortillait dans ses bras, prête à affronter le monde. Tanja aurait pu rester là, angoissée par Leon et par sa propre apparence, mais elle rassembla son courage et partit vers le pont qui abritait la piscine.

— Tanja !

Leon s'échappa du petit groupe d'une demi-douzaine d'hommes et de femmes en tenues de travail décontractées rassemblés devant le buffet et s'approcha d'elle. Il portait un impeccable pantalon beige clair en lin et un T-shirt rouille. Il se déplaçait avec sa grâce féline habituelle. Il avait taillé sa barbe de trois jours. Il était époustouflant de grâce et de beauté virile, même si elle ne pouvait pas voir son regard caché derrière ses lunettes de soleil à verres miroir.

— Bonjour, dit-elle, le souffle coupé.

Il baissa la tête vers Illi et lui dit bonjour en grec, puis il attrapa sa petite main qui essayait d'apposer son empreinte sur ses lunettes. Elle enroula les doigts autour de son pouce. Ce simple geste effaça toutes les remontrances que Tanja s'était faites quelques minutes auparavant.

— Comment te sens-tu ? lui demanda Leon.

Pendant un instant, Tanja crut que sa question se rapportait à ce qu'ils avaient partagé pendant la nuit et son cœur manqua un battement. Que répondre devant tous ces gens qui s'étaient retournés et les observaient comme s'ils étaient eux aussi curieux de savoir ce qu'elle ressentait après avoir été caressée par son mari ? Puis une légère nausée lui rappela qu'elle était malade.

— Beaucoup mieux, affirma-t-elle d'une voix étranglée. Pas de fièvre. En fait, j'ai très faim.

— Bien. Laisse-moi te présenter.

L'équipe de Leon offrit à Tanja et à Illi des sourires

chaleureux. Elle essaya de mémoriser les noms des deux avocats différents, de la responsable des relations publiques, du photographe, de l'assistante de Leon et d'une styliste qui la regardait comme son frère regardait l'épave d'un bateau - gratter les algues et les coquillages demanderait beaucoup de travail qui, espérons-le, en vaudrait la peine…

Un confortable fauteuil balançoire pour bébé avait été placé à l'ombre. Tanja y installa Illi qui gazouillait, ravie par cette nouveauté, puis gagna le buffet. Elle se composa une assiette et s'installa à table, à la droite de Leon. Celui-ci s'était levé et lui avait tiré la chaise, geste de galanterie qui la troublait. Qu'essayait-il de prouver ?

— Kyrkos a étudié tes analyses de sang, lui chuchota-t-il. Tu n'as pas besoin d'antibiotiques. Du repos et des vitamines.

— Merci. Lui as-tu demandé ce que je devais prendre pour l'accès de rage provoqué par la diffusion de photos de mon enfant ? demanda-t-elle à mi-voix.

Leon éclata de rire, ce qui fit se tourner vers eux toutes les têtes.

— J'ai déjà commandé le doux sérum de la vengeance, dit-il d'un air sardonique.

— Sous la forme de… ?

— J'ai annulé mon offre de les accueillir, lui et sa femme, à bord de mon yacht. Je suppose que ce que Cameron recevra pour sa photo est une compensation suffisante pour la visite à domicile de Kyrkos. En revanche, l'ex-femme de notre cher médecin et son nouveau fiancé ont été invités à passer un mois à bord de *La Couronne de Poséidon*.

Tanja se laissa aller contre le dossier de sa chaise avec un grand sourire.

— Tu n'es pas le genre d'homme qu'il faut contrarier, n'est-ce pas ?

— Pas vraiment, dit-il, le regard dur.

Le cœur de Tanja se glaça en se souvenant qu'*elle* avait contrarié Leon. Elle regarda les délicieux fruits tropicaux et les pâtisseries posés dans son assiette, mais son appétit avait disparu.

Leon avait réussi à ne pas toucher à une femme pendant cinq ans. Certaines nuits, il avait cru devenir fou de frustration, mais en dehors de lorgner une paire de jambes de temps en temps, il avait réussi à garder sa libido en laisse.

Jusqu'à la nuit précédente, où il avait complètement perdu la tête.

Était-ce ce que le célibat faisait à un homme ? Avait-il des circonstances atténuantes ? Il n'avait pas encore récupéré de sa nuit blanche passée à bord du trimaran. Et il était de très mauvaise humeur, énervé par beaucoup de choses : un vieil ami l'avait trahi alors qu'un autre le détestait. Il avait été piqué que Zach lui en veuille encore pour leur accord rompu, mais il n'avait pas l'intention de pardonner à cet opportuniste de Kyrkos d'avoir abusé de lui.

Lorsqu'il s'était installé sur le lit à côté de Tanja, c'était dans l'optique d'éteindre son cerveau et de dormir. Pourtant, il ne s'était autorisé à dormir que d'un œil, l'oreille aux aguets, pour qu'Illi ne réveille pas Tanja.

Il s'était réveillé avec une conscience aiguë de sa libido, qu'il aurait pu ignorer si leur conversation n'était pas devenue aussi intime. Pourquoi diable s'était-il senti obligé de dire à Tanja qu'il avait renoncé au sexe ? Il n'en était ni embarrassé ni fier, mais c'était très personnel. Puis elle l'avait pratiquement mis au défi de prouver que l'alchimie entre eux fonctionnait toujours. L'instant d'après, il essayait d'assouvir la plus puissante faim sexuelle qu'il ait jamais connue, excité comme un adolescent. Que se serait-il passé s'ils avaient été nus… ?

Il savait ce qu'il se serait passé. Le sang transformé en lave, il se rappela le corps de Tanja à califourchon sur le sien la première fois qu'ils avaient fait l'amour. C'était son image préférée du *best of* qu'il avait concocté et s'était rejoué des milliers de fois depuis son départ de Vancouver Island. Il avait cru que ce n'était rien d'autre qu'un souvenir embelli, que le sexe avec Tanja n'était pas différent de ses autres expériences. Depuis la nuit précédente, il avait changé d'avis ; il voyait désormais son désintérêt pour les autres femmes sous un autre angle.

Au cours des cinq dernières années, chaque fois qu'une représentante du beau sexe avait tenté de le séduire, il l'avait éconduite, aussi désirable soit-elle. Il avait cru que sa fidélité à ses vœux de mariage visait à prouver qu'il était un homme meilleur que son père ; un homme honnête qui avait des scrupules. Or peut-être l'explication était-elle ailleurs : ces femmes *n'étaient pas* Tanja. Ce qui l'avait empêché de s'unir charnellement à une autre femme n'était pas d'ordre moral mais d'ordre animal, un instinct primitif, comme chez les loups, qui ne s'accouplent leur vie durant qu'avec une seule femelle. Son épouse, marquée de son sceau, était *la seule*.

Et cette hypothèse lui faisait très peur…

Il était conscient que le mariage n'était pas un billet pour le bonheur éternel, mais s'était autorisé à croire pendant cinq minutes que le sien pourrait être différent. Tanja avait eu cet effet sur lui. Elle rendait tout plus brillant et plus chaud, plus doux et plus sucré.

Son retour en Grèce avait été comme un retour sur terre, une replongée dans la sordide réalité avec tous les problèmes que son père avait laissés derrière lui. Alors Leon avait agi comme lui : il avait délaissé sa femme. Il n'avait pas envoyé l'argent, ce qui avait fait du mal à Tanja et à toute sa famille. Il avait eu honte, et plus honte encore parce qu'il se doutait qu'elle ne se vengerait pas. En revanche, quand elle était revenue dans son monde trois jours auparavant, elle l'avait piégé en le désignant comme le père d'Illi.

Leon était toujours furieux contre elle pour avoir mis son nom sur les papiers sans son consentement. Il n'avait jamais voulu se marier, encore moins fonder une famille - il ne comprenait d'ailleurs pas vraiment ce que ce mot recouvrait. Et à présent, il se retrouvait confronté à d'innombrables problèmes juridiques à cause de leur mariage clandestin, de cet enfant, et surtout de la publicité faite autour de tout cela par la faute de Cameron et Kyrkos.

Derrière lui, Georgiou interrogeait Tanja et prenait des notes sur tous les habitants d'Istuval qui pourraient aider à arranger la situation d'Illi. Lorsqu'il entendit sa belle Canadienne demander à l'avocat : « Quelles seront les conséquences de notre divorce ? », il vit rouge, se retourna brusquement et les rejoignit autour de la table.

— On ne peut pas divorcer ! railléna-t-il, implacable. Pas avant que l'adoption d'Illi soit finalisée. Personne n'autorisera un couple en pleine rupture à adopter.

— Mais nous ne savons pas combien de temps durera le processus d'adoption ! le contra Tanja.

— Un mois ? Un an ? enchaîna Georgiou. Nous aurons besoin de patience et de diplomatie avec les autorités d'Istuval. Une fois que nous aurons tous les documents de leur côté, j'imagine que notre gouvernement sera assez conciliant.

— Vous voulez dire *mon* gouvernement, intervint Tanja avec un regard paniqué. J'emmène Illi au Canada.

Bien que Leon n'ait jamais voulu être père, il ne prenait pas à la légère la responsabilité que Tanja lui avait confiée. Elle était lourde, mais pas de la manière qu'il avait imaginée, ce qui le déconcertait. En fait, l'idée de laisser tout le poids de l'avenir d'Illi sur les épaules de Tanja lui paraissait impensable.

— Ils ne la confieront pas à une femme seule, Tanja. Il faut mon nom. Pour l'amour de Dieu, regarde ce que je peux lui offrir ! Profites-en !

Leon vit que Tanja allait protester, mais Georgiou inspira comme s'il avait quelque chose d'important à dire et repoussa son bloc-notes.

— Je suis d'accord avec Leon. Je vous conseille de ne pas faire de démarches en vue du divorce tant que l'adoption n'est pas définitive. Ce que nous pourrions faire, c'est négocier un accord postnuptial. Ce n'est pas très différent d'un contrat prénuptial. Les détails seront fixés en ce qui concerne la pension alimentaire, le partage des biens et la garde des enfants. Ainsi, le moment venu, vous pourrez vous séparer à l'amiable.

— La garde n'est pas négociable !

La peur de la trahison brillait dans les yeux de Tanja. Et autre chose. De la méfiance - il l'avait méritée… Malgré l'étau qui lui comprimait la poitrine, il acquiesça d'un signe de tête laconique.

— Envoie un modèle, Georgiou. Nous allons commencer à travailler dessus.

Tanja semblait vouloir se disputer, mais son avocat se leva.

— Excellent. D'autre part, Leon, je suis désolé de t'embêter avec ça, mais ma femme va me tuer si je n'essaie pas de te vendre deux billets pour sa collecte de fonds la semaine prochaine. Il s'agit d'une vente aux enchères d'art moderne au profit d'un centre pour enfants défavorisés d'Athènes.

— Bien sûr, approuva-t-il. Est-ce que cela serait bon pour Tanja et moi d'être vus en public ? Par rapport à la situation d'Illi ?

— Cela ne pourra pas faire de mal. Plus vous semblez heureux en ménage, mieux c'est.

— Mais…

Leon ne laissa pas à Tanja le temps de protester :

— Très bien, nous serons là.

— Parfait, conclut Georgiou.

Il sortit et referma la porte derrière lui, laissant Leon en tête à tête avec sa femme.

— Hé, tu te souviens de moi ? demanda Tanja avec une ironie amère. Je suis ta femme. Et j'ai mon mot à dire. Qu'allons-nous faire d'Illi, si nous assistons à ta stupide vente de charité ? La laisser au vestiaire ?

— Tu as raison, nous avons besoin d'une nounou.

Leon sortit son téléphone et envoya un SMS à son assistante.

— Illi a perdu toute sa famille, attaqua Tanja, l'air belliqueux. Elle a perdu Kahina et les seules autres personnes qui lui étaient familières. Elle m'a, *moi*. Je refuse de la confier à une nounou.

— Le gala aura lieu dans un hôtel. Illi sera à l'étage, endormie. Tu ne lui manqueras même pas. Et puis nous aurons d'autres obligations mondaines, il est donc important de familiariser Illi avec une baby-sitter le plus tôt possible.

— Combien d'obligations ? demanda-t-elle d'une voix paniquée. J'ai fait des bagages légers pour aller à Istuval, et encore plus légers quand nous sommes partis en catastrophe.

— La styliste que j'ai engagée s'assurera que tu auras tout ce dont tu as besoin. C'est son travail de te constituer une garde-robe.

— Quoi ? s'étrangla Tanja. Mais je n'ai pas de travail, Leon, je ne peux pas payer ! Et je ne veux pas que tu payes !

— Pourquoi pas ? demanda-t-il, froissé.

— Je suis *comptable* ! s'emporta-t-elle, agitée. La colonne débit et la colonne crédit doivent s'équilibrer, sinon je ne peux pas dormir. J'ai déjà l'impression que je te suis redevable pour tout ce que Georgiou fait pour Illi.

Leon serra les poings. Il perdait patience.

— Voilà ce que je te propose, jeta-t-il froidement. Donne-moi un chiffre pour les dommages que j'ai causés à ta famille. Déduis-en la valeur de ta liberté et du bien-être futur d'Illi. Lorsque tu auras calculé tout cela, nous nous assiérons et déciderons si tu peux oui ou non accepter que je t'offre une fichue robe d'été !

— Mais il ne s'agit pas que d'une robe d'été, Leon, bon sang ! cria-t-elle.

— Non. Ce sont des robes et des chaussures de créateurs. Des bijoux. Des rendez-vous au spa et chez l'esthéticienne si tu en as envie. Des sacs à main au prix à cinq chiffres à peine assez grands pour contenir un rouge à lèvres. Je ne te dis pas quoi porter, Tanja, mais tu es ma femme. Ce ne sont pas des cadeaux ou des pots-de-vin, ce sont les choses dont tu auras besoin dans ta nouvelle vie. Si nous allions dans la jungle, je t'achèterais un chapeau et de la crème contre les moustiques.

— Je ne suis pas ta femme ! martela-t-elle en détachant les syllabes.

Un instinct féroce se réveilla en lui, quelque chose qu'il ne parvenait pas à interpréter - et il ne le voulait pas. Cela lui donnait envie de repousser la longue table qui les séparait et d'attirer Tanja à lui.

— Si, tu l'es, affirma Leon avec calme. Jusqu'à ce que la situation soit sûre pour Illi, toi et moi resterons mariés. Et je vais faire les choses bien, cette fois-ci. Je te fournirai ce dont vous avez besoin toutes les deux.

Elle fit un geste de la main qui semblait vouloir signifier qu'elle abandonnait la partie. Elle se mordillait la lèvre.

— Qu'attends-tu de moi ?

Sa question, posée d'une manière presque candide, comme si elle rendait les armes, l'ébranla, alors que Tanja était encore quelques secondes auparavant si combative et entêtée. Ce qu'il attendait d'elle ? Il l'ignorait. C'était une question à laquelle il avait évité de répondre. La façon dont ils venaient de croiser le fer lui laissait à penser que ce qui crépitait entre eux n'allait pas disparaître de sitôt. Leur étreinte nocturne lui avait délivré le même message.

Leon prit une grande inspiration, désireux d'éviter de faire ou de dire quelque chose de stupide. D'une manière ou d'une autre, il devait rester civilisé, alors que ce qu'il voulait était purement animal.

— Vu la façon dont nous avons tous deux réagi la nuit dernière, commença-t-il avec prudence, je suggère que nous reprenions les activités conjugales.

— Les… *activités conjugales* ? répéta-t-elle avec une expression ébahie, le rouge lui montant soudain aux joues.

Le regard vacillant de Tanja évitait le sien, mais il pouvait voir que des sensations latentes la travaillaient, tout comme elles le travaillaient - sous la ceinture. Depuis qu'Illi les avait interrompus, il ne pensait qu'à une chose : la faire sienne à nouveau.

— Et toi, qu'est-ce que tu attends de moi ? demanda-t-il, bourru.

— Mais je ne sais plus à quoi m'attendre de ta part ! s'énerva-t-elle de nouveau. Une minute, tu es adorable avec Illi et tu te comportes comme un superhéros, tu me sauves et tu me trouves un médecin en pleine mer. Alors je me dis que j'avais raison d'être si amoureuse de toi il y a cinq ans. Puis tu m'ordonnes de rester ta femme, de porter des talons hauts pour des soirées de gala et de reprendre les relations sexuelles.

— Je ne t'ordonnerai jamais d'avoir des relations sexuelles avec moi, Tanja. Dis-moi que tu le sais. Sinon, c'est sacrément insultant !

Elle poussa un long soupir et détourna la tête.

— Oui, je le sais, concéda-t-elle.

— Est-ce que j'en attends trop ? Il s'agit de moments à partager. On dîne, on danse, on boit des cocktails. Des choses qu'on aurait dû faire plutôt que de se lancer dans le mariage. Qu'est-ce qui te dérange ? Tu n'as jamais été timide en société.

— Je faisais la conversation aux clients de mon père, je leur demandais où ils étaient allés et quels étaient leurs projets. Cela ne veut pas dire que je sais comment parler de politique internationale ou d'art moderne, ajouta-t-elle en baissant la tête, le regard fixé sur ses ongles. Tu ne m'as pas trouvée si intéressante que cela, sinon tu serais resté.

— Tanja…

— Je déteste me sentir aussi peu sûre de moi, le coupa-t-elle. Je ne veux pas recommencer à penser que je vaux moins que toi.

Leon leva les bras en avant, paumes ouvertes, étonné.

— Mais enfin, Tanja, tu ne vaux pas moins que moi ! Quelle drôle d'idée !

D'un geste, elle engloba le luxueux décor.

— Je n'ai pas tout ça, moi ! Je n'avais rien d'assez attirant pour t'amener à reprendre notre mariage là où tu l'avais abandonné. Aujourd'hui, la seule chose que je peux te donner, c'est un divorce ; et c'est devenu impossible. La seule chose que j'ai qui peut t'intéresser, c'est…

Elle se tut, le regard fixé sur lui à présent, défiant, pur. Leon posa les mains à plat sur la table. Il peinait à contenir sa fureur. Jamais personne ne l'avait mis dans cet état.

— Fais très attention à ce que tu vas dire, l'avertit-il entre ses dents serrées. Parce que le sexe n'a jamais fait partie d'aucune transaction pour moi. Ce n'est pas un instrument de chantage ni de pression. Encore moins avec ma femme.

Tanja haussa les épaules.

— On fait *semblant* d'être mariés…

— Nous *sommes* mariés !

— Si tu veux. Disons alors que nous allons faire semblant de *rester* mariés et…

— … Et agir comme n'importe quel couple marié. Pourquoi pas ?

— Parce que je ne couche pas avec un homme si je n'éprouve pas de sentiments pour lui et s'il n'en a pas pour moi. Et toi, tu n'en as pas.

8.

Leon ouvrait la bouche pour répondre à Tanja lorsqu'on frappa à la porte. Georgiou entra avec Ester, sa responsable des relations publiques. Leurs sourires s'effacèrent quand ils perçurent l'atmosphère tendue du bureau.

— Voulez-vous que nous revenions plus tard ? demanda Ester.

— Non. Nous devons rédiger le communiqué de presse, affirma Leon, le visage fermé.

Tanja se rassit. L'adrénaline la faisait presque trembler. L'idée de faire l'amour avec Leon lui trottait dans la tête. Était-ce ce qu'elle voulait ? Oui. Son corps exigeait de finir ce qu'ils avaient commencé la nuit précédente.

Sur le plan émotionnel, elle ne savait pas si elle pourrait se protéger suffisamment pour s'en sortir indemne. On ne disait pas « faire l'amour » par hasard. Elle se connaissait suffisamment bien pour savoir qu'elle allait retomber amoureuse de Leon s'ils passaient à l'acte. Elle avait fait tout ce qu'elle pouvait pour nier la gravité de la blessure qu'il lui avait infligée lorsqu'il l'avait quittée ; or elle avait été anéantie.

— Tanja ? Es-tu d'accord ?

La voix de Leon l'arracha à ses pensées. Elle n'avait rien entendu de ce qui venait d'être dit. Ester le lui répéta gentiment.

Quelques minutes plus tard, ils s'étaient mis d'accord sur une déclaration. Celle-ci disait que Leon et elle s'étaient mariés au Canada cinq ans auparavant, qu'ils s'étaient séparés lorsqu'il était retourné en Grèce et s'étaient réconciliés récemment.

Ils étaient en seconde lune de miel, profitant de la famille qu'ils avaient fondée ensemble.

Le communiqué restait évasif sur Illi et insistait sur l'aspect « conte de fées » de leurs retrouvailles.

Ensuite, Tanja enfila la jolie robe moulante avec un imprimé tropical préparée pour elle par la styliste de Leon. Elle fut maquillée légèrement et ses cheveux furent arrangés en une coiffure naturelle. Alors, la séance photo put commencer, à la proue du yacht, le soleil couchant derrière eux. Illi figurait sur les premiers clichés, puis Leon et elle s'adossèrent au bastingage. Quand il lui leva le menton du bout de l'index, leurs regards se croisèrent. Refusèrent de se lâcher.

Mon Dieu... Tanja fut envahie par une vague de chaleur. Tout se mêlait en elle - agitation, émotions, désir, peur. Dans le regard de Leon luisait un éclat érotique, mais elle y lisait aussi du remords, et de la possessivité. Son pouls s'accéléra. Du pouce, Leon lui effleura les lèvres. Une fois, deux fois. Puis il baissa la tête et lui donna le baiser le plus tendre qu'on puisse imaginer.

La passion irrigua aussitôt ses veines, comme un voyage du pays des regrets à celui de la réconciliation. Comment un homme pouvait-il l'embrasser ainsi et ne pas sentir les émotions qui tournoyaient en elle au point de lui causer une douleur profonde et angoissante ?

Sa main de Leon glissa jusqu'à son cou et il s'écarta lentement. Pouvait-il percevoir son pouls qui battait la chamade contre sa paume ?

— Magnifique ! entendit-elle sur sa droite.

Seigneur, elle avait oublié le photographe ! Elle était mortifiée par tout ce qu'elle avait dû laisser paraître sur son visage.

— Ça suffit ! ordonna Leon d'un ton abrupt, coupant court à la séance photo.

Il garda cependant Tanja dans ses bras. Elle posa la main sur son torse et regarda la surface de l'eau, essayant de se ressaisir. Elle sentait son cœur battre, l'appelant à rester près d'elle.

— Raccompagnons l'équipe, lui murmura-t-il. Ensuite, nous pourrons dîner tranquillement et discuter.

Ils venaient à peine de dire au revoir à tout le monde quand la mère de Leon lui envoya un texto.

— Je dois l'appeler, déclara-t-il. La préparer à ce qui l'attend. Tu dois contacter ta famille. Fais-leur savoir que tu restes en Grèce quelque temps.

Avant que Tanja ait pu décider si elle voulait protester, Leon demanda à Kyle de lui apporter un téléphone. Dix minutes plus tard, elle avait déballé un smartphone flambant neuf, s'était connectée et parlait à son père en visioconférence. C'était si bon de le voir !

Elle était dans le spa installé sur le pont devant la cabine de Leon quand celui-ci la rejoignit. Elle ne l'avait pas vu depuis la séance photo. Illi était couchée et s'était endormie.

— J'espère que cela ne te dérange pas. Kyle m'a trouvé un maillot de bain. Et un babyphone, ajouta-t-elle en pointant le petit appareil posé sur le rebord.

Il commença à se déshabiller.

— Que fais-tu ? demanda-t-elle en tournant vivement la tête.

— Personne ne peut nous voir, c'est mon pont privé, ici. Pas besoin de maillot. Moi aussi, j'ai besoin de me détendre.

Tanja l'entendit s'installer dans le spa avec un soupir de contentement. Elle se força à le regarder, les joues roses. Il s'était appuyé à la paroi en face d'elle, les bras étendus. Grâce au bouillonnement créé par les petits jets d'eau disposés partout dans le spa, elle ne pouvait pas voir s'il était réellement nu, mais elle aurait parié que oui.

— Qu'a dit ta mère ? demanda-t-elle, en essayant de ne pas jouer les vierges effarouchées.

Il la dévisagea, puis son regard descendit jusqu'à son haut de maillot rose. Pouvait-il apercevoir malgré les bulles qui éclataient à la surface que ses tétons pointaient, durcis par le désir ? Il lui décocha un sourire gourmand.

— Elle veut que nous venions dîner en arrivant à Athènes. Qu'a dit ton père ?

— Qu'il voudrait que je rentre à la maison, mais il comprend la situation. Il est fier comme Artaban d'avoir deux petits-enfants.

Elle sourit en se souvenant de l'enthousiasme de son père. Il avait également peur que Leon la blesse ou la laisse tomber à nouveau. Elle aussi, mais elle garda cela pour elle.

— Tout le contraire de ma mère, on dirait, dit Leon, la mine sombre.

Tanja lui fit remarquer qu'Illi n'était pas de lui, alors pourquoi sa mère l'accueillerait-elle comme sa petite-fille ? Mais il semblait de si méchante humeur qu'il n'était sans doute pas prêt à entendre justifier le comportement de sa mère.

— Quand tu m'as dit que le mariage de tes parents était horrible, qu'est-ce que cela signifiait ?

— Ils se mentaient, se trompaient. Ils m'utilisaient l'un contre l'autre. Ils avaient d'horribles disputes durant lesquelles ils s'insultaient et s'humiliaient mutuellement en public.

— C'est horrible ! Y avait-il des problèmes de drogue ou d'alcool ?

— Je l'ignore. En tout cas, je n'en ai jamais eu vent. Mon père était une personne terrible. Profondément égoïste et manipulatrice. Ma mère avait apporté l'argent de son héritage dans le couple ; elle aurait divorcé s'il l'avait rendu, mais il a refusé. En fait, il a engagé un homme pour la séduire et prendre des photos intimes, puis les a conservées pour la faire chanter. Je crois que j'ai déjà détruit tous les tirages, mais qui sait ? Il pourrait encore la hanter avec ces photos.

— Oh ! mon Dieu ! s'écria Tanja, épouvantée.

— Ma mère était aussi assez horrible parfois. Il y a eu trois tests ADN pour prouver que j'étais de lui. Franchement, j'espérais chaque fois que ce ne serait pas le cas. Quand j'avais huit ans, il m'a envoyé en pensionnat uniquement pour la punir. Parfois, je me dis que j'aurais dû refuser fermement.

— Tu avais huit ans, tu n'avais pas le choix !

— Non, mais je savais qu'elle était bouleversée. Nous avions une bonne relation jusque-là. Elle a été irrémédiablement endommagée après mon départ. Ma mère a cessé de me montrer de l'affection, afin que mon père ne continue pas à m'utiliser dans sa guerre contre elle. Il était difficile de savoir si elle voulait que je… Je ne sais pas. Que je me batte pour la voir ? J'étais heureux d'être loin de leurs histoires nocives, alors je trouvais des excuses pour éviter de rentrer chez moi. C'est comme ça que j'ai commencé à faire des régates, pendant les vacances scolaires d'abord, comme membre d'équipage, puis j'ai acheté mon premier voilier en économisant mon argent de poche.

— Ta mère savait-elle que ton père n'agissait pas toujours dans le respect de la loi ?

— Elle avait des soupçons, dit-il avec lassitude. Elle avait peur de poser trop de questions. Quand je suis rentré à la maison pour les funérailles et que nous avons commencé à réaliser à quel point les choses allaient mal, elle a pleuré devant moi pour la première fois depuis des années. Elle m'a dit : « Je me suis accrochée à tout ça pour que tu hérites, et maintenant il n'y a plus rien ? » Ça m'a mis un coup de comprendre qu'elle pensait m'avoir aidé en restant avec lui.

— Alors tu as reconstitué la fortune de ton père pour *elle* ?

— Et les milliers de personnes dans le monde qui avaient besoin de garder leur emploi.

Un point pour toi, songea Tanja.

— Se sent-elle menacée par moi ? demanda-t-elle. Pas par moi en particulier, mais par le fait que tu as une femme ?

Il laissa sa tête retomber en arrière contre le bord du spa.

— Elle est fâchée que je ne lui aie jamais dit que j'étais marié.

— *Jamais ?*

— Nous ne sommes pas proches, asséna Leon.

Tanja se laissa glisser dans l'eau jusqu'au menton pour assimiler tout ce que Leon venait de lui révéler. En posant les pieds sur le bord du banc en face d'elle, elle toucha la cuisse de Leon. Sous la surface, sa main lui attrapa la cheville. Elle essaya de garder l'esprit clair tandis que son corps s'emplissait de sensations brûlantes. Même si son cœur faisait des bonds, elle essayait de comprendre comment l'enfance de Leon l'avait transformé en un homme charmant mais renfermé. Un homme qui lui avait inspiré confiance, puis l'avait laissée tomber.

— Je ne resterais pas avec un homme qui me traite comme ton père a traité ta mère.

— Même pas pour Illi ?

— Je ne sais pas jusqu'où je pourrais aller pour mon enfant, mais j'ai le luxe d'avoir une famille et des amis qui me soutiennent, ce qui me donne des options. De toute évidence, ta mère n'en avait pas.

— Je déteste ne pas être sur cette liste, marmonna-t-il. Et je déteste avoir appris par ton frère que tu avais besoin d'aide. Je ne suis pas fier de la façon dont je t'ai quittée. Ni des circonstances dans lesquelles je t'ai laissée. C'est le genre de chose que mon père aurait fait. Attendre que tu viennes me voir pour régler les choses, c'était son genre aussi. Le fait que tu ne l'aies jamais fait, que tu aies eu trop de fierté pour accomplir le premier pas…

Il s'interrompit et secoua la tête avec une moue admirative.

— Ne pense jamais que tu vaux moins que moi. Tu es beaucoup plus intègre que je le serai jamais, de même que la plupart des gens que je connais.

— C'est très généreux de ta part de me dire ceci, compte tenu de la position délicate dans laquelle je t'ai mis avec Illi, souligna Tanja, à la fois touchée et contrite.

— Tu n'aurais pas eu à faire cela ni ne serais allée à Istuval si je t'avais bien traitée. Je vais me rattraper.

— Je ne veux pas de ton argent, Leon.

— Je sais. Mais il est important pour moi de bien faire les choses, cette fois-ci. Mon offre d'ouverture est d'un million d'euros par année de mariage.

— C'est ridicule !

— Et chaque fois que tu protesteras, je la doublerai.

Tanja retint la nouvelle protestation qui lui montait aux lèvres. Après un instant d'hésitation, elle décida de rester silencieuse.

— Une autre femme essaierait d'augmenter le montant, mais tu ne le feras pas.

Leon avait affirmé cela avec calme et confiance, comme s'il la connaissait. Cette admiration la poussa à le provoquer.

— Que se passe-t-il si je te *demande* de la doubler ?

— C'est d'accord.

— Leon ! Ne t'avise pas de le faire ! protesta-t-elle en riant.

— Si on double à nouveau, on passe de deux à quatre.

Il inclina le visage vers le ciel. Tanja se dit soudain qu'il se moquait peut-être d'elle.

— Tu veux bien redevenir sérieux, s'il te plaît ?

— Je suis tout à fait sérieux. Je sais que tu ne veux pas de mon argent. Mais j'ai besoin que le montant soit suffisamment attractif pour que tu puisses partir si les choses tournent mal entre nous. J'ai besoin de savoir que je ne passerai pas ma vie entière à causer des dommages à un autre être humain, et qu'Illi ne sera jamais prise entre deux feux.

Tanja hocha la tête. Elle comprenait ce qui effrayait Leon, les fantômes de son passé, ses peurs. Elle songea qu'il était peut-être temps d'exprimer la sienne à voix haute. Elle rassembla son courage et se lança :

— Fais ce que tu veux avec ton argent, je m'en fiche. Mais… je crains que si je couche avec toi, je tombe amoureuse.

Encore une fois, aurait-elle voulu ajouter, mais elle avait la gorge nouée, l'impression de ne plus pouvoir respirer.

— Tu ne m'as pas écouté. Je ne mérite pas ton amour.

Sa mâchoire était crispée, ses lèvres serrées, ses biceps roulaient sous sa peau.

— Ce n'est pas parce que ton père n'était pas quelqu'un de bien que tu ne l'es pas !

— Tu dois te montrer réaliste, Tanja. Je suis capable d'être charmant, attentif, bienveillant même, mais je ne suis pas capable d'amour. Ne confonds pas mon désir d'être bon pour toi avec une supposée bonté qui ferait partie de ma personnalité. Ne prends pas le désir que j'éprouve pour toi pour autre chose qu'une intense attirance sexuelle.

Les paroles de Leon malmenaient le pauvre cœur de Tanja, qui passait par tous les états et menaçait à présent de se briser en mille morceaux. Il repartit au galop lorsque Leon reprit d'une voix forte :

— Mais je te veux, affirma-t-il. Je me moque des autres femmes, c'est *toi* que je veux. Je veux ce feu que nous avons rallumé hier soir. Je me suis contraint à oublier à quel point nous allions bien ensemble, mais je ne peux pas supporter l'idée de ne pas revivre cette harmonie sensuelle.

Le corps de Tanja palpitait, brûlant de fièvre. Et son esprit en ébullition essayait de raisonner à partir de l'avertissement qu'il venait de lui donner, selon lequel on ne pouvait pas lui confier son cœur. C'était déprimant, mais honnête. *Oh ! arrête un peu de réfléchir !* lui ordonna une petite voix intérieure. *Tu vas passer du temps avec lui et tu crois vraiment pouvoir résister à cette alchimie entre vous ? Tu vas devenir folle !*

— D'accord, lança-t-elle du ton le plus désinvolte possible.

Le regard de Leon brilla d'un éclat carnassier.

Le temps s'arrêta.

Soudain, d'un mouvement souple et vif, Leon se leva, la souleva dans ses bras et sortit du spa. Tanja s'accrocha à son cou, stupéfaite par la rapidité de la scène. Il entra dans la chambre et la déposa sur le lit.

— On est mouillés…

Leon coupa court à ses protestations en posant un doigt sur ses lèvres. Il était au-dessus d'elle, nu et encore dégoulinant, le corps brûlant. Il poussa un genou entre les siens et lui écarta les jambes, entre lesquelles il s'installa. Sa bouche descendit sur la sienne, dévastatrice comme un ouragan.

Ils se retrouvèrent instantanément au cœur de la tempête, là où ils en étaient restés la nuit précédente. Tanja enfonça les doigts dans les cheveux de son amant et inclina sa tête pour rendre encore plus sauvage leur baiser. Elle gémit quand leurs langues s'emmêlèrent. Elle sentait la pression de son long sexe tendu contre le triangle de tissu entre ses cuisses.

Il s'écarta légèrement d'elle et tira son soutien-gorge vers le bas pour révéler ses seins. Une main chaude entreprit de les lui caresser. Il planta le regard dans le sien.

— Tes cheveux… ta peau, chuchota-t-il d'une voix sourde. Je veux en goûter chaque centimètre.

C'est ce qu'elle voulait aussi. Tout. Tout de lui. Maintenant. Ses lèvres se posèrent dans son cou et l'explorèrent, avides. Tanja s'accrocha à ses épaules et noua les jambes autour de sa taille. Son érection frottait délicieusement contre son sexe.

— Leon… Leon…, haleta-t-elle comme un mantra.

Tout en parcourant son corps de baisers, il la fit rouler sur le ventre sous lui. Il positionna son membre entre ses fesses et, posé sur le coude, commença à lui embrasser le dos. Instinctivement, Tanja se cambra, frissonnante. De sa main libre, il lui caressait les hanches, les fesses. Tout son être réclamait l'assouvissement.

Elle était presque impuissante, dominée de cette façon, mais elle pouvait tout de même l'exciter en bougeant le bassin. Ses gémissements faisaient comprendre à Leon à quel point elle avait besoin de cela - d'être vénérée pendant qu'il la conquérait. Sa main s'aventura enfin sous le bas du maillot de bain. Tanja était prête, bombée, humide, ouverte. Il se contentait de l'effleurer mais cela suffisait à la rendre folle.

— Tu aimes ? chuchota-t-il, provocant.

— Oui. Mais j'en veux plus, supplia-t-elle, à peine capable de parler.

— Bientôt, dit-il en la positionnant sur le dos à nouveau.

Tanja perdait toute inhibition. Ses jambes s'ouvrirent pour lui laisser de la place. Leon se débarrassa du bikini. Elle le regardait fixement, comme si elle lui lançait un défi muet. Il y répondit en embrassant et léchant sa poitrine, tantôt doux tantôt moins. Quand il la mordilla avec délicatesse, des flèches de plaisir se fichèrent dans ses reins. C'était si bon... Elle perdait la tête, lui parlait avec un vocabulaire cru qu'elle ne se serait jamais crue capable d'utiliser. Elle était prête à tout, désormais, à la merci de son merveilleux amant.

Soudain, celui-ci posa à l'intérieur de ses cuisses une pluie de baisers tendres. Elle faillit crier - de surprise et de plaisir mêlés.

— Qu'est-ce qui ne va pas, princesse ? la taquina-t-il.

Il poursuivit sa sensuelle torture en jouant de la langue le long de ses jambes, derrière le genou, au creux de l'aine... Elle risquait un coup d'œil de temps en temps, étourdie par l'intensité de son regard, par la beauté de sa virilité majestueusement dressée.

Quand il posa la bouche entre ses jambes, Tanja agrippa les draps dans ses poings serrés. Son prénom mourut sur ses lèvres.

— Cela m'a manqué, chuchota-t-il. Guide-moi.

Mais elle n'avait pas besoin de le guider. Et elle en était incapable, déjà en route pour le septième ciel, irriguée de sensations incroyables tandis que la bouche de son amant lui faisait l'amour. Sa main s'emmêla dans les cheveux de Leon.

Cela lui avait manqué, à elle aussi. Tellement. Elle s'abandonna au plaisir qu'il était déterminé à lui donner, cédant à la tension magique qui irradiait en elle. Soudain, un violent frisson souleva ses hanches tandis que des éclairs la foudroyaient. Elle étouffa ses cris en se plaquant le dessus de la main sur la bouche. C'était si bon qu'elle aurait pu pleurer...

Lorsqu'il se releva, Tanja nota, encore tremblante, son air triomphant. Son air de satisfaction presque animal ne la dérangeait cependant pas : elle était comblée. Et pourtant, un vide en elle ne demandait qu'à être comblé. Ardemment.

Leon dut lire la supplique dans son regard, car il gaina son sexe d'un préservatif. Il se positionna entre ses jambes mais, au lieu de la pénétrer d'une seule poussée comme elle en mourait d'envie, il l'embrassa jusqu'à ce qu'elle soulève à nouveau les hanches. Alors, lentement, inexorablement, il s'unit à elle.

Son sentiment de plénitude était total.

Ils s'embrassèrent sans bouger. Tanja devinait aux tremblements de son grand corps musclé que Leon se retenait tandis qu'il lui dévorait passionnément la bouche. De douces flammèches de désir embrasèrent peu à peu ses sens. Elle enroula bras et jambes autour de lui - elle le voulait en entier, plus profond, et rester ainsi liée à lui pour l'éternité.

Un léger mouvement alluma en elle le brasier annonciateur des plaisirs exquis qui les attendaient tous les deux. Elle gémit sous ses premières poussées, lentes. Il la regardait avec des yeux brillants tandis qu'il accélérait la cadence. Elle avait oublié à quel point leurs ébats amoureux étaient *bouleversants*. De nouveau, elle lâcha prise et s'autorisa à soupirer, haleter, laisser sortir d'elle des sons rauques qui témoignaient de son plaisir. Ils ne se cachaient rien.

Ses ongles s'enfoncèrent dans les épaules de Leon, qui lui agrippait les hanches comme si sa vie en dépendait. Impossible de contenir l'éruption de plaisir qui la faisait vibrer de tout son être.

— Viens ! lui ordonna-t-il, la voix éraillée.

— Viens avec moi. Maintenant, répliqua-t-elle dans un dernier sursaut de lucidité.

Et ce fut l'explosion…

9.

Comment as-tu pu tourner le dos à cela ?

Ce fut la première pensée rationnelle de Leon lorsqu'il reprit ses esprits sur son grand lit, à côté de Tanja, complètement épuisé. Il serra contre lui celle qui était encore sa femme et posa le menton sur sa tête. Elle soupira d'aise. Il était bien, lui aussi. Apaisé.

— Avons-nous réveillé Illi ? demanda-t-elle avec humour.

— Si elle était réveillée, elle nous le ferait savoir !

La fillette n'avait pas peur d'utiliser toute la capacité de ses petits poumons si elle décidait de se plaindre. Quand Leon l'avait sortie de la balançoire le matin même, elle avait tellement hurlé qu'il avait eu l'impression d'avoir violé les droits de l'homme.

— C'était vraiment bien, souffla Tanja en l'embrassant dans le cou. Merci.

Ce minuscule aveu de la profondeur de ce qu'elle avait vécu le remua.

— Merci.

En fait, cela avait été mieux que bien : incroyable. Leon aurait souhaité pouvoir attribuer cette intensité à la rupture de son célibat, mais il savait que c'était plus que cela. Il ne comprenait pas comment une femme pouvait le réduire à l'essence de son être. Tanja n'était pas particulièrement unique. Il avait rencontré beaucoup de femmes agréables à regarder, intelligentes et drôles, sûres d'elles. Des femmes qui aimaient le sexe autant que lui. Avant son mariage, il avait fait l'amour avec ces femmes et en avait toujours profité, mais il n'avait jamais ressenti après coup un si profond bouleversement intime, une si grande *vulnérabilité*.

Il aurait aimé penser que c'était parce qu'il avait changé ; or Tanja l'avait affecté de cette façon avant qu'il perde son père. Était-ce précisément pour cette raison qu'il l'avait quittée et qu'il ne s'était pas retourné : pour ne pas se sentir affaibli ?

C'était une pensée dérangeante. Il ne voulait pas se voir comme un enfant qui fuit une situation parce qu'elle est inconfortable, mais c'était exactement la stratégie d'adaptation qu'il avait employée pendant des années : une succession de fuites, tactique d'évitement pour échapper à sa vie familiale troublée et aux conséquences qu'elle avait sur lui.

Mais depuis la mort de son père, il avait appris à affronter ses problèmes. Comment faire face et résoudre celui que lui posait Tanja ?

Elle ne faisait pas exprès de lui arracher l'âme. Il s'ouvrait malgré son instinct qui le mettait en garde contre une telle attitude. Cela allait bien au-delà du physique - il n'était ni prude ni même pudique –, mais il lui avait révélé des choses qu'il n'avait jamais dites à personne sur son père et son enfance. Ces aveux pouvaient servir d'armes contre lui, comme ses parents avaient utilisé leurs faiblesses l'un contre l'autre.

Il aurait presque souhaité que Tanja lui dise d'aller en enfer quand il avait proposé qu'ils reprennent une vie sexuelle ensemble. « Je crains que si je couche avec toi, je tombe amoureuse », avait-elle avoué. Lui aussi avait peur qu'elle retombe amoureuse de lui. Il ne pouvait plus esquiver ou s'éloigner d'elle. Ce serait lâche. Et puis il voulait pouvoir poser les mains quand il le souhaitait.

Tanja bougea contre lui. Il se gorgeait de son délicieux parfum et passait les doigts dans les mèches de ses cheveux.

— Et si je ne le réclamais jamais, cet arrangement ?

murmura-t-elle soudain avec un sourire malicieux. Si nous ne divorçons pas, je n'aurai pas à accepter ton argent.

Son expression dut se tendre malgré lui, car le sourire s'effaça instantanément des traits délicats de Tanja, remplacé par une expression crispée de souffrance.

— C'était une blague, dit-elle avec une note d'amertume.

— Je sais. Tout va bien.

Il reposa doucement la tête de Tanja sous son menton, le cœur en compote. Il était à peine capable de discerner les émotions intenses qui lui vrillaient les nerfs. Il voyait les flèches que ses parents n'avaient cessé de se décocher, mais cette fois-ci, elles étaient dirigées vers Tanja.

Non !

— J'ai grandi avec un frère, marmonna-t-elle. J'ai appris la compétition. Je voulais prouver que je pouvais être plus maligne que toi, c'est tout.

La façon confiante avec laquelle elle s'était détendue contre son corps nu n'était plus qu'un souvenir : à présent, Tanja était tendue et méfiante. Il avait entendu plus dans sa prétendue plaisanterie que l'excitation d'avoir trouvé une faille. Il ne savait peut-être pas tout de sa femme, mais il savait qu'elle croyait aux gens, à l'avenir et à la famille.

— Tu te souviens de ce que j'ai dit sur le fait d'être réaliste ? demanda-t-il doucement.

Elle resta longtemps silencieuse, mais la façon dont elle respirait lui disait qu'elle était toujours éveillée. Pourvu qu'elle ne soit pas en train de lutter contre ses larmes ! Ça le tuerait.

Lorsqu'elle parla, sa voix reflétait la dureté qu'il avait toujours admirée chez elle.

— Je pense que tu sous-estimes mon envie de gagner, dit-elle avec une dignité tranquille.

Et toi, tu sous-estimes ma volonté de perdre, songea Leon. Surtout si perdre signifiait qu'elle et son enfant seraient en sécurité.

— Profitons simplement de ce que nous avons maintenant, dit-il en lui embrassant le front.

Tanja se réveilla bienheureuse mais aussi stupéfaite par la nuit qu'elle avait passée. Après leur discussion, Leon et elle avaient refait l'amour, avec une volupté toujours aussi sensationnelle. Ces ébats l'avaient rassurée après la réaction qu'il avait eue à sa suggestion de rester mariés. Elle avait dû lui paraître si… *désespérée* ! Elle était encore en colère contre elle-même à cause de cette blague stupide.

Il lui avait bien rappelé d'être « réaliste », et ce souvenir lui fissurait le cœur. Sa nature profonde était d'espérer. Elle ne pouvait s'empêcher de penser qu'il y avait quelque chose entre eux puisque ni lui ni elle n'avaient couché avec quelqu'un d'autre en cinq ans.

Leon tournait la tête. Il était superbe, drôle, intelligent, et en plus il semblait s'attacher à un bébé qui n'était même pas le sien. N'importe quelle femme au monde le trouverait irrésistible et se ferait des illusions sur la possibilité d'associer son avenir au sien.

Pourtant, les choses se passaient à peu près comme la première fois. Et la première fois, il l'avait quittée. Puis cinq années avaient passé sans un mot. Il n'était venu la voir à Istuval que parce qu'il pensait que, s'il lui rendait service, leur divorce se passerait mieux. Il voulait divorcer. Il fallait qu'elle s'en souvienne. Leon désirait peut-être son corps, mais pas faire sa vie avec elle et sa fille. Une fois tout cela terminé, maintiendrait-il une relation avec Illi ? Si Tanja était *réaliste*, elle devait partir du principe que Leon et elle se sépareraient, définitivement cette fois-ci.

Comme c'était douloureux…

Tanja secoua la tête. *Allez, reprends-toi !* Son avenir s'écrirait toujours avec Illi et, espérait-elle, avec Brahim, le frère de sa fille. Ce serait une vie très riche, elle n'avait pas besoin d'un homme pour cela. De toute façon, Leon et elle n'avaient jamais eu leur chance. Mais peut-être pourraient-ils être amis ? Ils partageaient beaucoup plus que leurs corps, n'est-ce pas ? Tout cela ne signifiait-il rien pour lui ? Serait-il vraiment capable de s'éloigner et de l'oublier complètement ? Il était si renfermé !

— Allons voir si maman est réveillée, entendit-elle Leon dire.

Il apparut à la porte, Illi dans les bras. Elle mâchouillait son poing et portait une barboteuse toute propre. Leon ne portait quant à lui rien d'autre qu'un caleçon et son sex-appeal en bandoulière. Cette image de lui portant sa fille contre son torse nu comblait la femme primitive en elle. *Aime-la ! Aime-nous toutes les deux !* aurait-elle voulu supplier.

Il posa Illi sur les draps froissés à côté d'elle.

— Son biberon est en route. Le petit déjeuner aussi. Je dois passer quelques coups de fil, puis nous prendrons l'hélicoptère pour Athènes dès que nous serons prêts.

— Oh…, bredouilla-t-elle, déçue.

La réalité la rattrapait. Elle commençait à la détester. Pourquoi ne pouvaient-ils pas continuer à flotter à bord du yacht dans cette bulle au parfum de lune de miel ?

Leurs regards s'arrimèrent l'un à l'autre. Elle lut dans celui de Leon les souvenirs de leur nuit torride et l'envie de recommencer. Elle leva la main et, de l'index, lui fit signe d'approcher, avec une moue mutine et un sourire sensuel aux lèvres.

Alors, Leon enfonça un genou dans le matelas et se pencha au-dessus du petit corps d'Illi. Il embrassa Tanja avec une ardeur qui souffla en elle sur les braises du désir. Après un baiser ravageur, il la laissa brûlante, étourdie et totalement essoufflée.

— Tentatrice ! Me reluquer comme si j'étais une glace par une chaude journée d'été…

Elle souleva le drap suffisamment pour regarder en dessous, le taquinant délibérément.

— Je crois que c'est moi, la chaude journée d'été, le provoqua-t-elle. Dommage que je ne puisse pas te montrer…

Il lui sourit d'un air amusé et se redressa.

— Les entretiens avec les nounous commencent aujourd'hui.

Les doutes de Tanja ne s'étaient pas dissipés lorsqu'elle monta à bord de l'hélicoptère.

La romantique en elle voulait croire qu'elle se lançait dans une aventure pour voir si son mariage pouvait fonctionner. Elle n'avait jamais fait les choses à moitié et voulait donner une vraie chance à leur union, mais elle devinait les murs intérieurs que Leon érigeait pour se protéger.

Leon était assis à la place du copilote, à l'avant. Tanja était seule à l'arrière avec Illi, qui pleura durant tout le trajet. Tanja était épuisée lorsqu'ils atterrirent sur le toit de l'appartement de Leon, à Athènes. L'assistant de Leon, Demitri, vint à leur rencontre. Il lui montra une chambre d'amis qui avait été transformée en chambre d'enfant pour Illi.

— Les décorateurs arriveront aujourd'hui pour prendre des mesures et discuter des couleurs, mais j'espère que cela suffira pour le moment, annonça le jeune homme, l'air inquiet.

Illi n'avait jamais eu de véritable berceau à elle, ni de table à langer, sans parler de la profusion de vêtements et de jouets que Tanja découvrit.

— C'est parfait, affirma-t-elle, soulagée d'avoir un endroit où poser sa fille en toute sécurité.

Tanja la borda et prit le babyphone pendant qu'elle explorait les lieux. Tout comme dans le yacht, les espaces étaient modernes et lumineux, reflétant un luxe discret mais indéniable. Derrière les immenses baies vitrées, Leon était assis avec Georgiou à une table sur la terrasse, à côté de la piscine à débordement. Était-ce l'Acropole au loin ? Elle était si proche qu'il semblait possible de nager jusqu'au bord du bassin et de tendre la main pour la toucher.

Dans la cuisine, une femme d'âge moyen préparait du café et des assiettes avec des gressins, des olives, du fromage, des feuilles de vigne farcies et du poulpe grillé. Elle se présenta : Valérie, gouvernante et chef.

— J'espérais boire un verre d'eau, dit Tanja.

— Pétillante ou plate ?

— L'eau du robinet, c'est très bien.

— J'ai une eau au concombre pour accompagner le mezzé, déclara Valérie en sortant un broc du réfrigérateur.

— Euh… Bien sûr. Merci.

C'était le même niveau de service que Tanja avait connu sur le yacht. C'était ainsi que vivait Leon, dans la démesure. Il avait vécu comme ça toute sa vie. Cela donnait l'impression à Tanja d'avoir été transportée dans un film, ou dans un monde parallèle.

Elle aurait aimé avoir un moment pour reprendre son souffle, mais elle n'eut que le temps de grignoter avec les hommes avant le début d'un défilé de rendez-vous.

Sa styliste du yacht fut la première. Elle l'emmena dans une autre chambre d'amis, remplie de portants de vêtements.

— Nous n'avons pas besoin d'essayer chaque pièce maintenant, mais je voulais en choisir quelques-unes afin de pouvoir les retoucher si nécessaire.

Elle prit les mensurations de Tanja sous toutes les coutures, puis lui fit passer une robe bain de soleil à rayures bleues boutonnée sur le devant. Tanja l'adorait et avait repéré d'autres vêtements, mais elle n'eut pas le temps de les essayer, car l'infirmière arriva.

Tanja lui assura qu'elle se remettait bien, mais la femme lui prescrivit des pilules de fer et informa Valérie de ses besoins nutritionnels. L'infirmière partie, la chef lui servit un smoothie protéiné. Puis Britta, la première nourrice présélectionnée arriva à son tour. Leon lui fit la surprise de la rejoindre. Il posa des questions que Tanja n'aurait pas pensé à poser, puis, à sa grande stupéfaction, demanda soudain :

— Pouvez-vous commencer dès ce soir ?

— J'ai apporté un sac au cas où, dit Britta avec un sourire chaleureux.

— Super !

Leon se tourna vers Tanja, qui lui lança un regard furieux.

— Quoi ? Tu seras occupée à te préparer.

— Pourquoi ? demanda-t-elle, soudain paniquée.

— Nous dînons avec ma mère.

— C'est *ce soir* ? Je pensais…

Elle ne savait pas ce qu'elle avait pensé. Elle s'affaissa sur le canapé, frappée par la vitesse à laquelle les choses échappaient à son contrôle. Leon appela Valérie afin qu'elle montre la cuisine à Britta.

— Ne t'inquiète pas, la rassura Leon une fois les deux femmes sorties. L'appartement de ma mère est deux étages plus bas.

— Alors, pourquoi ne pas amener Illi ? Elle ne veut pas la rencontrer ?

L'expression de Leon se durcit.

— Laisse la nounou prendre ses marques. Cela te permettra de lui faire confiance, et tu sais que tu peux revenir si ça ne marche pas.

C'était vrai, songea Tanja. Elle signifia son accord d'un hochement de tête et d'un soupir.

— Je n'avais pas réalisé que ta mère possédait aussi un appartement dans cet immeuble.

Il semblait étrange qu'elle ne soit pas venue les accueillir. Leon l'avait-il invitée ?

— L'immeuble m'appartient, dit-il simplement, comme si c'était tout à fait normal. Ma mère voyage beaucoup. Elle habite ici quand elle est à Athènes. Dis à la styliste que le dîner sera habillé, mais pas en tenue de soirée. Je vais prendre une douche et passer un costume.

De nouveau, Tanja fut frappée par l'ahurissante richesse de Leon. Pas étonnant qu'il ait supposé qu'elle l'avait épousé pour son argent ! Elle fut tirée de ses moroses pensées par un gazouillis d'Illi dans le babyphone. Elle alla chercher sa fille et la présenta à Britta. Le courant passa aussitôt entre Illi et la nounou, ce qui la rassura.

Tanja dut faire confiance à la styliste comme elle venait de le faire avec la nounou en lui laissant son bébé. Elle accepta la robe en satin bleu argenté que celle-ci avait choisie pour elle. Elle avait un profond col en V et des manches qui s'arrêtaient aux coudes. Le corsage enveloppait ses seins nus et une large bande accentuait sa taille étroite. La volumineuse jupe trapèze se terminait à mi-mollet, mettant parfaitement en valeur les chaussures aux talons incrustés de brillants.

Une fois coiffée et maquillée, Tanja rejoignit Leon dans le salon, nerveuse. Ils n'avaient jamais eu de vrai rendez-vous. Ils étaient allés sur son yacht, sur son voilier, avaient fait un barbecue avec sa famille, bu quelques verres à Tofino, mais ils n'avaient jamais mis leurs plus beaux vêtements pour sortir en public.

— Je me sens trop habillée pour un simple dîner, murmura-t-elle pour annoncer sa présence.

Lorsque Leon se retourna, une montée d'angoisse lui coupa la respiration.

Leon se figea, le verre à mi-chemin de sa bouche. Son regard descendit sur les chevilles de Tanja, remonta jusqu'à son visage, puis il termina son verre d'une seule gorgée.

— Tu es parfaite !

Il alla chercher une petite boîte en velours sur une table d'appoint et la lui apporta.

— Tiens, c'est pour toi.

— Ce n'est pas nécessaire. J'ai mon alliance, bégaya-t-elle, en jetant un coup d'œil vers les chambres. Elle est dans mon sac. J'ai failli l'échanger contre des provisions, mais…

— Tu aurais dû, dit-il d'un ton dur. Pourquoi ne l'as-tu pas fait ?

— Je n'étais pas certaine du protocole. Je sais que l'on est censé rendre la bague de fiançailles si celles-ci sont annulées, mais est-on censé rendre son alliance si on demande le divorce ?

— Je ne sais pas. Comme ce sont deux cadeaux, fais-en ce que tu veux. Vends celle-ci demain, par exemple.

Il ouvrit la boîte. Tanja retint un cri de stupeur. Ce bijou n'avait rien de commun avec la simple alliance en or qu'elle avait portée pendant quelques mois, puis retirée dans un accès de mauvaise humeur. Il s'agissait d'une bague en platine avec cinq diamants en coupe émeraude sertis en une rangée scintillante.

— Leon, je ne peux pas, dit-elle en le suppliant en silence de comprendre.

— Tu ne peux pas quoi ? Porte-la ou non, elle est à toi. Ou échange-la contre une autre bague, si tu préfères.

Il parlait avec tant d'agressivité que chaque mot la frappait comme un coup de poing.

— Elle est magnifique. Mais…

Elle fronça les sourcils, désespérée de ne pas parvenir à lui faire comprendre qu'accepter sa bague signifiait *quelque chose.*

— Est-ce que la porter, c'est comme porter ceci ? demanda-t-elle en désignant sa tenue d'un geste ample. Est-ce une partie du costume ?

Leon ne répondit pas. Compensait-il en l'inondant de cadeaux parce qu'il n'était pas capable de s'offrir à elle ? Ce serait tellement triste ; pour tous les deux. Elle soupira. Elle avait du mal à trouver les mots qui ne révéleraient pas son sentiment d'insécurité et ses espoirs - même si elle les combattait farouchement.

— Je la porterai si c'est ce que tu veux, pour que les gens ne posent pas de questions gênantes. Mais sache que je n'attends rien. Je ne suis pas là pour les robes et les bijoux.

— Je sais pourquoi tu es ici, répliqua-t-il du tac au tac, tranchant. Si je pouvais régler la situation d'Illi aussi facilement que je peux acheter une robe ou une bague, je le ferais. Pour l'instant, faisons en sorte que cela se produise.

En jouant le couple heureux, oui, bien sûr… , songea Tanja avec un coup au cœur. De la poudre aux yeux, voilà ce qu'était cette bague. Un moyen d'atteindre un but.

En retenant ses larmes, elle la passa à son annulaire gauche.

Leon nota que la bague semblait un peu lâche, mais Tanja avait besoin de prendre quelques kilos. D'ici quelques semaines, l'alliance serait à sa taille. Mais sa femme serait-elle encore là ?

D'un froncement de sourcils, Leon chassa cette interrogation. Il se dit qu'il n'était attaché ni à la bague ni à la femme qui la portait, même si chacune avait de la valeur et méritait sa protection. Pourtant, il était inexplicablement heureux de voir les diamants briller à la main de Tanja tandis qu'ils entraient dans l'ascenseur. Dans la cabine, le miroir reflétait son costume gris pâle, la robe bleu argenté de Tanja, sa chevelure incandescente et ses taches de rousseur. Un élan de fierté l'emplit.

— Tu es superbe.

Pour la première fois depuis le matin, elle lui offrit un sourire naturel. Il crut qu'elle allait se jeter dans ses bras mais l'ascenseur s'arrêta avec un petit tintement.

Pendant un court moment, il avait oublié où ils allaient. Une chape de plomb lui tomba dessus. Sa mère. S'il avait pu tenir Tanja à l'écart d'elle, il l'aurait fait. C'était sa plus grande honte de ne pas venir d'une famille riche comme la sienne. S'il y avait un bon côté à la situation, c'était qu'elle n'aurait jamais à rencontrer son père. Mais sa mère lui ferait du mal sans même le vouloir. Parce que c'était sa nature.

Il prit la main de Tanja et la guida dans le couloir jusqu'à la double porte d'entrée. Il prit une grande inspiration et entra.

Cet étage comportait deux appartements, donc celui de sa mère était plus petit que le sien, avec seulement deux chambres à coucher - et pas de piscine. Le décor était plus féminin, avec des tableaux classiques, des paysages plutôt que les abstractions modernes qu'il préférait.

— Leon !

Sa mère se détacha d'un petit groupe d'invités pour s'approcher d'eux. Elle veillait scrupuleusement à son apparence. Elle était mince et portait une robe-manteau en soie à large col. Il se cabra. Il pensait qu'ils avaient été invités pour un dîner, et non pour une fête… La main de Tanja se crispa dans la sienne, à moins que ce ne soit l'inverse. Son instinct de protection s'éveilla.

Tanja sourit, aussi avenante qu'à son habitude.

— Maman, voici ma femme, Tanja. Tanja, ma mère, Ophelia.

— C'est un plaisir de vous rencontrer, déclara Tanja en lui lâchant la main.

Elle ouvrit les bras à sa mère. Or si dans la famille de Tanja, on étreignait les membres de sa famille, ce n'était pas le cas ici. L'estomac de Leon se serra en voyant venir la rebuffade. Et en effet, sa mère se contenta d'attraper les mains de Tanja et de les serrer. Elle garda les bras droits et tendus entre elles, empêchant Tanja de se rapprocher. Leon vit sa femme accuser le coup puis se ressaisir presque aussitôt. Elle élargit même son sourire. Il aurait voulu qu'un bouclier invisible descende sur elle pour la protéger des petites blessures que sa mère - et leur milieu social - allait lui infliger, les mêmes dont il avait souffert toute sa vie.

— C'est un plaisir de vous rencontrer aussi, après tout ce temps, dit sa mère. Bienvenue dans la famille.

Elle semblait presque sincère, malgré la façon dont elle avait méprisé l'accueil chaleureux de Tanja.

— Ah, Cornelius ! s'exclama-t-elle.

Elle lâcha Tanja et enroula les mains autour du bras de cet homme assez corpulent que Leon avait rencontré à plusieurs reprises.

— Cornelius, voici ma belle-fille, Tanja. Ma chère, laissez-nous vous présenter à tout le monde.

Ils firent le tour des invités. Leon demeura près de Tanja, qu'il voyait souffrir de plus en plus. Ses sourires étaient devenus forcés, ses joues pâles, ses réponses prudentes. Se sentait-elle de nouveau malade, ou bien détestait-elle cela autant que lui ?

— J'ai entendu dire que vous étiez mannequin, Tanja ? demanda quelqu'un.

— Je suis comptable, expliqua-t-elle. J'ai fait mon stage dans une entreprise du secteur touristique sur l'île de Vancouver, au Canada, d'où je suis originaire.

Tous les visages se fermèrent. Un homme rit. Elle le toisa.

— En quoi est-ce drôle ?

— Eh bien, c'est juste que…, commença une invitée, l'air gêné et perplexe. Je veux dire, vous *travaillez* ? Pourquoi, puisque vous êtes mariée ?

— Elle vient d'avoir une fille, rappela Ophelia. Tanja ne travaille pas en ce moment.

— Bravo pour avoir retrouvé votre silhouette ! s'exclama un autre invité.

Sa mère les conduisit vers un autre groupe, ce qui épargna à Leon de se montrer désagréable avec cet ami de sa mère. Il prit le poignet de Tanja et sentit son pouls affolé. Son regard s'écarquillait. Elle ressemblait à une souris cherchant un chemin sûr dans une pièce pleine de chats. Il entrelaça leurs doigts pour lui faire comprendre qu'il la protégerait.

Elle retrouva un peu le sourire lorsque quelqu'un lui demanda d'où elle venait.

— Tofino. C'est une petite ville de pêcheurs sur la côte ouest du Canada. On peut y observer des baleines.

— Oh ! oui ! s'exclama Greta, une blonde snob couverte de bijoux. Nous nous y sommes arrêtés une fois lorsque nous naviguions. Un petit endroit très *bohème*. Assez joli à visiter, mais je ne peux pas m'imaginer qu'on puisse y grandir !

Leon était sur le point de reprendre Greta pour son impolitesse, mais Tanja le devança avec une légèreté qui sonnait faux :

— Beaucoup de mes amis ne rêvaient que de partir. C'est un lieu que vous appréciez vraiment quand vous l'avez quitté, parce qu'il vous manque.

Elle lâcha la main de Leon.

— Tu veux bien m'excuser un instant ? Je vais m'assurer que tout se passe bien avec la nounou.

Tanja avait l'impression de se noyer. Elle n'aspirait qu'à une chose : partir. Elle gagna le hall d'entrée le plus calmement possible alors qu'elle aurait voulu se ruer hors de cet appartement, loin de ces gens affreux.

— Tanja ! fit la voix de Leon juste derrière elle.

— Je ne peux pas faire ça, dit-elle dans un élan de panique.

— Cela n'aurait pas dû se passer ainsi. Mais ce n'est l'affaire que de quelques heures.

— Mon Dieu, soupira-t-elle. Comment ai-je pu imaginer que j'arriverais à faire semblant d'être ta femme ?

Il lui attrapa la main, le regard soudain dénué de toute forme de compréhension. Il la poussa dans une salle d'eau et referma la porte derrière eux.

Tanja prit fugacement conscience du papier peint ivoire avec des rayures argentées, des luminaires dorés et des bougies allumées qui dégageaient un parfum de bergamote et de lavande ; puis Leon envahit tout son champ de vision, grand et intimidant, large et imposant.

— Que s'est-il passé ? Ma mère t'a-t-elle dit quelque chose ? Greta ?

— Non ! C'est tout ça…, s'exclama-t-elle avec un geste de la main. Je savais que je ne boxais pas dans ta catégorie quand nous nous sommes rencontrés. C'est pourquoi d'ailleurs je ne m'attendais qu'à une liaison. Et je comprends maintenant pourquoi tu m'as quittée. Je pensais que je pouvais au moins faire semblant que nous étions heureux en mariage, pour le bien d'Illi. Mais je me sens tellement idiote ! Une fermière aux yeux de…

— Arrête ! lança-t-il en lui attrapant fermement le coude, la forçant à le regarder.

— Je ne suis pas à ma place, Leon. Je ferais n'importe quoi pour Illi, mais je ne peux pas me faire passer pour autre chose que ce que je suis. Personne ne peut croire que tu m'aies choisie.

— Je t'ai choisie, pourtant. Et je te veux. Exactement comme tu es.

Elle vit une étincelle sauvage dans son regard tandis qu'il l'attirait à lui.

— La preuve, ajouta-t-il en posant les lèvres sur les siennes.

Pour une preuve, c'était une preuve, songea Tanja, emportée par la passion. Son baiser avait un goût de colère, mais pas une colère tournée contre elle. Ses mains étaient douces mais impérieuses sur son corps.

— C'est là. Ça a toujours été là, chuchota-t-il entre deux baisers. Il faut que ce soit toi.

L'esprit confus, l'âme torturée par des émotions contradictoires, le corps en feu, Tanja s'accrocha à lui. Elle glissa les bras sous sa veste de costume, les enroula autour de sa taille. Il lui donna un baiser plus profond, plus long et plus dur. Un baiser qui prenait et donnait, si intense qu'elle chancela. Elle se livra sans retenue, avide de fusion. Les fils ténus qui les liaient se retissaient.

Tanja glissa la main vers le bas. Leon était déjà dur comme de l'acier. Elle le caressa à travers l'étoffe de son pantalon. Il se pencha en arrière et ferma le verrou. Puis il mit la main dans une poche intérieure de sa veste et plaça un préservatif sur le lavabo.

Elle écarquilla les yeux, et éclata de rire.

— Tu as apporté ça à un dîner avec ta mère ?

— S'il y a une constante dans notre mariage, c'est que nous ne pouvons pas nous empêcher de nous toucher.

Tanja ressentait un profond besoin de se rassurer. De se sentir irrésistible. Elle avait besoin du désir de Leon comme un miroir du sien, pour redevenir intime avec lui.

Il la fit pivoter face au meuble dans lequel était encastré le lavabo. Elle vit ses yeux s'élargir dans le miroir alors qu'il lui faisait poser les mains à plat de chaque côté de la vasque. Puis il fit courir les doigts le long de ses hanches et sur ses seins.

— Parfois, je me dis que tu es un vrai obsédé, l'accusat-elle en souriant, cambrée en arrière contre son érection. Que tu ne penses qu'au sexe.

— Ce n'est pas au sexe que je pense. C'est à toi.

Tanja frissonna, peut-être à cause de ses paroles, peut-être à cause de la façon dont il jouait avec ses tétons. Ils auraient dû monter dans l'intimité de son penthouse, mais leur désir était trop puissant, absolu. C'était aussi réconfortant qu'excitant. Une partie d'elle savait que ce n'était pas une force d'être aussi physiquement dépendante, mais elle devinait que Leon aussi l'était, et cela effaçait le profond sentiment d'inégalité entre eux qu'elle avait ressenti toute la journée.

Il remonta sa robe jusqu'à sa taille.

— Continue à me regarder, ordonna-t-il d'une voix rauque. J'aime te voir perdre le contrôle.

Elle se lécha les lèvres, provocante, excitée par la fièvre qui brûlait dans les pupilles dilatées de Leon. Ses caresses devenaient plus précises. Sa main droite s'aventura sur la dentelle de sa culotte. Tanja ne put retenir un gémissement. D'exquises vagues de plaisir irradiaient désormais tout son corps tandis qu'il massait son clitoris avec un savoir-faire inouï.

— Tu ne fais pas semblant, maintenant, n'est-ce pas ?

— Non, haleta-t-elle.

Il la relâcha, ouvrit son pantalon et enfila le préservatif. Tanja reprit brièvement conscience de l'endroit où ils se trouvaient.

— Nous ne devrions pas faire cela ici, murmura-t-elle, soudain gênée.

— Tu préfères attendre ? demanda-t-il en replongeant la main entre ses jambes.

Mon Dieu…

— Non.

Elle ne pouvait pas attendre une seconde de plus.

— Bien. Il faudra éviter de faire du bruit, dit-il, avant de s'enfoncer en elle d'une seule poussée.

La sensation était si incroyable que Tanja faillit laisser échapper un sanglot de plaisir. La main de Leon la caressait toujours, démultipliant l'intensité des sensations dans ses terminaisons nerveuses. Elle se mordait l'intérieur des joues pour le pas dire son prénom, le crier.

Leon accéléra. Elle voulait fermer les yeux, mais elle avait besoin d'être connectée à lui, autant visuellement que physiquement. Elle avait besoin de le voir s'abandonner, même si sa vision se brouillait à mesure que son excitation augmentait. Rien d'autre n'avait d'importance que la communion presque mystique de leurs corps.

— Dis-moi quand, dit-il d'une voix éraillée.

— Maintenant. Je suis prête. Je suis… *Maintenant !*

L'orgasme l'engloutit, la terrassa, la fit vibrer de tout son être. Alors, Leon vint à son tour. Elle se dit qu'elle n'oublierait jamais l'image de son visage crispé par le plaisir dans le miroir, les yeux rivés aux siens.

10.

— Ne devrions-nous pas y retourner ? demanda Tanja tandis que Leon la guidait vers l'ascenseur.

— Non.

Leon savait qu'il agissait comme un rustre, mais il ne pouvait pas s'empêcher d'entendre la voix pleine de détresse de Tanja : « Je ne peux pas faire ça. »

Elle avait le regard de nouveau inquiet, aussi la rassura-t-il de la seule façon qu'il savait efficace : en l'embrassant jusqu'à ce qu'elle fonde. Lorsqu'il releva la tête, la méfiance dans ses yeux avait cédé la place aux lumières dorées du désir, celles qui le poussaient à se rapprocher, l'invitaient à la serrer contre lui. Pour soulager le monstre en lui, il avait besoin de cette silencieuse reddition.

Lorsqu'ils entrèrent dans son penthouse, Valérie passa la tête hors de la cuisine, l'air surpris.

— Appelez ma mère. Faites-lui savoir que Tanja n'est pas bien, dit-il.

— Bien sûr. Puis-je vous apporter quelque chose ?

— Ça ira, merci, murmura Tanja.

Le regard qu'elle posa sur lui semblait dire que ce mensonge l'attristait. Il la conduisit vers la chambre. Ils vérifièrent qu'Illi dormait profondément et Tanja dit à la nounou qu'elle pouvait partir. Ensuite, elle apporta le babyphone dans la chambre principale.

— Je me sens mal d'avoir filé en douce, dit-elle en se déshabillant. Lâchement.

— Ne t'inquiète pas.

— Leon, je…

— Non, écoute. Tu aurais dû avoir cette vie depuis le début. Habitue-toi à cela, car c'est ta vie maintenant, et ça le sera même après notre divorce.

— Mais je ne veux pas…

— Tanja ! Je faisais semblant à l'époque où nous nous sommes mariés. J'ai fait comme si cela n'avait pas d'importance de ne pas le prendre au sérieux, comme si c'était normal de te laisser sans rien. Laisse-moi arranger ça.

Elle était pieds nus, cheveux défaits, serrant un kimono de soie autour de son corps nu.

— Peut-être même que j'ai fait semblant de…

Il s'interrompit et fit les cent pas, gêné d'admettre qu'il aurait voulu être comme elle : chaleureux, sincère, entouré d'affection.

— Le problème n'a jamais été que *tu* n'étais pas assez bien pour *moi*.

Un long silence pensif s'installa, avant que Tanja s'exprime calmement :

— Je ne peux toujours pas m'empêcher de sentir que je ne suis pas assez…

Il pivota pour lui faire face et lui coupa la parole :

— Tu es allée dans un pays étranger pour enseigner aux femmes comment être aussi indépendantes financièrement que toi. Tu as recueilli un bébé et maintenant, tu es mère. Qu'est-ce qui te fait croire que tu ne peux pas arriver dans un cocktail mondain rempli de snobinards et leur tenir tête ? Les convaincre ?

— La peur, admit-elle avec tristesse.

— Eh bien, ça suffit ! Tu es très courageuse, brillante et plus qu'aimable. Si quelqu'un insulte ta ville natale ou essaie de te rabaisser à nouveau, parle du yacht. Cela incite généralement les gens à se comporter mieux, dans l'espoir de gagner une invitation.

— Tu as un côté méchant, n'est-ce pas ?

— C'est naturel.

Cela aurait dû être une réplique légère, mais ce n'était que trop vrai, hélas ! Son père avait tendu ce genre de carottes, jouant avec les espoirs des gens, les manipulant avec la promesse de récompenses qui n'arrivaient jamais.

Lorsqu'il regarda à nouveau Tanja, elle fronçait les sourcils avec une expression troublée.

— Mon plus grand problème est de savoir ce qui est réel et ce qui est faux.

Il hocha la tête, même si cela réveillait sa mauvaise conscience.

— Je t'ai menée en bateau, la première fois. Je m'en veux terriblement pour cela. C'est pourquoi j'essaie désormais d'être aussi honnête que possible. Je ne veux pas te blesser à nouveau.

— Je sais. Mais tu le feras quand même.

Ces mots le traversèrent comme une lame effilée, un sabre qui l'aurait transpercé de part en part.

— Je vais me démaquiller, annonça Tanja.

Elle gagna la salle de bains pendant qu'il restait là, figé dans ses tourments, conscient soudain qu'elle aussi pourrait lui faire du mal. Et le ferait.

— J'ai demandé à Demitri de déplacer tous tes rendez-vous du jour, lui annonça Leon lorsqu'elle le rejoignit pour le petit déjeuner.

Elle s'était levée aux aurores pour changer et nourrir Illi. Quand elle était revenue au lit, Leon l'avait serrée contre lui. Le câlin avait vite dérivé vers une étreinte langoureuse. Quand Tanja s'était réveillée, il n'était plus là. Il l'avait laissée dormir et s'était occupé d'Illi. Leon pouvait être si prévenant et tendre ! Pas étonnant qu'elle commence à retomber amoureuse de lui.

— J'ai entendu ce que tu m'as dit hier soir, reprit-il en lui servant du café. En effet, cela fait beaucoup de choses auxquelles t'adapter d'un coup. Aujourd'hui, je travaillerai dans mon bureau et je vais dire à Valérie de sortir. Tu auras la journée pour prendre tes marques.

Super… Tout le temps du monde pour s'attarder sur ce qu'il s'était passé la veille chez Ophelia, se morfondre et s'inquiéter. Leon était capable de faire preuve d'une attention et d'une empathie incroyables, de lui procurer un plaisir indescriptible, d'exprimer des remords sur la façon dont il l'avait abandonnée, d'affirmer qu'il voulait se racheter, et pourtant il se cachait encore. Refusait d'ouvrir son cœur. Même son offre de la laisser seule à la maison ressemblait à une sorte de repli sur soi, à une façon de mettre de la distance entre eux.

— Qu'en dis-tu ? lui demanda-t-il en l'observant.

— Non. Je veux dire, oui. Je te remercie. Je pourrais appeler Shonda.

L'image de sa belle-sœur lui amena un sourire sur le visage.

— Oh ! cela me fait penser que j'ai des choses pour toi.

Il se leva et revint avec un smartphone, une tablette et un ordinateur portable. Leon lui expliqua qu'ils étaient programmés avec des adresses électroniques et des numéros pour les joindre, lui, Demitri et tout le personnel.

Elle aurait pu refuser, mais le fait d'avoir un ordinateur portable lui permettrait de se reconnecter au monde, et pourquoi pas de tâter le terrain pour travailler de nouveau.

Une fois tout le monde parti, elle parla à sa famille, puis envoya à Kahina un courriel et un selfie avec Illi. Elle fit savoir à son amie qu'elles allaient bien et que Georgiou la contacterait peut-être au sujet de l'adoption d'Illi. Tanja laissa aussi des messages sur les vieux comptes de Brahim sur les médias sociaux, l'exhortant à prendre contact dès qu'il le pourrait.

Ensuite, elle profita du calme de l'appartement, prit un café au bord de la piscine, tria ses nouveaux vêtements. Elle venait de nourrir Illi lorsque le téléphone fixe sonna.

— Allô ! dit-elle prudemment, réalisant trop tard qu'elle aurait dû le dire en grec.

— Tanja, c'est Ophelia. Je me demandais si je pouvais monter et rencontrer le bébé…

— Euh…

Ne sois pas lâche ! s'exhorta-t-elle mentalement.

— Bien sûr. Oui. Quand aimeriez-vous venir ?

— Maintenant ?

— Bien sûr, dit-elle avec un enthousiasme feint.

Elle se hâta de débarbouiller sa fille, avant de se glisser dans une jolie robe d'été toute simple et de se faire une queue-de-cheval. À peine avait-elle terminé que trois coups étaient frappés à la porte.

Tanja posa Illi dans son parc, sur son tapis de jeu, et s'empressa d'aller ouvrir à Ophelia.

La mère de Leon était aussi intimidante que la veille, cette fois dans un pantalon de lin et une blouse vert émeraude. Ses cheveux étaient épinglés dans un chignon lisse, son maquillage impeccable.

— Valérie est sortie, mais je peux faire du café et trouver des biscuits, proposa Tanja en escortant sa visiteuse dans le salon. J'aurais dû vous appeler moi-même ce matin pour m'excuser de ne pas être restée, hier. Je… Je ne me sentais pas bien.

Ophelia l'épingla d'un regard encore plus perçant et indéchiffrable que celui de son fils.

— Leon m'a déjà expliqué que vous ne vous sentiez pas la bienvenue.

— Ce n'est pas… tout à fait vrai, bredouilla Tanja. « Un peu dépassée » serait plus juste.

Ophelia s'arrêta pour fixer Illi, qui babillait seule, assise sur son tapis.

— Voici Illi.

— Elle pourrait être de Leon, avec cette carnation, non ?

L'expression d'Ophelia s'était adoucie presque imperceptiblement. Elle s'assit sur le bord d'un coussin, focalisée sur le bébé. Surprise, Tanja prit le fauteuil en face de sa belle-mère, ne sachant pas trop ce qu'elle devait révéler ni ce que Leon avait déjà dit.

— Ne vous inquiétez pas, dit Ophelia comme si elle avait lu dans ses pensées, mon fils ne m'aurait rien dit s'il n'avait pas confiance en moi. Tout n'a pas toujours été facile entre nous et j'ai été choquée d'apprendre qu'il était marié depuis cinq ans, mais il ne m'aurait pas menti sur sa paternité.

— J'apprécie beaucoup les efforts qu'il est prêt à faire pour m'aider à la garder, déclara Tanja, hésitante.

Ophelia l'étudia pendant un long moment, puis un petit froncement de sourcils entama son expression impassible.

— Je l'ai déçu en invitant trop de monde, hier soir, dit-elle finalement, avec un bref sourire douloureux. Nous avons une relation qui est… Bref, je trouve plus facile d'avoir des gens autour de nous. Comme un tampon, si vous voulez. C'est une vieille habitude, mais ce n'était pas contre vous. Je m'en excuse.

— Ce n'est pas nécessaire, mais merci.

Tanja se sentait instinctivement prête à se rapprocher d'elle, à franchir ce qui ressemblait à un gouffre, car Ophelia semblait terrifiée à l'idée de lui tendre la main. Toutes deux observèrent un instant Illi, qui essayait d'attraper les jouets suspendus au-dessus d'elle en pépiant. C'était plus facile que de se regarder l'une l'autre.

Toutefois, en jetant un coup d'œil furtif à sa visiteuse, Tanja vit une expression poignante envahir son visage. Elle se pencha un peu en avant, presque comme si elle voulait tendre la main vers Illi, puis elle se redressa, comme si elle avait changé d'avis.

Tanja se souvint des paroles de Leon à propos des relations entre son père, sa mère et lui : « Je pense qu'elle a cessé de me montrer de l'affection pour qu'il ne m'utilise pas contre elle. » Son cœur se serra.

— Voulez-vous la prendre ?

— Mieux vaut ne pas s'attacher, dit Ophelia avec un

sourire vaillant. Leon m'a dit que ce n'était pas un arrangement permanent.

Elle croisa le regard de Tanja, qui ressentit une nouvelle fois que les mots se bloquaient dans la gorge d'Ophelia. Celle-ci parvint toutefois à parler, avec un soupçon d'émotion.

— Je me réjouis qu'il ait fait tout ce chemin. Jusqu'à son appel, l'autre jour, j'étais convaincue qu'il ne se marierait jamais et n'aurait jamais d'enfants.

— Attendez de le voir avec elle, lança Tanja avec légèreté, émue toutefois. Il est si gentil que vous allez craquer !

— Oh ! il ne me laissera pas voir ça, lui assura Ophelia avec un autre de ces sourires qui, Tanja commençait à le réaliser, cachait une profonde douleur. Hier soir, il craignait que je devine à quel point vous comptez pour lui. Notre discussion de ce matin était pourtant très révélatrice, et qu'il m'ait tu votre mariage le prouve aussi.

— Qu'a-t-il dit ? demanda Tanja avec à la fois de l'espoir et de la crainte. Quoi qu'il en soit, je suis désolée. J'ai réagi de façon excessive. Le syndrome de l'imposteur.

— Vous n'êtes pas un imposteur, et je mérite la colère de Leon. J'avais espéré, après le décès de son père, que nous nous rapprocherions, mais…

Son soupir était l'incarnation du désespoir. Tanja en avait la gorge serrée.

— Leon a dû faire face à des défis incroyablement difficiles, reprit Ophelia. Je n'ai pas aidé. Je l'ai tellement poussé à se battre pour ce qui lui revenait de droit. Si j'avais su qu'il avait une femme vers qui retourner… Eh bien, je ne sais pas ce que j'aurais fait. Je peux voir maintenant qu'il était en colère à cause de ce qu'il a été forcé d'abandonner pour rester ici. Je ne dirai pas qu'il m'a blâmée, mais il a dû me voir comme une des raisons pour lesquelles il a dû rester ici au lieu de revenir vers vous. C'est pourquoi nous n'avons pas pu réparer les choses entre nous.

— Je suis tellement déso…

— Je vous en prie, Tanja, la coupa Ophelia avec douceur.

Vous n'êtes pas la source de mes problèmes avec mon fils. Cela dépend entièrement de moi.

— Je pense que vous êtes très dure avec vous-même. Leon ne m'a dit que quelques mots sur ses premières années, mais j'ai l'impression qu'il y avait pas mal de tension. Que votre mari était une personne difficile à vivre et qu'il porte une grande part de responsabilité.

— Vous êtes très généreuse. Je comprends pourquoi Leon est si attiré par vous. Son père était une terrible brute, mais je ne peux pas dire que j'aie choisi la meilleure manière de lui tenir tête. Je me suis trop souvent abaissée à son niveau. Avec Leon, je récolte ce qui a été semé.

— On peut semer de nouvelles graines, dit Tanja avec conviction. J'espère que vous nous voyez, Illi et moi, comme un nouveau champ. Vous et moi n'avons pas à laisser pousser ces vieilles mauvaises herbes entre nous. Nous pouvons décider de la qualité de notre relation.

Ophelia resta silencieuse pendant un long moment, le regard dans le vide. Tanja crut y discerner des larmes, mais c'était difficile à dire. Elle était très douée pour cacher ses émotions.

— Cela signifierait beaucoup pour moi si nous devenions amies. Il est difficile de se sentir proche de mon fils.

Vous l'aimez, avait envie de dire Tanja, mais elle avait le sentiment que c'était le genre de paroles qu'il n'était pas permis de prononcer à voix haute dans le monde de Leon. Cela expliquait tellement de choses sur lui !

— Nous sommes amies, affirma Tanja. Vous serez toujours la bienvenue ici.

Leon se montra à la fois heureux et mécontent de la visite de sa mère, affirmant qu'elle devait des excuses à Tanja et n'avait pas le droit de s'inviter dans « leur maison ». Ces deux mots coupèrent le souffle de Tanja. *Leur* maison, vraiment ?

Tout semblait aplani deux jours plus tard, lorsqu'ils invitèrent Ophelia et Cornelius à dîner dans le penthouse. Cornelius était vraiment sympathique et facile à vivre, d'une bonhomie contagieuse. Il était sincèrement épris d'Ophelia, et cela se voyait. La mère de Leon n'était vraiment pas expansive. Ses rapports avec son fils étaient empreints de tension, une tension qui semblait nourrir celle de Leon. Toutefois, Tanja eut l'impression qu'elle souhaitait sincèrement la voir plus à l'aise dans son monde et elle lui offrit de précieux conseils. Tanja se dit qu'ils lui seraient précieux en vue de la soirée de collecte de fonds organisée par l'épouse de Georgiou.

Ce soir-là, elle enfila une robe bustier rose diaphane avec de magnifiques perles d'argent et d'or rose. Ils avaient fait l'amour avant de s'habiller et n'avaient cessé depuis d'échanger des regards torrides, mais elle devait continuer à se rappeler que ce n'était pas réel. Elle espérait toujours que Leon et elle parviendraient à se fixer des limites claires à ne pas franchir, mais pour le moment elles étaient floues et changeaient sans cesse. Ce n'était pas parce qu'elle portait des vêtements de star de cinéma qu'elle en était une, pas plus que cela ne faisait d'elle la femme de Leon Petrakis.

Toutefois, personne ne sembla remarquer qu'elle était une simulatrice. Elle reçut des dizaines de compliments et fut chaleureusement accueillie par tous les gens auxquels elle fut présentée.

Le fait que Leon ne la quitte pas d'un pouce contribua à ce que les questions gênantes soient rapidement traitées et que la conversation s'oriente vers des sujets neutres. Dans l'ensemble, ce fut une soirée agréable, et elle fut même invitée à rejoindre le conseil d'administration de la fondation que dirigeait la femme de Georgiou.

— Veux-tu faire ce genre de travail ? lui demanda Leon le lendemain. Parce que je peux te faire siéger immédiatement dans deux conseils d'administration, si tu es intéressée. Et ce n'est pas du bénévolat !

— Je ne veux pas que tu me donnes un emploi de complaisance par népotisme ! s'insurgea-t-elle.

— Tanja, tu es une comptable diplômée. Et en plus de

tes qualifications pour certaines tâches, je te fais *confiance*. L'une des organisations auxquelles je pense est dirigée par un P-DG qui a travaillé pour mon père. Il ne serait pas là si j'avais des raisons de me méfier de lui, mais deux précautions valent mieux qu'une. L'autre est dirigée par une jeune femme qui pourrait avoir besoin de soutien pendant qu'elle prend ses marques.

— Tu me fais vraiment confiance à ce point ? demanda-t-elle, ridiculement flattée.

— Y a-t-il des étapes dans la confiance ? Je pensais que c'était tout ou rien. Oui, je te fais confiance. Et toi, me fais-tu confiance ?

— Bien sûr. Je…

Elle s'interrompit alors qu'elle allait dire : « Je t'aime. » *Bon sang, Tanja, contrôle-toi !* Peut-être avait-il tort : il existait des degrés de confiance. Et elle ne se fiait pas entièrement à lui. Elle était physiquement en sécurité avec lui. Elle lui confierait la vie de sa fille, ainsi que la sienne. Mais elle ignorait comment il réagirait si elle faisait sa déclaration à voix haute.

— Tu quoi ? demanda-t-il en lui levant le visage du bout du doigt afin qu'elle ne puisse pas éviter son regard inquisiteur.

— Je te fais confiance. Et le travail semble intéressant, mais que se passera-t-il quand… tout ceci sera terminé ? termina-t-elle d'une voix étranglée.

Une morne lueur de tristesse passa dans les yeux de Leon, mais très vite il camoufla ses pensées derrière une expression impassible.

— Cela pourrait être dans un an ou deux. Tu ne dois pas mettre ta carrière en attente si longtemps. Ce serait une expérience précieuse.

Tanja hocha lentement la tête. Elle n'avait aucune visibilité quant à son avenir ni aux sentiments de Leon. Cette proposition était la seule chose solide à laquelle se raccrocher.

11.

Les choses se mirent en place très rapidement. Une ou deux fois par semaine, Tanja s'habillait en femme d'affaires pour assister aux réunions. Une des deux entreprises dont elle avait intégré le conseil d'administration produisait de l'énergie solaire, l'autre importait des produits issus du commerce équitable. Le travail était stimulant, et elle en effectuait une grande partie à domicile. Il lui restait assez de temps pour s'occuper d'Illi et assister à différents événements mondains avec Leon. Celui-ci voyageait régulièrement à l'étranger, alors Tanja se retrouvait seule dans l'immense penthouse.

Au début, elle avait eu peur de s'y sentir mal à l'aise, comme une étrangère ou une invitée, mais cela n'avait pas été le cas. Elle avait même le sentiment d'être *à la maison*. Dans *leur* maison. Quand il s'absentait quelques jours, il lui manquait très vite. Elle devait résister au besoin de le lui dire lorsqu'ils se parlaient au téléphone.

Il lui manquait parce qu'elle l'aimait. Elle ne pouvait plus se mentir à ce sujet.

Peut-être lui manquaient-elles aussi, songea Tanja en le voyant revenir tard un mercredi soir alors qu'elle ne l'attendait que le jeudi après-midi. Il la surprit dans son pyjama en train de regarder une vieille comédie romantique, luttant contre sa solitude avec un verre de vin et un bol de pop-corn. Avant qu'elle ait pu réagir, il l'avait soulevée, embrassée et entraînée dans la chambre, où leur incroyable alchimie sensuelle fit une nouvelle fois des ravages.

Tanja se demandait s'il commençait à l'aimer. Peut-être que, malgré les épreuves et les cinq années de séparation, elle était mariée à son âme sœur ?

Tout en réfléchissant à l'étrange situation dans laquelle il se trouvait depuis que Tanja vivait chez lui, Leon triait les enveloppes du courrier sur son bureau, en séparant celles qui lui étaient adressées de celles qui étaient destinées à sa femme.

Il s'était attendu à se sentir un peu gêné de partager sa maison. Il n'avait jamais partagé autant d'intimité avec quelqu'un et avait toujours aimé avoir son espace pour lui tout seul.

Tanja était de nature assez ordonnée, mais ses produits de beauté se retrouvaient parfois de son côté du lavabo dans la salle de bains, son sac à main atterrissait de temps en temps sur son bureau et parfois, la chemise qu'il voulait mettre était déjà sur le dos de sa femme. Quant à Illi, elle avait une nounou très disponible, mais elle avait encore besoin de beaucoup d'attention, souvent aux moments les plus inopportuns. Et pour quelqu'un qui ne se déplaçait qu'à quatre pattes, elle était très douée pour disperser ses jouets.

Ce petit sentiment de désarroi lui avait manqué lors de son voyage d'affaires à Singapour. Il aurait dû profiter de cette période de solitude. Il avait toujours préféré n'avoir de comptes à rendre à personne et mener seul sa barque, mais il avait été irrité que Tanja et Illi n'aient pas pu venir avec lui - Illi n'avait pas encore de passeport. Il avait eu l'impression de retenir son souffle pendant tout ce temps, agacé par la façon dont les gens se précipitaient pour obéir à ses ordres alors que chaque minute traînait en longueur.

La dernière chose qu'il voulait, c'était devenir dépendant, mais il s'était empressé de rentrer plus tôt. Ce qui le déconcertait. Tanja était complètement étrangère à toute forme de cruauté, mais elle n'aurait pas eu besoin de cela : elle avait le pouvoir de le blesser quand même, et cette possibilité pesait sur lui comme une épée de Damoclès.

Un vent glacé lui traversa les os lorsqu'il ouvrit une enveloppe expédiée par Georgiou.

— Et si j'invitais mon père à nous rendre visite ? demanda Tanja en entrant dans le bureau.

Leon était encore sous le choc de ce que son avocat lui avait appris. Le sang battait si fort dans ses oreilles qu'il avait à peine entendu la question de Tanja.

— Qu'est-ce qui ne va pas ?

Son ton reflétait de l'effroi. Il devait avoir l'air sacrément secoué ! Il tâcha de se reprendre et se passa la main sur le visage, comme si cela pouvait effacer les traces de son agitation intérieure.

— Un courriel envoyé l'autre jour par Georgiou disait que les échanges avançaient avec les fonctionnaires d'Istuval. Il disait aussi que nous devrions recevoir quelque chose bientôt. Je pensais que c'était la version finale du contrat postnuptial, mais il y a aussi les papiers d'adoption d'Illi.

Le regard de Tanja passa sur les certificats officiels et s'arrêta sur le passeport canadien. Elle le lui arracha des mains.

— Oh ! mon Dieu ! Quand il m'a demandé de la faire photographier pour son passeport, je pensais que cela prendrait des semaines, voire des mois !

Elle l'ouvrit, regarda le nom et la photo d'Illi puis le serra contre son cœur. Ses yeux se gonflèrent de larmes.

— Elle est à moi ? C'est ma fille ? Vraiment ?

Elle se jeta dans ses bras, tremblante, secouée de sanglots, comme si toutes ses émotions vibraient à l'unisson - joie, soulagement, gratitude, et d'autres qu'il ne pouvait pas identifier.

— Merci, Leon. Merci, merci, merci !

Leon l'enlaça et lui caressa le dos pour l'apaiser.

— Ce n'est rien. Oui, elle est ta fille, désormais.

— Je me sens mal d'être aussi heureuse, dit-elle en reniflant. Sa vraie mère devrait être avec elle, non ? Et Brahim est toujours là-bas, quelque part…

Il sourit. Il se demandait parfois comment un corps aussi mince pouvait contenir un cœur aussi gros.

— Tu as quand même le droit d'être heureuse, Tanja. Tu voulais qu'elle soit en sécurité, aimée, et elle l'est.

— J'aimerais juste pouvoir offrir ça aussi à son frère, bredouilla-t-elle en reniflant. Le prendre avec nous quand nous ramènerons Illi à la maison.

Leon se raidit. Elle dut le percevoir, car elle releva la tête.

— Nous la ramènerons à la maison, n'est-ce pas ?

Il fut tenté, tellement tenté de céder. Il voulait accéder à sa requête, tout en sachant que c'était la pire chose qu'il pouvait lui faire. Il n'avait pas le droit de la mener en bateau de nouveau, même s'il aurait préféré laisser le jeu se dérouler jusqu'à son terme - qui ne pouvait pas être un happy end.

— *Tu* la ramèneras.

Tout son corps, tout son être se préparaient à résister à la douleur inévitable qui n'allait pas manquer de survenir. Ses bras voulaient continuer à serrer Illi contre lui, mais il se força à les laisser retomber.

— Mais… que veux-tu dire ? demanda-t-elle, l'air perdu, comme si elle ne voulait pas croire ce qu'elle avait pourtant entendu. Nous sommes une famille. N'est-ce pas ?

— Illi et toi faites partie d'une même famille. Il est temps que tu l'emmènes rencontrer le reste de cette tribu.

Elle le regardait en cillant. Sa bouche formait un O incrédule. Il vit la défiance et le chagrin modeler son expression à mesure qu'elle prenait conscience de la décision qu'il avait prise, qu'il était *obligé* de prendre.

— Nous savions que cela allait arriver, Tanja. C'est arrivé plus tôt que prévu. C'est bien. Je suis heureux que tu n'aies pas eu à attendre des années. Ce dont nous étions convenus, c'est que tu ramènerais ta fille à la maison le moment venu.

— Mais je ne suis pas obligée de le faire, Leon ! Tout le monde me manque et je veux rencontrer mon neveu et présenter Illi à tout le monde, mais nous pourrions y aller ensemble. Et puis…

Elle se tut, mais Leon devina qu'elle allait dire qu'ils pourraient revenir ici. Mais il avait déjà écarté cette idée d'un revers de main.

— Penses-y clairement, Tanja. C'est la meilleure solution. Ce n'est pas un combat. L'histoire se termine bien, avec un contrat accepté par toutes les parties et prêt à être signé.

— Je suis donc censée *partir* ? Avec Illi ? Et on ne se parlera plus jamais ? Tu te fiches que je te l'enlève ?

Ce coup de couteau toucha des organes vitaux. Il pouvait à peine respirer. Il dut se battre pour garder un ton égal et ne pas montrer qu'il était gravement atteint.

— Je suis en droit d'attendre des nouvelles régulières, dit-il en désignant l'épais contrat posé sur son bureau. Des photos et des visites occasionnelles. Nous subviendrons chacun à notre manière à ses besoins et nous nous assurerons tous deux qu'elle aura la meilleure vie possible.

Tanja recula de quelques pas, comme pour échapper aux déceptions qu'il lui infligeait. Les larmes coulaient sur ses joues.

— Et cela te suffit ? Quelques photos et l'assurance qu'Illi recevra une bonne éducation, c'est tout ce que tu attends ? Tu ne ressens rien d'autre ? Tu as agi comme si je pouvais te *sauver*, l'autre soir !

C'était ce qu'il avait ressenti, en effet, et c'était la raison pour laquelle il devait la laisser partir avant de ne plus en être capable.

— L'objectif était de mettre fin sans casse à cette histoire, lui rappela-t-il d'un ton glacial, impitoyable. Est-ce trop te demander ?

Elle tiqua. Elle donnait l'impression de se trouver face à un inconnu, à un monstre. C'était exactement pour cela qu'ils devaient mettre fin à leur mariage : parce qu'il se serait de toute façon terminé ainsi, mais en bien pire.

Tanja se tenait devant lui, les poings serrés, le corps tremblant d'impuissance, la bouche tordue en un rictus de douleur. Les larmes dans ses yeux étaient des larmes de colère, à présent.

— Tu me mets dans une position impossible, Leon, s'indigna-t-elle. Si je me bats pour toi, pour *nous*, tu penseras que j'essaie de prolonger cette dispute, ce qui ne fera que t'éloigner. Alors très bien, je ne me battrai pas. Si tu veux que je parte, je le ferai. Dès que je pourrai réserver un vol. Mais sache une chose…

Elle prit une inspiration et leva un doigt tremblant.

— Je pars parce que… je t'aime. Je le fais pour toi, parce que je veux te donner ce qui te rendra heureux.

Elle tourna les talons et se dirigea vers la porte. Elle s'arrêta avant de sortir et pivota vers lui.

— Mais je n'attendrai pas cinq ans de plus.

Leon passa les semaines qui suivirent le départ de Tanja à voyager. Chaque fois qu'il rentrait dans son penthouse désert, le silence le prenait à la gorge. L'endroit lui semblait vide, morne, et lui se sentait comme un zombie au milieu de cette absence. Et plus le temps passait, plus il se sentait dépérir, mourir à petit feu.

Tanja lui avait seulement envoyé un message pour l'informer qu'elles étaient bien arrivées. Il n'avait pas non plus tendu la main. Ils étaient revenus cinq ans en arrière, dans une impasse.

Tanja mit fin à cela aussi en signant les papiers du divorce et en acceptant la contrepartie de dix millions d'euros. Lorsque Georgiou lui apprit la nouvelle, Leon fut terrassé. Il s'assit dans son salon pour se soûler, mais ne parvint même pas à le faire. Il resta comme un idiot avec sa bouteille d'alcool posée sur la table basse, fixant l'endroit du tapis où Illi avait laissé une tache.

Même si Tanja lui avait dit qu'elle ne l'attendrait pas, il n'avait pas vraiment imaginé qu'elle accepterait le divorce et l'argent. Elle avait dit qu'elle l'aimait, et une part de lui avait alors compris qu'il l'aimait aussi. Que le lien émotionnel si magique entre eux ne mourrait jamais.

Mais il ne la méritait pas. C'était lui qui avait été dans

une position impossible : s'il avait cédé à son envie de laisser leur mariage se poursuivre, il n'aurait fait que prouver quel égoïste il était vraiment, exactement comme son père. La laisser partir avait été la seule façon de prouver qu'il était digne de l'amour qu'elle lui avait offert.

Avait-elle accepté aussi vite le divorce pour être libérée de lui, ou bien son amour était-il déjà mort ?

Incapable de supporter plus longtemps son humeur maussade et ses idées noires, il demanda au pilote de son hélicoptère de l'emmener sur l'île de son enfance. C'était le domaine de sa mère, où son père l'avait laissée seule la plupart du temps.

La première pensée de Leon à l'atterrissage fut de se demander ce que Tanja en penserait ; et pourquoi il ne l'avait pas amenée ici. L'île était magnifique, calme, et cela aurait pu apaiser son mal du pays. De plus, la plage était magnifique. Une fois qu'Illi aurait su marcher, ils auraient pu en profiter.

S'ils avaient été une famille…

Mais elles n'étaient plus dans sa vie. Chaque fois qu'il y pensait, il recevait un tel coup de poing dans la poitrine qu'il pouvait à peine rester debout. Illi ne lui souriait plus comme s'il était un chevalier blanc qui la sauvait quand il la récupérait dans son berceau. Tanja ne l'enflammait plus d'un regard sexy, ne le faisait plus rire à l'improviste, ne s'installait plus contre lui sur le canapé, ne faisait plus en sorte que tout aille bien dans son monde.

— Leon ?

Sa mère fronçait les sourcils, ce qui aurait pu indiquer une inquiétude s'ils avaient été du genre à partager ce genre de sentiments.

— Comment c'était, à Londres ?

— Hum ? Oh. Je ne sais pas.

Il avait presque oublié qu'il revenait d'Angleterre. Tout était tellement flou, désormais.

— Cornelius est ici ?

— Il s'occupe des tomates. Tu es passé à côté de lui, tu lui as dit bonjour et vous avez échangé quelques mots. Qu'est-ce qu'il se passe, Leon ?

— Rien, répondit-il, en essayant de se convaincre que c'était vrai. Au fait, Tanja et moi sommes officiellement divorcés. Tu as le droit de le savoir.

— Je le savais déjà. Je suis vraiment désolée.

— Comment le sais-tu ? s'étonna-t-il.

L'information était-elle déjà sur les sites people ? Ce serait humiliant.

— Nous nous appelons en vidéo. Tanja n'était pas sûre que tu me le dirais et elle pensait que je devais le savoir.

Leon poussa un juron et sortit par la baie vitrée qui donnait sur la terrasse. Il était mal à l'aise d'apparaître aussi préoccupé par la situation face à sa mère. Il posa les poings sur la balustrade en pierre et fixa la mer. Tout son corps était douloureux. *Bon sang ! Que m'arrive-t-il ?*

— Es-tu fâché que j'aie gardé le contact avec elle ? lui demanda sa mère avec circonspection en le rejoignant. Il m'aurait semblé grossier de faire comme si elle n'existait plus.

Il faillit s'étouffer : avoir fait comme si Tanja n'existait pas pendant cinq ans était bien pire que grossier. Cela avait été stupide et autodestructeur.

Il dut faire un effort surhumain pour que la colère qu'il éprouvait contre lui-même ne transparaisse pas dans sa voix, afin que sa mère ne s'imagine pas qu'elle en était la cause.

— C'est bon, maman. Je suis heureux que vous restiez en contact. Comment va-t-elle ?

— Elles ont l'air d'aller bien, mais Tanja ne semble pas très heureuse.

« Je le fais pour toi », lui avait-elle lancé pour justifier d'accepter de partir. Alors pourquoi une petite voix intérieure pernicieuse lui soufflait-elle que Tanja le blessait à dessein, parce que c'était ce que les époux s'infligeaient l'un à l'autre ? Ce contre quoi une autre voix s'élevait : ce n'était pas le genre de Tanja d'agir ainsi.

— Je suis contente que tu ne sois pas fâché, reprit sa mère.

Parce que… Eh bien, je l'apprécie beaucoup, Leon. Et le bébé aussi. Je suis sincèrement désolée que les choses n'aient pas fonctionné. Et je culpabilise, ajouta-t-elle après une pause.

Oh non ! Pas ça… Leon ne savait quoi répondre. Parce que cette culpabilité qu'évoquait sa mère concernait peut-être aussi un passé plus lointain. Or il ne voulait pas d'excuses. Il ne voulait pas ouvrir les placards et affronter leurs fantômes communs. Il ne voulait pas évoquer son père. Il ne voulait *jamais* avoir de conversations gênantes sur ses sentiments, avec personne, et surtout pas avec sa mère. Cela prendrait trop de temps. Cela ferait trop mal.

— Je pensais que je me défendais bien contre ton père, commença-t-elle d'une voix hésitante.

Elle lui toucha légèrement le bras, mais Leon ne put la regarder. Son cœur était compressé et risquait d'éclater.

— J'étais jeune et je me sentais responsable de la préservation de ton héritage. Je me moquais d'être malheureuse, car mon bonheur m'importait peu. Hélas, je comprends à présent que je t'ai laissé croire que nous n'étions pas le genre de personnes qui avaient le droit d'être heureuses. Or ce droit, nous l'avons, Leon. Cornelius a fini par me persuader que je méritais d'être aimée. Toi aussi, tu le mérites.

— Non, pas moi, répliqua-t-il avec fermeté. Je ne me suis pas occupé d'elle. Je l'ai délaissée. Imbu de moi-même, j'avais l'impression d'être dans mon bon droit et je l'ai abandonnée comme si elle n'était rien. Je ne vaux pas mieux que *lui*.

— Tu vaux un million de fois mieux que lui ! l'interrompit sa mère avec véhémence. Je suis impressionnée par l'homme que tu es devenu en dépit de l'épouvantable exemple que tu avais sous les yeux. Mon plus grand regret est de l'avoir laissé s'interposer entre toi et moi. Je t'ai toujours aimé, Leon. Et Tanja aussi t'a toujours aimé.

Pourtant, elle avait divorcé…

« Je le fais *pour toi* ».

Son cœur s'emballa. Et si sa mère avait raison ? Y avait-il

encore de l'espoir ? Il entoura ses frêles épaules et l'attira contre lui. Elle se mit à pleurer doucement contre son épaule.

— Là, tout va bien…, murmura-t-il, exactement comme il aurait réconforté Illi, Tanja ou toute personne qu'il *aimait*.

Il posa la joue sur les cheveux de sa mère. Son regard flouté par les larmes tomba sur l'homme massif qui travaillait dans le jardin.

Cornelius croisa son regard et approuva d'un signe de tête.

Croire que son ex-femme pourrait encore l'aimer était une chose, se rendre au Canada pour la convaincre de revenir dans sa vie en était une autre. Tanja aurait beau jeu de l'inviter à aller en enfer. Il l'avait poussée hors de sa vie à deux reprises, pourquoi lui ferait-elle confiance une troisième fois ?

À Vancouver, Leon affréta un hydravion. Il amerrit devant la marina dont il aurait été partiellement propriétaire si son père n'était pas mort au moment où il allait s'engager.

Sur le ponton, il vit un panneau flambant neuf qui indiquait « Melha Marina ». Il resta planté devant une bonne minute, les mains sur les hanches. Un sourire idiot lui fendait le visage. Voilà pourquoi Tanja avait accepté son argent ! Elle ne l'avait pas gardé pour elle seule. Il était heureux qu'elle ait accepté le divorce si c'était pour cette raison.

Il s'approcha d'un bâtiment fraîchement repeint en bleu et blanc. À l'intérieur, un homme d'environ son âge se tenait debout, portant un bébé en écharpe.

Zach !

Son ancien ami tourna la tête et le vit. Quand il le reconnut, son visage se ferma.

— Qu'est-ce que tu fais ici ?

— Je cherche Tanja.

Zach se raidit. Leon jeta un coup d'œil à l'intérieur du bureau où il avait pour la première fois rencontré Tanja. L'attraction avait été si immédiate et viscérale qu'il en ressentait l'intensité encore aujourd'hui. Il pouvait à peine respirer.

Il posa à nouveau les yeux sur Zach, dont l'expression était toujours aussi hostile.

— Je sais que je te dois des excuses. Je regrette sincèrement que notre accord soit tombé à l'eau. Je ne sais pas si Tanja t'a expliqué que…

— Il n'y a rien à expliquer. Tu m'avais prévenu d'attendre, mais je ne l'ai pas fait. Papa m'a dit que j'allais trop vite. Même Tanja s'inquiétait à cause des dettes qui s'accumulaient. Je n'ai pas écouté. J'ai explosé en plein vol et tout gâché. Mais on apprend en se brûlant, non ?

Leon nota qu'il n'avait pas l'air particulièrement amer, juste fataliste.

— Si c'est ce que tu penses vraiment, alors pourquoi me détestes-tu autant ?

— Parce que tu as brisé le cœur de ma petite sœur, abruti ! Deux fois.

12.

Tanja examinait vaguement trois offres d'emploi quand on frappa à sa porte, en bas de l'escalier.

Elle supposa que c'était Shonda, mais en général sa belle-sœur montait sans y avoir été invitée. Elles étaient devenues très proches maintenant qu'elles étaient mères toutes les deux. Ce statut l'emplissait d'un bonheur éclatant, mais en une seconde elle pouvait basculer dans la tristesse la plus profonde. Ce yoyo l'épuisait, mais elle était déterminée à ramasser les morceaux de son cœur brisé et à passer à autre chose.

Quand trois nouveaux coups firent vibrer la porte, Tanja se leva et descendit les marches. Dans son berceau, Illi dormait toujours. Le hall d'entrée était seulement assez grand pour contenir un meuble à chaussures et un portemanteau. Tanja déverrouilla la porte et recula en l'ouvrant. Alors, son cœur tomba en chute libre.

Leon !

Combien de fois avait-elle rêvé de ce moment, prié pour qu'il advienne ? Mais elle se répétait alors que la vie n'était pas un conte de fées, qu'il ne viendrait jamais…

Elle cligna des yeux pour être certaine que ce n'était pas un mirage. Non, c'était bien lui, en chair et en os, toujours aussi superbe, dans un jean délavé et un coupe-vent léger. De fines gouttes de pluie scintillaient sur ses cheveux comme des paillettes. Sa barbe de trois jours accentuait la virilité qui émanait de lui.

Le cœur de Tanja remonta à sa place et se mit à lui marteler les côtes. Elle aurait voulu se jeter dans les bras de Leon et lui crier qu'elle lui appartenait toujours, mais il n'avait jamais voulu d'elle - du moins pas de la manière dont elle aurait aimé être désirée.

Elle faillit lui fermer la porte au nez, mais quelque chose la retint : elle était incapable d'agir ainsi avec quelqu'un qu'elle aimait, même si cette personne lui avait fait du mal.

— Viens te mettre à l'abri, proposa-t-elle.

Elle recula encore pour qu'il puisse s'essuyer les pieds et la suivre dans l'escalier étroit qui menait à l'appartement. Tanja habitait au-dessus de la grange qui servait de garage à son frère. Elle aimait la belle charpente en bois, les plafonds pentus, les fenêtres en pignon, les planchers de bois, la cuisine ouverte.

— C'est joli, déclara Leon en découvrant l'endroit.

— Zach et Shonda avaient prévu de le louer à la semaine aux touristes, mais ils me laissent l'habiter jusqu'à ce que je trouve un emploi et que je sache ce que je peux me permettre.

— Tu étais censée utiliser mon argent pour acheter une maison, non ?

Lorsqu'il découvrit le petit lit à barreaux d'Illi derrière le muret en haut de l'escalier, son attitude changea. Ses traits s'adoucirent, de même que ses mouvements, et il s'approcha doucement d'elle.

— Elle grandit, chuchota-t-il, en déplaçant son ourson sur le côté avant d'ajuster la couverture.

Son visage prit alors une expression d'émotion pure. C'était la plus belle chose que Tanja ait jamais vue.

C'est pour elle qu'il est là, réalisa-t-elle avec un nœud à l'estomac. *Voyons, je ne vais tout de même pas devenir jalouse de ma fille !*

— Tu veux un café ? proposa-t-elle en gagnant la cuisine.

— Tu me manques, murmura-t-il.

Cela lui fit un coup au cœur de l'entendre parler ainsi à Illi. Elle se retourna pour le voir, être incluse d'une certaine manière dans la relation entre Leon et sa fille.

Mais il ne regardait pas Illi.

Il la regardait, *elle*…

Une bouffée d'euphorie monta au cerveau de Tanja. Elle avait l'impression de flotter, légère, légère…

— Je déteste rentrer chez moi. Ce n'est plus un foyer. Mais je ne sais pas comment te demander de revenir pour que ça en redevienne un. Je ne sais pas ce que je pourrais dire pour te convaincre.

— Si, tu le sais, répondit-elle.

L'espoir qui envahissait soudain Tanja se confrontait aux ombres de la détresse, auxquelles elle avait dû s'habituer pour réussir à survivre.

Le regard de Leon se porta sur la fenêtre, derrière laquelle le soleil avait fait son apparition.

— C'est vrai, admit-il d'une voix rauque. Je voulais te le dire depuis longtemps. Je pense que je l'aurais dit il y a cinq ans si j'avais eu le temps de comprendre ce sentiment. Mais il aura fallu que j'attende d'avoir mal. Très mal. Si tu savais comme c'est douloureux ! C'est insupportable.

Il avait posé son poing serré sur son cœur.

— C'est ce que j'ai ressenti quand tu m'as quittée. Et quand je t'ai quitté, ajouta-t-elle, les lèvres tremblantes.

— Je t'en veux pour ça, avoua-t-il. Même si je sais que je n'en ai pas le droit. Je suis en colère parce que tu as divorcé alors que c'est ce que j'ai dit que je voulais. Je suis en colère parce que je veux être ton mari, Tanja. Je veux être le père d'Illi et le père d'autant d'enfants que tu voudras. Je t'aime. Et je veux que tu m'aimes, mais…

— Pas de « mais » ! le coupa-t-elle en se précipitant dans ses bras.

— Et toi ? demanda-t-il en la serrant à l'étouffer.

— Je t'aime, Leon. Je t'aime à la folie !

Leurs lèvres s'unirent avec une douceur nouvelle. C'était un baiser passionné de retrouvailles, mais il était également tendre, imprégné d'un amour dont elle se rendait compte qu'il avait toujours été là, dans chaque baiser qu'ils avaient échangé.

Maintenant, c'était réel. Vrai.

— Veux-tu m'épouser ? chuchota-t-il contre ses lèvres. Pour de bon, cette fois. Nous relèverons les défis ensemble. Je ne te laisserai plus jamais partir.

Elle lui montra sa main, où la bague en diamants étincelait de l'amour éternel qu'elle porterait à Leon, qu'il le partage ou non. Il embrassa l'intérieur de son poignet, visiblement ému.

— Merci pour la leçon d'humilité, dit-il en souriant.

— Je ne pourrais jamais ne pas me sentir mariée à toi, expliqua-t-elle simplement.

— Moi non plus. Je suis à toi. Je le serai toujours.

Ils s'embrassèrent de nouveau, mais ce n'était pas assez pour exprimer la puissance nouvelle des sentiments qui les liaient désormais. Alors, Tanja l'attira vers sa petite chambre. Ils se laissèrent tomber sur l'épaisse couette en duvet et entreprirent de se déshabiller l'un l'autre tout en continuant à s'embrasser.

— Je veux passer toute la journée à te toucher, t'embrasser, soupira Leon. Mais si nous sommes réalistes, combien de temps Illi nous accordera-t-elle ?

— Trente minutes, dit Tanja en riant. Si nous avons de la chance.

Quand il s'introduisit en elle, Tanja crut défaillir. Leur union était parfaite, d'une intensité mystique, non seulement parce qu'ils avaient été séparés, mais parce que leurs cœurs étaient à nu, désormais. L'orgasme les cueillit en même temps, puissant, bouleversant.

Puis ils se blottirent sous les couvertures, alanguis, heureux. Leon aborda le sujet du partage de leur temps entre ici et la Grèce.

— Tu passerais autant de temps ici pour moi ? s'étonna Tanja.

Elle avait vu quelle vie exigeante menait Leon en Grèce : des rendez-vous, des réunions, des voyages, des obligations sociales en plus de son travail au bureau. Il ne pouvait laisser tomber tout cela du jour au lendemain.

— J'irai partout où tu m'emmèneras, *agape mou*. N'est-ce pas évident ? Istuval, la paternité…

Ce fut le moment que choisit Illi pour se mêler à la conversation en poussant le cri habituel qui annonçait au monde entier qu'elle s'était réveillée. Leon bondit hors du lit, enfila son caleçon et se précipita vers elle.

— Comment vas-tu, *louloudi mou* ? Tu m'as manqué !

Il l'avait appelée « ma fleur » d'une voix si tendre, gorgée d'amour… Tanja fondit aussitôt. Illi sembla heureuse de le revoir ; sur le dos, elle laissait échapper des petits piaillements d'excitation tout en agitant ses petits membres en tous sens.

— J'avais peur qu'elle m'ait oublié, avoua Leon.

Il la prit dans ses bras et, après quelques bisous, l'amena dans le lit de Tanja. Ils la placèrent entre eux et jouèrent avec elle.

— Je… Je suis désolée d'avoir divorcé, s'excusa soudain Tanja, penaude.

Elle avait envie de le lui dire depuis longtemps ; elle se sentait libérée du poids du remords et de la culpabilité, à présent. Elle vit un éclair de douleur passer dans les pupilles de Leon.

— Ne recommence jamais, plaisanta-t-il, avant de poursuivre d'un ton sérieux : C'est ma faute. Je t'ai poussée à partir. J'ai été stupide. J'ai eu l'impression de t'avoir perdue à jamais. C'était horrible. Je ne laisserai pas ça se reproduire.

— Moi non plus, mon amour. Plus rien ne pourra nous séparer.

Et elle l'embrassa pour sceller leur alliance.

Épilogue

Cinq ans plus tard…

Leon guida sa petite tribu dans le hall des arrivées de l'aéroport de Vancouver.

— Son avion vient d'atterrir, il va arriver par ici.

Il prit son fils Christo dans ses bras, tandis qu'Illi tenait la main de sa mère et, bouche bée, regardait les avions décoller. Il posa les yeux sur la silhouette arrondie de Tanja, qui attendait leur troisième enfant. Il adorait la voir enceinte, les traits épanouis, si sensuelle. Il l'aimait un peu plus chaque jour.

Elle dansait d'un pied sur l'autre, incapable de contenir sa nervosité. Comme il la comprenait ! Il avait fallu des années pour trouver Brahim, qui avait dix-neuf ans à présent, et régler la question de son immigration au Canada - même si la situation à Istuval s'était normalisée. Comme Leon avait investi dans une tour de bureaux à Vancouver et que Tanja était en congé maternité, ils avaient décidé que leur manoir des quartiers chics serait leur base pendant que Brahim s'installerait dans sa nouvelle vie. Ils avaient inscrit Illi dans une école locale pour l'automne.

— Merci, dit Tanja en lui serrant le bras lorsque les passagers commencèrent à sortir de la zone sécurisée.

— Tes enfants sont mes enfants, mon amour !

Elle lui offrit un sourire tremblant et lui donna un baiser, puis elle se tourna pour guetter Brahim. Celui-ci avait passé des années comme enfant-soldat. Ce genre d'expérience devait laisser des cicatrices, Leon éprouvait donc une certaine appréhension, même s'il savait que Tanja et lui, ensemble, pouvaient surmonter tous les obstacles.

Un cri étranglé sortit de la gorge de Tanja. Elle se précipita vers un jeune homme maigre, grand et sombre, qui portait un jean déchiré et un T-shirt vert de l'armée. Ce dernier sursauta lorsque Tanja se planta devant lui. Il semblait désorienté et surpris, mais il lâcha aussitôt son sac et serra Tanja dans ses bras avec un grand sourire. Lorsqu'il vit que le gamin avait les larmes aux yeux, Leon sut que tout allait bien se passer.

— C'est lui ? demanda Illi.

Il acquiesça. Alors elle marcha vers son frère. Brahim, qui s'était écarté de Tanja et semblait lui dire quelque chose à propos de son gros ventre de future maman, la vit. Son sourire s'élargit et il posa un genou au sol.

— Illi ! Comme tu es belle ! Notre maman serait si fière de toi !

Elle se rua dans ses bras pour un câlin. La gorge de Leon se serra et ses yeux commencèrent à le picoter. Tanja revint vers lui et enfouit le visage dans son cou en frissonnant. L'intensité de ces retrouvailles était merveilleuse, songea-t-il. Quelles belles surprises la vie était capable de réserver lorsqu'on savait ouvrir son cœur ! Il pensa à sa mère, Ophelia, qui avait elle aussi fait ce chemin - en grande partie grâce à Cornelius, qu'elle avait épousé. Sans Tanja, il serait resté un homme aride, effrayé par ses émotions, fuyant ses sentiments. Cela aurait été dommage, se dit-il tandis qu'Illi revenait avec Brahim et, très sérieuse, commençait à faire les présentations.

Tanja sortit de la salle de bains en chemise de nuit et s'allongea dans leur immense lit à côté de lui.

— J'ai dit à Brahim qu'il pouvait me parler de ses expériences, annonça Leon, ou qu'on pourrait lui trouver un professionnel s'il en ressentait le besoin. Il risque d'avoir un syndrome de stress post-traumatique.

— Merci de lui avoir tendu la main comme ça. Je pense qu'il n'a pas eu de bon modèle masculin depuis longtemps, s'il en a jamais eu.

— Et je suis un bon modèle masculin ? la taquina-t-il en faisant jouer et rouler ses muscles sous sa peau de manière exagérée et comique.

Tanja éclata de rire.

— Un *excellent* modèle masculin.

— Voulez-vous voir cet excellent modèle masculin sans son caleçon, madame Petrakis, pour décider si vous l'appréciez toujours autant ? la provoqua-t-il en se mettant à genoux au-dessus d'elle. À moins que vous ne soyez trop fatiguée par cette épuisante journée…

— Je ne suis jamais fatiguée quand un excellent modèle masculin me fait une proposition malhonnête. À mon tour : enlève-moi ma chemise de nuit.

Leon s'exécuta, puis l'embrassa dans le cou. Il se cala sur les coudes, le visage à quelques centimètres de celui de Tanja.

— Je te veux. Je t'aime. Je t'aimerai toute ma vie.

Alors, il entreprit de démontrer à Tanja que son désir était aussi inébranlable que son amour. Et c'est une femme comblée qui s'endormit entre les bras de son homme si parfait.

CAROL MARINELLI

Pour une nuit entre tes bras

Traduction française de
LOUISE LAMBERSON

AZUR

HARLEQUIN

Titre original :
HIS SICILIAN CINDERELLA

Ce roman a déjà été publié en 2016.

Prologue

— Tu viendras me rejoindre tout à l'heure à l'aéroport ? insista Matteo. Tu pars à Londres avec moi ?

Bella regarda l'homme à qui elle avait donné son cœur le premier jour où elle avait travaillé au Brezza Oceana. Elle se revit, encore mal à l'aise dans son uniforme de femme de chambre, longeant un couloir avec Sophie, sa meilleure amie embauchée en même temps qu'elle. Soudain, quelques-uns des hommes de Malvolio, dont Matteo et son demi-frère Dino, avaient surgi devant elles.

Aussitôt, elles s'étaient effacées pour les laisser passer, tandis que Bella serrait les mâchoires : les remarques salaces allaient pleuvoir sur elle, comme d'habitude…

Promise depuis sa prime enfance à Luka, le fils de Malvolio, Sophie n'avait rien à craindre de son côté, même en l'absence de Luka qui vivait actuellement à Londres.

Bella représentait la cible exclusive, parce que tout le monde savait comment Maria Gatti, sa mère, gagnait sa vie.

— Ça suffit ! avait soudain lancé Matteo d'un ton autoritaire.

Tout d'abord, Bella avait cru qu'il s'adressait à elle, mais il s'était tourné vers ses compagnons. Et, lorsque Dino avait lancé une nouvelle plaisanterie obscène, son demi-frère l'avait plaqué au mur en ordonnant aux deux amies de ficher le camp.

Bella avait depuis longtemps un faible pour Matteo qu'elle avait régulièrement l'occasion de voir, même si lui ne semblait pas la remarquer quand il passait à la maison. Car c'était lui et non Dino que sa mère appelait quand elle avait de l'argent à remettre à Malvolio.

« Au moins, Matteo, lui, se contente de prendre l'argent », disait-elle à sa fille.

C'est ainsi qu'au fil des années Matteo avait conquis le cœur de Bella sans le savoir, et maintenant il le possédait tout entier.

Car cette nuit il lui avait fait l'amour…

Pourtant, la soirée avait commencé de façon horrible. Mais c'était justement cela qui les avait rapprochés.

Bordo Del Cielo, petite ville côtière de l'ouest de la Sicile, ployait sous le joug de Malvolio. Véritable tyran, celui-ci faisait régner la terreur sur les habitants, les manipulant comme de simples pions.

Non seulement il possédait le Brezza et la plupart des entreprises locales, mais aussi la majeure partie de la ville. En dépit de la beauté du lieu, crime et corruption faisaient loi, et quiconque refusait de se plier à la loi imposée par Malvolio risquait gros.

Cependant, en dépit de cette atmosphère délétère, Bella et Matteo avaient partagé des moments merveilleux. Si merveilleux que Matteo venait de lui demander de quitter Bordo Del Cielo avec lui.

— J'essaierai de te rejoindre, promit Bella.

— C'est ta seule chance, Bella. Mais, si tu restes, personne ne doit savoir que je t'ai demandé de partir avec moi. Si… si Malvolio l'apprenait, s'il devinait ce qui s'est réellement passé, tu aurais de gros ennuis.

— Je ferai tout mon possible pour partir.

Elle le regarda nouer sa cravate. Matteo était toujours très élégant, bien plus que les autres. Il portait des costumes taillés sur mesure et des chaussures cousues main. À présent, elle savait pourquoi il accordait autant de soin à son apparence :

au cours de cette nuit magique, il lui avait confié des secrets qui pourraient leur coûter cher à tous les deux.

Il enfila sa veste d'un beau gris foncé, presque noir, sur sa chemise de coton blanc à peine chiffonnée. Au cours de son lent et sensuel déshabillage, il avait suspendu ses vêtements avec soin.

— J'aime ce tissu, dit-elle en passant les doigts sur le revers.

Elle glissa la main sous la veste et apprécia la finesse de la doublure, en soie de première qualité. Non seulement elle était bonne couturière, mais elle avait des talents de styliste qui, hélas, demeuraient inexploités.

Doucement, Bella suivit du bout des doigts les minuscules pinces invisibles, juste en dessous de la ceinture de cuir, laissa descendre sa main…

— Viens te recoucher, murmura-t-elle.

Il se passa la main dans les cheveux.

— Non, je dois m'en aller…

Bientôt son regard serait dissimulé sous ses lunettes noires de créateur. Bella l'avait toujours vu ainsi, mais cette nuit-là elle avait pu admirer ses beaux yeux gris qui se teintaient de reflets vif-argent tandis qu'il lui faisait l'amour.

À présent, elle savait que ses costumes luxueux, sa barbe de deux jours soigneusement entretenue, tout cela était une façade, une image, créée par Matteo pour survivre.

Et maintenant, il lui demandait de partir à Londres avec lui et Luka, son meilleur ami. De recommencer à zéro.

— L'avion décolle à 9 heures, dit-il en s'asseyant sur le lit.

Il prit une mèche de cheveux qu'il lui repoussa derrière l'oreille.

— Accompagne-moi, s'il te plaît.

Matteo la regarda dans les yeux. Ils étaient d'un vert limpide, lumineux mais, si Bella restait à Bordo Del Cielo, ils perdraient tout éclat. Et un jour son regard serait vide.

— Si tu ne pars pas maintenant, poursuivit-il, Malvolio t'obligera à travailler au bar dès ce soir, et cette fois je ne serai pas là pour…

Te sauver. Il ne prononça pas ces mots mais ils restèrent suspendus entre eux.

— Si tu restes, continua Matteo, tu devras y aller tous les soirs et je ne veux pas que tu appartiennes à d'autres. Je suis sincère, Bella : je veux vraiment recommencer à zéro. J'en ai assez de cette vie. Demain, Malvolio compte sur moi pour le venger de tous ceux qui ont témoigné contre lui au cours du procès…

Bella frissonna. Malvolio, Luka et Paulo, le père de Sophie, avaient été condamnés à six mois de détention provisoire, et durant le procès beaucoup d'accusations avaient été portées contre Malvolio. Croyant qu'il y avait assez de charges contre lui pour le faire condamner à perpétuité, les gens avaient tout déballé, ou presque.

Mais, au lieu de cela, le tyran avait été relâché et après la fête de ce soir il ferait de nouveau régner la terreur sur Bordo Del Cielo.

— Je dois m'en aller parce que je ne veux plus lui obéir, insista Matteo. Je ne serai pas un assassin. Ce que je désire, c'est vivre une vie honnête et devenir quelqu'un. Alors comme j'aurai déjà assez de mal à justifier mon passé, je ne veux pas être en plus freiné par le tien.

Ses paroles étaient dures, mais franches. Il offrait à Bella une chance de s'enfuir, sans savoir si elle la saisirait, et tenait à lui faire comprendre que c'était sa seule chance de partager sa vie.

— Prostituée un jour…

— J'ai compris, coupa Bella.

Tout en parlant, il avait sorti son portefeuille qu'il vida complètement. Il posa tous les billets sur le drap – et ce jour-là il y en avait beaucoup –, puis y ajouta les pièces.

— Je te donne cet argent pour t'aider à t'en aller, pas pour cette nuit – je n'ai jamais payé une femme pour coucher avec elle. Si ta mère refuse de partir avec nous, tu n'auras qu'à le lui donner.

Bella n'arrivait pas encore à y croire. Elle avait dix-huit

ans, Matteo occupait toutes ses pensées depuis longtemps, et maintenant, assis sur le lit où ils avaient fait l'amour, il lui offrait une nouvelle vie, qu'ils vivraient ensemble.

Était-ce stupide de croire que ce qu'ils avaient partagé dans cette chambre pourrait survivre en dehors ?

Alors que la pendule accrochée au mur indiquait 6 heures, tout lui sembla soudain miraculeusement simple et, lorsque Matteo la prit dans ses bras, l'avenir lui parut soudain radieux.

— Je m'occuperai de toi, murmura-t-il avant de sceller sa promesse d'un baiser.

La laine de son costume, les effluves de son eau de toilette, mêlés à ceux de son essence virile, enveloppèrent Bella qui se perdit dans sa chaleur.

Matteo serra son corps mince contre lui. S'il en avait eu le temps, il se serait déshabillé et se serait allongé auprès d'elle sur ce lit qui avait accueilli leurs merveilleuses étreintes.

Elle était nue et souple dans ses bras, douce et chaude, et, quand il mit fin à leur baiser, il sourit dans ses cheveux au parfum de lavande.

— Je t'interdis de te rendormir quand je serai parti.

— Je ne me rendormirai pas. Mais ne t'en va pas tout de suite. Tu as bien quelques minutes…

La perspective de le voir partir rendait Bella nerveuse. Une fois loin d'elle, il changerait peut-être d'avis…

— Je dois y aller.

— Que dira Luka ? Il va sûrement essayer de te dissuader de nous emmener, ma mère et moi.

— Je ne lui en parlerai que lorsque vous serez là, Bella. C'est *ma* décision, et elle n'a rien à voir avec Luka. S'il refuse, ça m'est égal. Il retournera à Londres tout seul et, nous, nous irons à Rome, c'est tout. Je pars d'ici pour ne plus dépendre de personne…

Il recula la tête et plongea son regard dans le sien avant de poursuivre.

— Si ta mère veut rester, si elle te dit qu'elle ne peut pas partir, alors tu lui auras au moins donné le choix. Mais, toi, tu *dois* t'en aller. Maintenant.

Pour toute réponse, Bella l'embrassa, en y mettant tout son cœur. Et, lorsque Matteo la repoussa doucement sur le lit sans écarter sa bouche de la sienne, elle enfouit les mains dans ses cheveux noirs en laissant échapper un gémissement.

Matteo glissa la main sous le drap, puis entre ses cuisses à la peau satinée.

— Merci pour ce matin, murmura-t-il en interrompant un bref instant son baiser.

Ce matin, elle avait fait des merveilles avec ses lèvres : il sentait son érection revenir rien que d'y repenser…

Tout en dévorant sa bouche, Matteo glissa un doigt dans le sexe gonflé, brûlant, délicieusement moite et doux de Bella. Il adorait la façon dont elle gémissait, dont sa main fine se posait sur la sienne – pas pour l'arrêter, au contraire.

— J'ai encore envie de toi, chuchota-t-elle tandis qu'il soulevait une longue jambe galbée.

— Nous n'avons pas assez de temps…

Matteo avait du mal à contrôler sa respiration. Il avait compté laisser Bella sur sa faim pour qu'elle aille le rejoindre – et aussi parce qu'il voulait garder son parfum de femme sur ses doigts. Mais il n'avait pas prévu de se retrouver lui-même au bord de la jouissance.

Quand elle referma la main sur son érection, il enfonça un doigt de plus en elle, afin qu'elle s'envole seule vers l'extase.

Les yeux fermés, elle referma les cuisses sur sa main tandis qu'il prenait sa bouche. Ivre de son baiser, ivre d'elle, il sentit de longs tremblements la parcourir tout entière, jusqu'à ce qu'elle se resserre autour de lui, encore et encore.

Matteo regarda Bella rouvrir lentement les yeux. Quand un sourire rassasié et follement sexy se dessina sur ses lèvres, il fut saisi d'un doute. Il n'avait confiance en personne. Depuis toujours. Même avec Luka, il gardait ses distances.

— Ne me joue pas de mauvais tour, Bella.

— Tu n'as rien à craindre.

— Alors, on se retrouve tout à l'heure ?

Après une légère hésitation, elle hocha la tête.

— N'oublie pas : tu n'auras pas de seconde chance. Ou tu pars avec moi ce matin, ou tu restes ici pour toujours…

Si elle ne le suivait pas, Matteo l'oublierait, comprit Bella. Malvolio le considérait désormais comme son bras droit, mais elle savait maintenant ce qui se dissimulait sous son attitude froide et distante : une nature chaleureuse et bonne. Ainsi qu'une belle âme.

Sans ajouter un mot, il se leva, se détourna puis quitta la chambre.

Bella regarda la porte se refermer avant de savourer les sensations qui ondoyaient encore en elle, dans tout son corps. Elle aurait adoré rester au lit, se repaître de leur odeur imprégnée entre les draps. Se rendormir et se réveiller plus tard en se remémorant leurs ébats, dans les moindres détails…

Bientôt, elle pourrait s'offrir ce luxe. Mais, dans l'immédiat, elle n'avait pas de temps à perdre.

Après avoir pris une douche rapide, Bella renfila la robe noire ; le parfum bon marché qui avait dégoûté Matteo lui donna presque la nausée.

Une seconde plus tard, elle fourra les bas résille et le porte-jarretelles dans son sac à main, puis, sachant que c'était ce qu'on attendait d'elle, prit toutes les petites bouteilles d'alcool dans le réfrigérateur. Ensuite, elle ramassa l'argent laissé par Matteo sur le lit et en mit une partie dans son sac, avant de glisser quelques billets dans son soutien-gorge. Quant au reste…

Bella ôta les talons de ses escarpins ridiculement hauts et, après avoir roulé serré les billets, les introduisit dans les deux cavités cylindriques avant de reboucher celles-ci.

Une fois chaussée, elle promena un dernier regard dans la pièce, puis sortit, ferma la porte et se dirigea vers l'ascenseur.

Sa première soirée de travail tant redoutée s'était transformée en une nuit fabuleuse, avec l'homme qu'elle désirait le plus au monde…

Une fois arrivée au rez-de-chaussée, Bella redressa les épaules et s'avança vers le bar.

La fête de la veille avait laissé des traces, constata-t-elle en entrant dans l'espace à l'atmosphère confinée où flottait un mélange d'odeurs indéfinissables.

— Comment ça s'est passé ? demanda Gina.

Ne sachant quoi répondre, Bella resta silencieuse.

— Vu qu'il t'a gardée toute la nuit, j'espère qu'il s'est montré généreux…

— Je croyais que c'était un cadeau de Malvolio, répliqua Bella d'un air innocent.

Gina lui prit le bras.

— Tu ne vas quand même pas me dire que Matteo ne t'a rien donné ? riposta-t-elle en tendant sa main libre. La moitié est pour Malvolio ; le reste, on le partage entre nous.

Quand elle claqua des doigts, Bella ouvrit son sac et en sortit les billets.

— Et… ? fit Gina.

Bella lui donna les petites bouteilles. Mais, quand elle voulut s'en aller, Gina l'attrapa brutalement par les cheveux.

— Pas de blague avec moi ! lança-t-elle, l'air mauvais.

Elle fourra la main dans le soutien-gorge de Bella et en extirpa les billets.

— Ne recommence jamais ça, dit-elle en lui lâchant le bras. Je connais tous les trucs, crois-moi…

Mon Dieu, dans quel univers répugnant avait-elle failli pénétrer ! songea Bella avec un frisson.

— Tiens, reprit Gina en lui tendant quelques billets, le sourire aux lèvres, comme si rien ne venait de se passer. À ce soir…

Bella hocha docilement la tête. Ce soir, elle serait à Londres, loin de Bordo Del Cielo.

Résistant au désir de courir, elle marcha dans la rue sans se presser, comme si elle avait tout le temps du monde. En contrebas, des pêcheurs venaient d'accoster et triaient leur prise de la nuit. Quand ils l'aperçurent, quelques-uns sifflèrent, mais Bella les ignora.

Un peu plus loin, elle dépassa le sentier conduisant à la petite crique secrète où elle allait bavarder avec Sophie. Avant de quitter Bordo Del Cielo pour toujours, elle y serait bien descendue cinq minutes… Mais, de toute façon, elle n'y aurait pas retrouvé Sophie, alors à quoi bon ?

Non seulement sa meilleure amie était partie la veille pour Rome, mais, maintenant que Malvolio était revenu, rien ne serait plus pareil. Oui, Matteo avait raison : elle devait saisir sa chance.

Sans un regard en arrière, Bella tourna dans sa rue avant de trébucher à plusieurs reprises à cause de ses talons qui se coinçaient entre les pavés inégaux.

Gina connaissait quelques trucs, en effet, songea-t-elle avec un petit sourire en coin. Mais Maria en avait appris pas mal d'autres à sa fille…

Tout en traversant le jardinet, elle revit sa mère rentrer un matin et vider ses talons sur la table de la cuisine. La veille au soir, celle-ci avait eu le cœur brisé en découvrant la tenue de Bella. Mais, quand elle apprendrait que Matteo leur offrait la possibilité de quitter Bordo Del Cielo, elle serait folle de joie.

Quand Bella ouvrit la porte, elle resta pétrifiée sur le seuil. Horrifiée, elle vit la table renversée, le vase brisé sur le sol, les fleurs éparpillées dans l'eau… Et Maria, qui gisait inerte au milieu de ce désastre.

— Maman !

Emergeant de sa stupeur, Bella se précipita et s'agenouilla à côté de sa mère avant de la prendre dans ses bras. Voyant du sang couler d'une blessure à la tête, elle crut, l'espace d'un moment atroce, que c'était l'œuvre de Malvolio – qui avait dû apprendre qu'elle avait projeté de s'enfuir en emmenant Maria.

— Je suis tombée, murmura celle-ci.

— Tu avais bu ?

Récemment, sa mère avait été si mal en point qu'elle avait promis de ne plus boire une goutte d'alcool.

— Non.

À cet instant, Bella s'aperçut que la pauvre Maria ne pouvait bouger qu'un bras, puis que la moitié de son visage restait figée…

Atterrée, elle comprit que Maria avait fait un infarctus, à trente-quatre ans.

— J'appelle le médecin, dit-elle en se redressant.

Après avoir reposé le combiné, quelques instants plus tard, Bella alla chercher une couverture et installa Maria le plus confortablement possible.

À peine arrivé, le médecin appela une ambulance. Il était 9 h 05 lorsque le véhicule repartit de la maison et prit la direction opposée à celle de l'aéroport. Serrant la main de sa mère entre les siennes, Bella refoula ses larmes tandis qu'elle imaginait Matteo en train de les attendre dans la zone d'embarquement.

Elle avait laissé passer sa chance. Bien malgré elle.

Le regard dardé sur les portes de verre du petit aéroport, Matteo guettait l'apparition de Bella.

— Ils embarquent, dit Luka.

— Il faut que j'appelle quelqu'un.

Comme il se rendait régulièrement chez Maria pour relever l'argent destiné à Malvolio, il avait son numéro.

Il attendit, le cœur battant, mais personne ne décrocha. Elles étaient sans doute en route. Cependant, lorsqu'il recommença dix minutes plus tard, le téléphone sonna dans le vide.

— Cette fois, il faut y aller, le pressa Luka.

Matteo se résigna à le suivre à la toute dernière minute.

— C'est la première fois que tu prends l'avion ? demanda son ami un peu plus tard.

— Oui, répondit-il brièvement.

L'appareil commença de rouler sur la piste, décolla, prit de l'altitude, sans que Matteo ne ressente aucune appréhension. Voyager dans les airs ne lui posait aucun problème. Ni quitter Bordo Del Cielo.

Ç'aurait été de rester et de devenir ce qu'il avait toujours refuser d'être, qui l'aurait rendu malade. Et aurait fait de lui un assassin.

Alors, puisque c'était cela ou partir en laissant *tout* derrière lui, il choisissait la seconde option, sans hésitation.

1.

Cinq ans plus tard

Assis à côté de son ami et partenaire en affaires, qui donnait une petite fête pour célébrer ses fiançailles dans son luxueux appartement romain avec terrasse, Matteo rongeait son frein en évitant le plus possible toute allusion au passé.

Il était venu de Londres avec la petite amie qu'il fréquentait depuis trois mois – un record en la matière. Et, sachant que les fiançailles de Luka et de Sophie n'étaient qu'une gigantesque farce, il avait hâte que la soirée soit terminée.

Quelques jours plus tôt, Sophie était apparue dans le bureau de Luka et lui avait fait une requête aussi inattendue qu'audacieuse. Elle avait demandé que, à la sortie de prison de son père, Luka honore – temporairement seulement – son ancienne promesse de l'épouser, afin que Paulo, qui n'en avait plus pour longtemps, puisse mourir en paix.

Si, avant d'accepter, Luka lui avait demandé son avis, Matteo n'aurait certes pas perdu son temps…

Paulo continuait de parler de la Sicile, des gens qu'il avait connus là-bas, tandis que de son côté Matteo s'efforçait de ramener la conversation sur sa seule passion – le travail.

Car il ne ressentait *aucune* passion pour Shandy, la femme installée à côté de lui, alors que celle-ci aurait préféré être sa seule préoccupation.

La réputation qu'il s'était forgée dans les milieux d'affaires représentait son bien le plus précieux. Parti de rien, Matteo s'était frayé un chemin grâce à un travail acharné. Tournant le dos à son passé, il s'était fait un nom et, à présent, il ne serait revenu en arrière pour rien au monde.

— Quand pars-tu à Dubaï ? demanda Luka.

— Lundi. À moins que tu n'aies besoin du jet ?

Shandy s'étonna.

— Lundi ? Tu m'avais dit que tu n'avais pas encore fixé la date de ton départ…

— Je viens juste de la fixer, repartit-il d'un ton sec.

Shandy s'était mis en tête de l'accompagner à Dubaï. Or, s'ils voulaient partager la même chambre, il faudrait sans doute qu'ils soient mari et femme, perspective qui la faisait littéralement vibrer d'anticipation. Elle s'imaginait sans doute qu'il l'avait amenée avec lui à Rome dans un but bien précis…

— Où êtes-vous descendus ? demanda Paulo.

— Au Fiscella, répondit Matteo. Luka et moi envisageons de l'acheter. C'est un endroit charmant mais qui aurait besoin de rénovation. Je veux me rendre compte des travaux à faire sur place.

Paulo se tourna vers sa fille.

— Ce n'est pas là-bas que Bella travaille ?

D'une main qui ne tremblait pas, Matteo porta son verre à ses lèvres.

Bella… Le prénom qu'il ne voulait pas entendre prononcer – qu'il avait rayé de ses souvenirs. Celui de la femme qui l'avait fasciné, troublé, ému comme aucune autre, avant de le tourner en ridicule.

À la simple mention de ce prénom, sa gorge s'était serrée, à tel point qu'il dut se forcer à se détendre pour pouvoir avaler la gorgée de *limoncello*.

Il en détestait le goût suave qui lui rappelait trop sa ville natale, ainsi que les activités auxquelles il s'était livré là-bas et qu'il s'efforçait d'oublier. Il ne voulait pas repenser au passé, ni avoir de nouvelles de Bella Gatti.

On lui en avait déjà donné suffisamment. Presque trois mois après son départ de Bordo Del Cielo, il avait appelé

Dino qui lui avait appris qu'elle travaillait désormais au bar. Son demi-frère avait ajouté quelques précisions qui avaient donné la nausée à Matteo, mais il avait continué à bavarder d'un ton impassible, alors qu'une douleur diffuse lui étreignait la poitrine et la gorge.

Si Dino soupçonnait, ne serait-ce qu'un instant, que Matteo s'intéressait à elle, Bella serait rendue responsable de son départ et châtiée en conséquence.

Il avala la liqueur et entendit Sophie répondre à son père que Bella travaillait bien au Fiscella.

— En tant que… ? ne put s'empêcher de demander Matteo.

— Femme de chambre, répondit Paulo à la place de Sophie.

Matteo prit la main de Shandy. Non qu'il eût envie de danser, mais il ne voulait plus prendre part à cette conversation.

Rome étincelait à perte de vue. Il *sentait* le pouls de la rue… Tout à coup, Matteo fut traversé d'un désir irrépressible d'évasion. De se débarrasser de la réserve dont il ne se départait jamais, de partir explorer la ville éternelle à mobylette. D'en parcourir les rues, de contempler les ruines antiques, de boire du vin bon marché et de se sentir jeune.

Avec Bella…

Ce soir, il dansait avec la mauvaise personne. Et chaque nuit, depuis…

Matteo interrompit aussitôt le cours de ses pensées et s'interdit de s'égarer. Il ne s'autorisait *jamais* à regarder en arrière.

Mais, ce soir, il ne pouvait échapper aux souvenirs. Depuis cinq ans, il fréquentait des femmes qui ne l'intéressaient en rien. Alors il collectionnait les conquêtes, sans jamais trouver le bonheur…

Non, ce soir, il ne pouvait échapper à la vérité.

Matteo se rappela la voix légèrement voilée aux accents un peu rauques de Bella, tandis qu'elle lui parlait des thermes antiques de Bordo Del Cielo construits par les Maures – que lui-même ne s'était jamais donné la peine d'aller voir. Elle lui avait raconté qu'elle s'y réfugiait de temps en temps, s'imaginant qu'elle vivait dans des temps anciens, rêvant des scènes de débauche qui avaient dû s'y dérouler autrefois…

— J'adore la robe de Sophie, commença Shandy, le ramenant brutalement au présent.

Cependant, il ne cilla pas.

— Elle m'a dit qu'elle l'avait fait faire chez Gatti. Apparemment, c'est une toute nouvelle styliste. Je veux porter ses créations avant que tout le monde ne se les arrache ! Je vais aller la voir à son atelier…

Son atelier ? Un boudoir, plutôt, songea Matteo en serrant les mâchoires.

— On s'en va.

— Il est trop tôt ! protesta Shandy. Je n'ai vraiment pas envie de partir ! Tu ne m'avais jamais dit que c'était avec la fille de Paulo Durante que Luka allait se fiancer. Je n'aurais jamais imaginé dîner avec un criminel… C'est si excitant !

— On voit bien que tu n'étais pas à sa place, rétorqua Matteo.

Il s'écarta de sa partenaire avant de lui prendre le bras.

— Nous partons. *Maintenant.*

En outre, il aurait pu préciser que le vrai criminel, ce n'était pas Paulo. Mais, si le pauvre homme n'avait été qu'un pantin entre les mains de Malvolio, c'était pourtant lui qui avait payé à la place de ce salaud.

Luka étant le fils de Malvolio, il croyait avoir une dette envers Paulo, ce qui l'avait conduit à céder à la requête de Sophie.

— Merci pour cette soirée, dit Matteo à son ami qui le raccompagnait à la porte.

En attendant Shandy, partie retoucher son maquillage, les deux hommes bavardèrent de choses et d'autres, mal à l'aise.

Ni l'un ni l'autre n'appréciaient de se voir replongés dans le passé. À Londres, ils s'étaient construit une autre existence. Un autre univers. Alors, c'était étrange de se retrouver en

Italie et, ce soir-là, même Rome semblait trop proche de Bordo Del Cielo.

— Tu me préciseras la date du mariage ? ironisa Matteo.

— Il n'y aura pas de mariage. J'ai seulement accepté de jouer le jeu des fiançailles. Tu as pu te rendre compte par toi-même que Paulo n'en avait plus pour longtemps. Ce n'est plus qu'une question de jours. Ensuite, je retourne à ma vraie vie.

— Pourquoi as-tu accepté de participer à cette comédie ? Tu ne dois rien à Sophie.

— J'ai une dette envers son père, corrigea Luka.

— Tu ne lui dois rien du tout !

En fait, si Matteo en voulait à quelqu'un, c'était à lui-même. Parce qu'il avait été à deux doigts de devenir le bras droit de Malvolio.

— Sophie ne vaut pas mieux que Bella, poursuivit-il d'un ton haineux. Tu veux que je te dise ? Elle ment : elle n'est pas plus organisatrice d'événements que toi et moi, et sa robe ne vient pas de chez une styliste renommée…

— S'il te plaît ! l'interrompit Luka en lui posant la main sur le bras. Je ne suis pas comme toi, Matteo : je me fiche de la mode et des marques. Tu as toujours été méfiant envers tout le monde…

— Peut-être pas envers *tout le monde*, l'interrompit Shandy qui approchait en ondulant des hanches.

Matteo enfila sa veste et jeta un coup d'œil à son reflet dans le haut miroir de l'entrée.

— Mais oui, tu es parfait ! s'exclama Luka en riant.

D'un rire sans chaleur, songea Matteo en sortant de l'appartement avec Shandy.

— Moi, j'aime que tu sois toujours élégant, déclara celle-ci.

Ses paroles ne firent que l'irriter davantage. Il avait toujours été plus élégant que les autres, en effet. Ses costumes coûtaient une fortune, sa coupe de cheveux était impeccable, sa barbe de deux jours entretenue avec soin.

Une seule personne savait pourquoi il accordait ce soin

méticuleux à son apparence. Bella Gatti, à qui il s'était confié dans un moment d'abandon absurde…

Jamais plus il ne baisserait sa garde.

Lorsque le chauffeur lui ouvrit la portière, Matteo resta sur le trottoir.

— J'ai envie de marcher…

— De *marcher* ? répéta Shandy d'un air horrifié. Avec ces talons ?

— Je voulais dire de marcher *seul*. Cela fait longtemps que je n'étais pas revenu en Italie.

— Eh bien, cela ne te réussit pas, fit Shandy d'un ton acide. Matteo, viens te coucher…

Elle lui adressa une moue des plus persuasives, en vain.

— À tout à l'heure.

Sans s'embarrasser d'excuses ou de prétexte, il tourna les talons et s'éloigna d'un pas rapide.

Une demi-heure plus tard, Matteo acheta une bouteille de vin, loua une mobylette dans une boutique encore ouverte et partit en direction du Capitole. Il ne s'arrêta qu'une fois arrivé au sommet et contempla le paysage nocturne scintillant de mille lumières.

Le panorama était grandiose, féerique, mais il ne parvenait pas à y goûter entièrement, parce que Bella n'était pas là pour le partager avec lui.

Cette fois, il s'autorisa à repenser à leur nuit. Pas en entier, ni en détail. Il ne songea pas au plaisir qu'ils avaient connu ensemble, mais à elle, Bella. À ses longs cheveux noirs, à ses yeux verts, à son sourire si inattendu, si déroutant. Si beau et pur…

Alors que Sophie était le feu à l'état brut, Bella était un caméléon, une actrice, une survivante qui avait réussi à le faire sourire, lui qui ne souriait quasiment jamais. Qui l'avait ému, lui rappelant qu'il possédait un cœur.

Matteo but à même la bouteille, mais le vin ne lui fit aucun effet. Rien n'aurait pu apaiser le manque qui le dévorait.

Elle était là, quelque part dans cette ville. Dormait-elle ?

Ou, étendue dans son lit, pensait-elle à lui comme il pensait à elle ?

Se traitant d'imbécile, Matteo jeta la bouteille dans la première poubelle venue et reprit le chemin de l'hôtel.

— Où es-tu allé ? demanda Shandy en soulevant à demi les paupières.

— J'ai marché au hasard. Rendors-toi.

— Quelle heure est-il ?

— Un peu plus de 3 heures du matin.

— J'ai fait monter du champagne. Je croyais que tu m'avais amenée ici pour…

Ainsi, il ne s'était pas trompé : elle s'attendait à ce qu'il lui fasse sa demande… Le cheikh qu'il devait rencontrer prochainement lui avait dit qu'il était impatient de faire la connaissance de sa compagne. D'autre part, les actionnaires ne manquaient pas de lui faire remarquer qu'il était temps qu'il se case.

Mais, même s'il avait prévenu Shandy dès le départ que leur liaison n'avait pas d'avenir, il la fréquentait depuis plus longtemps que ses précédentes maîtresses.

Par ailleurs, il était temps, en effet, de prendre ses responsabilités et de se marier, reconnut-il en se déshabillant.

Mais pas maintenant.

Dans la lueur tamisée de la lampe de chevet, il vit une coupe de chocolats et une rose. Puis il découvrit le mot posé sur la table de nuit qui l'informait que le temps serait orageux et chaud le lendemain et que, s'il avait besoin de quoi que ce soit, il pouvait appeler la réception. Et c'était signé…

Bella.

Cela ne pouvait pas être elle ! se dit Matteo. Certes, elle travaillait au Fiscella, mais ce prénom était très courant.

Étaient-ce ses mains qui avaient lissé les draps et tapoté les oreillers ?

— Quand vas-tu te décider, Matteo ? susurra Shandy. Ton ami vient de se fiancer…

Les bras croisés sous la tête, Matteo resta silencieux.

— Je veux que tu t'engages, Matteo.

Cette fois, il se tourna vers elle et répondit avec calme :

— Dans ce cas, tu t'es trompée d'amant.

Si elle l'avait giflé, si elle avait bondi hors du lit, s'était rhabillée et était partie la tête haute, il l'aurait admirée.

Mais elle restait immobile, s'accrochant, avec ses ongles parfaits dont la teinte écarlate tranchait sur le drap blanc, à l'image de leur couple créé de toutes pièces par les paparazzi – et à l'homme qu'elle rêvait de le voir devenir un jour.

Matteo Santini, le *bad boy* reconverti en époux modèle.

Ce jour viendrait sans doute mais, pour l'instant, il était encore loin. En outre, non seulement il n'avait pas envie de demander à Shandy de l'épouser, mais, s'il avait su où habitait Bella, s'il avait eu son numéro de téléphone, il se serait précipité chez elle sur-le-champ.

Se retournant pour éteindre la lampe, Matteo aperçut le mot et, soudain, Bella lui manqua comme jamais rien ni personne ne lui avait manqué.

Quelques instants plus tard, il s'endormit en s'efforçant de ne pas penser à elle. Bella Gatti avait souvent tenté de se faufiler dans ses rêves, mais son subconscient veillait jour et nuit, à tel point que, même endormi, Matteo faisait tout pour repousser la vision enchanteresse.

Cependant, son contrôle lui échappait de temps en temps, aussi Bella franchissait-elle régulièrement tous les barrages pour venir danser dans sa tête toute la nuit.

Parfois, il s'agissait de bals masqués au cours desquels ils faisaient l'amour, comme s'ils se connaissaient depuis toujours tout en étant de parfaits étrangers. D'autres fois, Matteo voyait Bella de loin sans pouvoir s'approcher d'elle. Il la regardait se débattre dans d'invisibles filets mais, retenu par une force mystérieuse, il ne pouvait lui porter secours.

Il y avait aussi les autres rêves, ses préférés. Ceux qui se bornaient à lui faire revivre leur merveilleuse nuit du Brezza.

Cette nuit-là, ce fut différent. Il rêva qu'un cirque s'était installé à Bordo Del Cielo. Pas un cirque comme les autres. Il n'y avait pas d'animaux, pas de clowns. Les créatures qui s'y exhibaient formaient une autre espèce de bêtes : les gens parmi lesquels il avait grandi.

Il reconnut d'abord Dino, son demi-frère qui avait tout révélé à Malvolio, la première fois que Matteo avait voulu s'enfuir.

Puis son cruel beau-père, qui exigeait que la mère de Matteo s'occupe exclusivement de lui-même et de Dino, en sacrifiant son fils aîné.

Ensuite, Matteo découvrit Luka, vêtu d'un costume carcéral orange beaucoup trop grand pour lui, puis Sophie, dans une voiture décapotable, vêtue de la chemise de Luka comme le soir où Malvolio, Paulo et Luka avaient été arrêtés.

Soudain, il aperçut Talia, qu'il avait aidée autrefois. Elle lui fit un signe de la main auquel il ne répondit pas. Personne ne devait savoir qu'il leur avait sauvé la vie, à elle et à ses enfants.

Matteo fouilla la foule du regard à la recherche de la seule personne qui lui importait vraiment.

Et, tout à coup, il leva les yeux et la vit, Bella, marchant en équilibre sur un fil tandis que les spectateurs l'encourageaient à grands cris. Ses longs cheveux noirs brillaient sur son dos nu. Le minuscule costume pailleté d'argent ne la couvrait pas entièrement, si bien que Matteo pouvait voir – comme la foule – que ses petits seins hauts avaient été enduits d'huile afin de luire sous les projecteurs.

Elle avait l'air terrifiée mais elle se força à sourire lorsque Malvolio, trônant au milieu de la piste en habit de Monsieur Loyal, lui cria quelque chose.

À la grande joie du public, elle souleva une jambe, exposant son sexe nu, tandis que Malvolio lui ordonnait d'effectuer un saut périlleux.

Les spectateurs se mirent à hurler, à taper des pieds.

Il n'y avait pas de filet. Bella n'avait pas le choix.

Matteo la regarda faire son gracieux saut périlleux puis, après avoir repris son équilibre sur le fil, se tourner pour éviter le trapèze géant qui la frôlait, et les types perchés dessus qui tendaient les bras pour la saisir au passage.

Mais elle ne pourrait pas leur échapper longtemps, songea Matteo en tressaillant. Au même instant, il vit Dino grimper à l'échelle de corde.

— Saute ! cria Matteo.

Sa voix se perdit dans les cris de la foule.

— Saute, Bella ! hurla-t-il, à pleins poumons.

Mais elle ne l'entendait toujours pas. Ses cheveux étaient trempés de sueur, son minuscule costume déchiré, ses pieds en sang. Elle était à bout de forces, comprit Matteo.

Impitoyable, Malvolio lui ordonnait de continuer tandis que la foule en réclamait toujours davantage.

Matteo lui cria encore de sauter, et cette fois elle l'entendit enfin et baissa les yeux pour scruter la foule. Le cœur battant à tout rompre, il se précipita sur la piste.

— N'aie pas peur, je te rattraperai !

Elle le regarda, puis, après un bref instant d'hésitation, se jeta dans le vide.

Matteo la recueillit dans ses bras et serra contre lui son corps chaud et familier. Bella était exténuée mais, quand il l'embrassa, elle lui répondit avec fougue.

Tout en dévorant sa bouche, Matteo sentit alors le sol s'ouvrir sous ses pieds et bientôt ils atterrirent sur un lit moelleux, sans interrompre un instant leur baiser.

Et alors, son rêve préféré commença, lui faisant revivre cette nuit à nulle autre pareille…

Cette nuit torride et romantique à la fois, au cours de laquelle il avait cédé aux prières de Bella et avait été son premier amant.

Soudain, comme dans un *flash-back*, Matteo la revit derrière le bar, le visage trop maquillé, ses petits seins fermes jaillissant de sa robe vulgaire. Il sentit son parfum bon marché trop sucré, se rappela les regards lubriques des clients.

Les images répugnantes disparurent et il se retrouva dans la chambre, où il lui refit l'amour lentement, tendrement. Il entendit de nouveau le sanglot qui avait franchi les lèvres de Bella quand son érection avait déchiré la fine membrane. Il revit le bleu causé par sa gifle sur sa joue.

Ses cheveux soyeux lui caressaient maintenant le ventre, sa bouche s'aventurait sur sa peau nue…

Matteo sentit ses lèvres chaudes effleurer son sexe, sa langue timide en lécher l'extrémité.

Pouvait-il exister plus agréable façon d'être réveillé ? se demanda-t-il en poussant une longue plainte. Bella le prenait maintenant dans sa bouche…

Mais, quand il voulut glisser la main dans ses cheveux, la réalité reprit ses droits et il émergea peu à peu de son rêve.

Des lèvres s'occupaient bien de son sexe, mais ce n'étaient pas celles de Bella. À l'instant où il écartait le visage de Shandy, un liquide froid se répandit sur son ventre…

Shandy se redressa en poussant un cri horrifié, tandis que Matteo se réveillait tout à fait et se levait d'un bond.

— Je suis désolée…

Une femme de chambre se tenait à deux pas du lit, la tête penchée et se tordant les mains. Elle avait trébuché, expliqua-t-elle, et le seau à glace était posé à côté du lit…

— Idiote ! cria Shandy.

La jeune femme ramassa le seau maintenant vide.

— Calme-toi, Shandy, dit Matteo.

En vain.

— Vous n'êtes qu'une incapable – je vais vous faire virer ! hurla Shandy, hors d'elle. Comment avez-vous pu oser entrer sans frapper ? Vous nous avez…

— Excusez-moi, je suis vraiment désolée, répéta la femme de chambre.

Elle s'efforçait de réparer les dégâts : le contenu du plateau s'était répandu sur le sol, la table de nuit, et des projections souillaient le mur. Le café s'infiltrait dans l'épais tapis…

Après avoir enfilé un peignoir en fulminant, et ordonné à

la femme de chambre d'avoir terminé de *tout* nettoyer quand elle reviendrait, Shandy se dirigea vers le salon d'un air de princesse outragée.

Enveloppé dans un drap, Matteo l'entendit se plaindre à grand bruit au téléphone, avant d'aller s'enfermer dans la salle de bains, le laissant seul avec la femme de chambre.

À genoux sur le sol, celle-ci le frottait en murmurant des excuses.

Or Matteo savait qu'elle n'était *absolument pas* désolée. Au contraire…

— Ça suffit, Bella ! Relève-toi !

2.

Ses longs cheveux échappés de la queue-de-cheval lui couvraient le visage, mais il l'aurait reconnue entre mille. Son corps mince aux adorables rondeurs féminines avait gardé le pouvoir de l'émouvoir au plus intime. Même dans ces circonstances.

— Je t'ai demandé de te relever.

Cette fois, il lui avait parlé durement, pour résister à son envie de s'agenouiller à côté d'elle et de la prendre dans ses bras.

Lorsque, lentement, elle redressa la tête et que son regard glissa sur le drap dissimulant sa nudité, Matteo fut traversé par un violent frisson.

Puis, quand leurs yeux se rencontrèrent pour la première fois depuis tant d'années, il tressaillit en reconnaissant la subtile nuance de ceux de Bella.

— Excuse-moi…

— Cesse de t'excuser, Bella. Nous savons tous les deux qu'il ne s'agissait pas d'un accident.

— Bien sûr que si ! protesta-t-elle, toujours agenouillée devant lui. J'ai vraiment frappé et j'ai cru entendre quelqu'un me dire d'entrer. Ensuite, quand j'ai vu les draps bouger dans la pénombre, j'ai eu peur et j'ai trébuché…

Elle baissa les yeux sur la bouteille de champagne tombée sur le tapis.

— Je suis tellement désolée d'avoir incommodé ta fiancée… L'eau était très froide ?

— Assez, répondit Matteo.

À vrai dire, il commençait à perdre patience…

— Relève-toi, Bella ! ordonna-t-il en la tirant par le bras.

Sa peau était chaude sous ses doigts, sa senteur de femme grisante… Machinalement, il regarda son uniforme. Bella était sans doute la seule à pouvoir rester sexy en robe de coton vert pâle et tablier blanc… Elle avait les jambes nues, remarqua-t-il avec un nouveau frisson. Même avec ces chaussures plates à lacets, leur beauté demeurait intacte.

Son corps n'avait pas changé, Bella était aussi svelte qu'autrefois, aussi fine et souple. Aussi belle et fascinante. Quant à ses grands yeux verts et ces lèvres qui n'auraient pas dû sourire après le chaos qu'elle venait de provoquer, leur simple vue le faisait fondre.

Alors que Shandy se trouvait à quelques mètres de là, il brûlait d'embrasser cette bouche, de la prendre…

— Tu n'es pas surpris de me voir, Matteo ?

— Non, pas vraiment, répondit-il avec un haussement d'épaule.

Comme si se retrouver face à Bella était la chose la plus naturelle du monde. Comme s'il n'avait pas passé une partie de la nuit avec elle, en rêve…

— Il se trouve qu'hier soir j'ai appris au cours d'un dîner que tu travaillais ici…

Soudain, il se rappela pourquoi il n'y avait rien de possible entre eux. Il repensa à ce qu'elle avait fait à Bordo Del Cielo avant de venir à Rome. À la façon dont elle arrondissait sans doute ses fins de mois.

— Tes clients sont plus riches, ici ? reprit-il avec mépris.

— En effet. Je me demande si tu pourrais t'offrir mes services, maintenant…

— Oh ! oui… Vu que j'envisage d'acheter cet hôtel… Dans quelques mois, tu risques de m'avoir pour patron…

— C'est hors de question !

— Pourquoi ce brusque changement d'humeur, Bella ?

Sa voix avait pris une inflexion rauque. Son visage était

trop proche du sien. Si proche qu'il sentait son souffle précipité lui caresser la joue. Brusquement, il repensa au premier orgasme de Bella.

— Si je me souviens bien, nous nous sommes séparés en très bons termes, poursuivit-il.

Baissant les yeux sur les lèvres de Bella, il soutint de nouveau son regard. Il avait chaviré.

— Je pourrais même te prendre maintenant, sans avoir à te donner un centime.

Un lent sourire se dessina sur la bouche sensuelle de Bella.

— Mais oui, bien sûr… Pour toi ce serait gratuit, Matteo.

Elle baissa la voix avant de poursuivre.

— Tu me veux en uniforme ? Style dominant dominé ? Et tu préfères avoir l'initiative, ou me regarder faire ? Tu as le choix, Matteo.

Choqué de l'entendre s'exprimer en termes aussi crus, il serra les poings.

— Tu vas encore me gifler, Matteo ?

— Ne transforme pas les faits comme ça t'arrange.

— Je ne transforme rien du tout ! protesta-t-elle avec un sourire moqueur. Mais tu dois bien savoir que, lorsqu'il s'est montré doux et attentionné, une femme garde toujours un faible pour son premier amant…

Comme on frappait à la porte de la suite, elle reprit à mi-voix :

— Pensais-tu à moi pendant que tu étais avec ta maîtresse ?

Elle éclata de rire.

— Mais oui, bien sûr ! Tu avais dû lire le mot que j'avais laissé pour toi, dans lequel je te prévenais qu'il ferait orageux et chaud aujourd'hui…

— Serais-tu jalouse, Bella ? demanda Matteo tandis qu'on frappait de nouveau. Est-ce pour cela que tu as renversé ce plateau sur nous ?

Il lui lâcha le bras pour aller ouvrir. Lorsqu'il se débarrassa du drap et s'empara de son peignoir, Bella eut l'impression d'avoir reçu non pas une gifle, mais un coup en plein cœur.

Elle connaissait ce corps superbe pour l'avoir exploré dans ses endroits les plus secrets, mais le fait de le revoir ainsi, même furtivement, provoquait en elle une myriade d'émotions incontrôlables.

Les jambes de Matteo étaient plus musclées encore qu'autrefois, ses bras aussi. Elle eut le temps d'apercevoir son sexe dressé contre sa cuisse – ce beau membre viril qu'elle ne caresserait plus jamais des doigts ni des lèvres...

Tout en nouant la ceinture du peignoir, Matteo alla ouvrir la porte de la suite et fit entrer Alfeo, le directeur de l'hôtel, à l'instant même où la blonde en colère sortait de la salle de bains, la tête enturbannée d'une serviette blanche.

— Votre femme de chambre est stupide ! commença-t-elle en passant devant Bella de sa démarche chaloupée. Elle a complètement gâché notre matinée...

Matteo regarda Bella s'avancer vers le directeur. La séductrice s'était muée en employée contrite. Ça alors, elle réussissait même à verser une larme ! constata-t-il, ahuri.

— Je me suis excusée, commença-t-elle d'une voix tremblante. J'ai...

— Il était trop tard ! cria Shandy.

Elle se tourna vers Alfeo.

— Il faut la renvoyer *immédiatement* !

— Ce ne sera pas la peine d'aller jusque-là, intervint Matteo après s'être éclairci la gorge. C'était un accident. Et puis, personne n'a été blessé, c'est l'essentiel.

— Votre employée n'a pas du tout trébuché : elle l'a fait exprès ! affirma Shandy. Je vous prie de croire que, si vous ne prenez pas les mesures nécessaires, on en parlera dans les journaux. Vous ne savez pas qui je suis ?

Le directeur se fichait sans doute éperdument de savoir qui était Charlotte Havershand, ou plutôt Shandy, prénom par lequel elle préférait qu'on l'appelle, et qu'elle soit la fille d'un homme politique anglais, songea Matteo. Il s'inquiétait probablement davantage de la réaction de l'homme qui, avec son partenaire en affaires, envisageait d'acheter le Fiscella.

L'air de plus en plus mal à l'aise, Alfeo déglutit avec peine.

— Vous êtes renvoyée, dit-il enfin à Bella.

— Alfeo…

Les larmes coulaient maintenant sur ses joues, remarqua Matteo avec un pincement au cœur. Elle avait l'air si sincère, si *désolée*, à présent…

— Allez m'attendre dans mon bureau, dit le directeur. Nous réglerons les formalités et…

— Alfeo, l'interrompit-elle d'une voix suppliante. Je travaille ici depuis cinq ans et, à la première erreur, vous…

— Sortez ! tonna le directeur.

Cette fois, Bella quitta la suite sans protester.

Matteo aurait dû se sentir soulagé qu'elle soit partie. Il aurait dû oublier cet incident et retourner à la vie qu'il s'était construite. Au lieu de cela, il contemplait la porte qui venait de se refermer sur Bella, tandis que le directeur s'efforçait d'effacer tout souvenir de ce moment désagréable.

— Tout sera mis en œuvre pour que votre suite retrouve son aspect normal, dit-il avec empressement. En attendant, installez-vous confortablement, je vous en prie : je vais vous faire servir le petit déjeuner ici, dans le salon. Je ne…

— Ce n'était pas la peine de la licencier, l'interrompit Matteo avec calme.

Il se tourna vers Shandy qui s'asseyait sur le canapé avec un sourire satisfait.

— Cette femme vient de perdre son travail à cause de toi. Cela ne te dérange pas ?

— Ce qui me dérange, rétorqua-t-elle, c'est que je vais devoir retourner chez le coiffeur alors que j'avais l'intention d'aller faire du shopping, ce matin… J'adore les boutiques de Rome…

Elle examina ses ongles en haussant un sourcil au dessin parfait. Sans doute hésitait-elle entre le corail et le carmin, songea Matteo en l'observant. Il songea aux mains fines de Bella, à ses ongles dépourvus de tout vernis. En dépit de ses tentatives, le passé le submergeait de nouveau. Cette fois, il ne pouvait continuer de vivre sur un mensonge.

Le petit déjeuner leur fut apporté rapidement, mais Matteo renvoya la nouvelle femme de chambre et demanda aussi à Alfeo de partir, après lui avoir précisé qu'il souhaitait s'entretenir avec lui avant qu'il ne parle à Bella.

Puis, tout en se versant du café, il mit fin à sa liaison avec Shandy.

Celle-ci n'accepta pas sa décision sans cris ni sans larmes, mais Matteo avait l'habitude de ses comportements hystériques. Elle le supplia, sanglota, tempêta, fit à son tour quelques dommages au tapis… Mais, après que Matteo eut passé un coup de fil, il la fit ramener à Londres à bord du jet appartenant à sa société, tandis qu'il restait à l'hôtel – l'hôtel où Bella travaillait depuis cinq ans.

Cinq ans ! Cela signifiait qu'elle avait dû quitter Bordo Del Cielo à peu près en même temps que lui. Ce qui était impossible.

Matteo reprit son téléphone et appela le directeur pour lui dire qu'il l'attendait.

— C'est tout à fait inhabituel, dit Alfeo dès que Matteo l'eut invité à s'asseoir. Tout notre personnel est non seulement très compétent, mais jamais nous ne…

— Bella fait partie de vos meilleurs employés ?

— Absolument, répondit Alfeo en rougissant légèrement.

— Vous avez déjà eu des problèmes avec elle ?

— Rien qui…

Le directeur se passa la main dans les cheveux.

— En dépit du soin que nous avons accordé à la préparation de votre venue, il semblerait qu'il y ait eu une confusion dans la répartition des équipes… D'ordinaire, Bella ne travaille jamais au dernier étage.

Matteo était persuadé qu'il n'y avait eu aucune confusion. Bella avait *délibérément* modifié le planning.

— Je ne veux pas qu'elle soit licenciée, dit-il. Donnez-lui un avertissement, mais accordez-lui une seconde chance…

Après avoir hésité un instant, il enchaîna :

— … après mon départ pour Dubaï. Qu'elle reprenne le travail lundi, dès que je serai parti.

— Comme vous voudrez, monsieur Santini. Et surtout, dites à votre fiancée qu'elle n'a pas à s'inquiéter, elle ne reverra pas Bella…

— Ce sera tout, l'interrompit de nouveau Matteo.

Le problème, ce n'était pas Shandy, mais lui. Car il se sentait incapable de se maîtriser avec Bella à proximité.

Cependant, lorsque, un peu plus tard, il reçut un appel de Luka, il comprit qu'il aurait du mal à l'éviter.

— Tu avais raison, hier soir, commença son ami en soupirant. Sophie a dit à son père que nous allions nous marier à Bordo Del Cielo, ce week-end…

— Et tu as accepté ?

— Je lui ai dit qu'elle avait intérêt à ce que son père meure avant la cérémonie. Je participerai aux préparatifs, mais ce sera une comédie, comme le reste. Il est hors de question que j'épouse Sophie juste pour faire plaisir à Paulo.

— Tu as enfin repris tes esprits…

— Tu viendras ? demanda Luka.

Au moment où Matteo allait acquiescer, son ami poursuivit :

— Il y a un petit problème : Sophie compte inviter son amie Bella Gatti.

Matteo se revit à l'aéroport, en train d'attendre Bella et sa mère. Il n'avait rien dit à Luka, comptant tout lui expliquer après l'arrivée des deux femmes.

Cependant, Luka avait entendu parler de la nuit qu'il avait passée avec elle avant de quitter Bordo Del Cielo.

— Je tenais à te le dire au cas où cela te poserait un problème par rapport à Shandy, poursuivit Luka. Alors, tu viendras ?

— Oui. Mais peut-être pas avec Shandy.

Il n'avait pas l'intention de révéler à quiconque, pas même à son meilleur ami, qu'il avait rompu avec elle.

— Nous partirons samedi matin, très tôt.

— Je viendrai de mon côté. J'ai un rendez-vous ce matin-là et je ne pourrai pas rester longtemps, de toute façon.

— Tu ne peux pas repousser ton départ pour Dubaï ? Étant donné que je n'ai pas l'intention de me présenter à l'église, ce serait bien si tu pouvais…

— Désolé, je ne peux pas retarder mon départ.

Après avoir salué Luka, Matteo reposa son portable sur la table basse. Il aurait pu s'organiser autrement, bien sûr. Mais mieux valait ne pas prendre de risque.

C'était déjà bien assez dangereux de revoir Bella une dernière fois…

3.

Le dos raide, Bella attendait Alfeo dans son bureau. Elle ne pouvait se permettre d'arrêter de travailler, ne serait-ce qu'un seul jour. La plupart de ses économies avaient servi à aider Sophie à se préparer pour aller voir Luka à Londres, et le peu qu'il lui restait était destiné à offrir une sépulture décente à sa mère.

Cependant, ce n'était pas seulement la perspective de perdre son emploi qui la perturbait. C'était d'avoir revu Matteo.

Une vision revenait sans cesse la hanter : lui et cette femme, ensemble au lit… Certes, elle savait par la presse qu'il collectionnait les conquêtes, mais le vérifier de ses propres yeux lui avait poignardé le cœur. Et, tout en sachant qu'il avait réservé une suite pour deux, elle avait espéré qu'il se serait déjà lassé de sa maîtresse… et qu'elle l'aurait trouvé seul.

Dans le scénario idéal qu'elle avait échafaudé, elle n'avait pas prévu la souffrance qui s'emparerait d'elle en le trouvant au lit avec une autre femme.

Non, le seau d'eau froide n'avait pas été renversé sur eux par accident…

La porte du bureau s'ouvrit soudain. Bella se leva aussitôt, mais Alfeo lui fit signe de se rasseoir.

— Je regrette ce qui s'est passé ce matin, commença-t-elle. Cela fait cinq ans que je travaille ici, et il n'y a jamais eu aucun incident…

— Et la robe qui a été retrouvée dans votre casier après avoir disparu mystérieusement ? l'interrompit Alfeo.

Bella serra les mâchoires.

— Sa propriétaire l'avait jetée à la poubelle.

— Et, quelques heures plus tard, cette même propriétaire a appelé le service d'entretien pour dire qu'elle avait changé d'avis et qu'elle désirait récupérer sa robe…

Cette fois, Bella se contenta de faire une petite grimace : ce genre de cliente était capable d'exiger n'importe quoi du personnel – par simple caprice !

— Je vous accorde que vous ne pouviez pas le deviner, concéda Alfeo.

Bella se retint de lever les yeux au ciel. Si Alfeo se montrait aussi conciliant, c'était uniquement parce que certains articles délaissés par les riches clients échouaient souvent dans son bureau…

— Et le parfum qui s'est volatilisé comme par enchantement en début de semaine ? poursuivit-il.

— J'ai renversé la bouteille.

— Dites plutôt que vous avez prélevé un peu de parfum pour votre usage personnel !

— Non, mentit Bella en soutenant le regard d'Alfeo.

Elle en avait volé très peu, juste ce qu'il fallait, avant de le transvaser dans le beau flacon de cristal ancien de Maria.

Habituée à devoir se débrouiller pour survivre, Bella ne se privait pas de prendre ce qui pouvait l'aider à réaliser son rêve de toujours : devenir styliste. Grâce à ses talents de couturière, et aux robes qu'elle récupérait, elle avait pu confectionner une élégante garde-robe à Sophie. Quant au parfum, il était indispensable pour compléter l'ensemble, afin que son amie soit à la hauteur quand elle se retrouverait face à Luka.

— Vous me faites penser à une pie, Bella. Tout ce qui brille vous attire…

Lorsqu'elle ouvrit la bouche pour protester, il l'interrompit d'un geste.

— Oublions cela pour l'instant et concentrons-nous sur ce qui s'est passé ce matin. Cela défie l'entendement ! Le support du seau à glace se trouvait toujours sur la table de nuit, et vous avez eu le culot de dire que vous avez trébuché avant de le renverser !

— Je ne me rendais pas compte que vous reconstituiez la scène d'un crime, riposta Bella.

— Il s'agit quasiment d'un crime, en effet ! Comment voulez-vous que je justifie votre attitude ? Je vous rappelle que Matteo Santini envisage d'acheter le Fiscella et que nous nous efforçons de lui montrer l'établissement sous son meilleur jour. Et vous, qu'est-ce que vous faites ? Vous décidez d'offrir à nos plus prestigieux invités un petit bain matinal glacial, au lit ! À quoi pensiez-vous donc ?

Bella renonça à se défendre. Vu ce qui s'était passé, elle ne pouvait espérer garder son emploi.

— Est-ce que je peux au moins avoir une lettre de recommandation ?

— Qu'est-ce que vous voulez que j'écrive ? Que Bella Gatti ment quand ça l'arrange, vole de temps en temps…

— Vous pourriez dire aussi qu'elle ne rechigne pas au travail, qu'elle bosse dix heures par jour et même souvent davantage sans jamais se plaindre !

— Je pourrais préférer lui donner un dernier avertissement, répliqua Alfeo. Je viens de parler avec M. Santini : il ne souhaite pas que vous soyez licenciée, mais il m'a demandé de vous donner congé pour le reste de la semaine. Je suppose qu'il ne désire pas que sa fiancée apprenne qu'il vous a épargnée. Vous reprendrez votre travail lundi matin.

Totalement abasourdie, Bella ne trouva rien à dire.

— Attention, Bella : je vous ai à l'œil. Et je ne crois pas un instant qu'il se soit agi d'un *accident*, ce matin…

Après l'avoir remercié de la garder, elle se leva.

— Bella… J'ignore pourquoi un client de ce standing s'intéresse à l'une de nos femmes de chambre…

— Peut-être par gentillesse, dit-elle d'un ton neutre.

Mais elle ne put s'empêcher de rougir.

— D'après ce que j'ai lu ou entendu dire sur lui, Matteo Santini n'est pas un homme *gentil*. Il n'accorde pas de faveurs.

Alfeo s'interrompit brièvement avant de demander en la regardant dans les yeux.

— Et vous ?

— Je ne… Je ne comprends pas ce que vous voulez dire…

— Oh mais si, vous me comprenez parfaitement, Bella, répliqua-t-il en plissant le front. Si jamais je découvre que vous vous permettez des contacts… intimes avec nos clients…

— Vos insinuations sont inadmissibles !

Toutefois, elle rougit de plus belle. Parce que si Matteo avait été seul…

— Dans ce cas, je m'excuse. Vous pouvez disposer, Bella.

Elle ne se le fit pas dire deux fois et quitta bientôt l'hôtel par la porte réservée au personnel. Lorsqu'elle déboucha dans la rue, Matteo l'attendait, appuyé contre un mur, élégamment vêtu comme toujours, son corps musclé mis en valeur par un costume d'un chic inouï. Bella aurait voulu courir vers lui, se jeter dans ses bras… Au lieu de cela, elle s'avança en redressant les épaules d'un air crâne.

— Que s'est-il passé avec le directeur ? demanda-t-il.

— Tu le sais déjà, non ? Je reste, mais pas tant que tu séjourneras au Fiscella avec ta fiancée, évidemment.

Elle ferma un instant les yeux en s'ordonnant de se calmer. Matteo deviendrait sans doute bientôt son patron…

— Merci, dit-elle.

Matteo regarda ses narines pincées et, devinant qu'elle avait dû faire un effort surhumain pour prononcer ce mot, il ne put s'empêcher de sourire.

— Pourquoi souris-tu ?

— Pour des tas de raisons. Ça te dirait d'aller prendre le petit déjeuner quelque part ?

Elle le contempla en silence, l'air décontenancé.

— Pourquoi ? demanda-t-elle enfin. Ta… fiancée ne… ?

Non seulement il avait décidé de ne pas lui révéler qu'il

avait rompu avec Shandy, mais aussi qu'ils n'avaient jamais été fiancés.

Après tout, il avait proposé autrefois à Bella de partir avec lui, de partager sa vie, et elle l'avait laissé tomber. Cependant, le désir qu'il avait d'elle n'était pas éteint.

— Il n'y a pas de mal à bavarder un peu, que je sache. J'aimerais savoir comment tu vas.

De son côté, Bella brûlait de savoir comment il allait, aussi acquiesça-t-elle d'un petit hochement de tête, avant de baisser les yeux sur sa robe vert pâle, ses chaussures plates à lacets…

— Je ne suis pas habillée pour…

— Ce n'est qu'un petit déjeuner, l'interrompit Matteo en haussant les épaules. Mais, si tu veux, on peut passer chez toi avant.

Après avoir de nouveau hoché la tête, elle s'avança vers lui. Dans ce costume anthracite et cette chemise d'un blanc éblouissant, Matteo était la perfection même. Dès qu'ils sortirent de la ruelle, il chaussa ses lunettes noires et Bella l'imita. Achetées au supermarché, les siennes ne protégeaient pas beaucoup du soleil, mais elles seraient utiles en cas de larmes malencontreuses…

— Tu vis avec Sophie, c'est ça ?

— Oui.

— Elle a dit à Luka que tu travaillais à la maison.

Vu la façon dont elle s'était comportée quelques heures plus tôt et les propos grossiers qu'elle lui avait tenus, Matteo pensait manifestement qu'elle arrondissait ses fins de mois en exerçant le plus vieux métier du monde.

Et, s'il apprenait ce qu'elle avait fait pour quitter Bordo Del Cielo, il ne le lui pardonnerait jamais.

Bella le regarda. Il était si élégant, si différent d'elle ! Et pourtant, elle l'aimait, comme elle l'avait toujours aimé.

— Attends-moi ici, dit-elle quand ils arrivèrent au coin de sa rue.

— Tu ne m'invites pas à entrer chez toi ?

— Non.

— Que fais-tu de l'hospitalité sicilienne ? fit Matteo d'un ton moqueur.

— Nous sommes à Rome, pas en Sicile. Tu sais comment sont les citadins : méfiants, terrifiés à l'idée qu'un inconnu puisse s'introduire chez eux…

— Je ne suis pas un inconnu.

— Peut-être, mais tu ne peux pas venir avec moi. Je ne serai pas longue.

Sans attendre sa réaction, Bella s'avança dans la rue. Quelques immeubles anciens avaient été rénovés avec goût, si bien que Matteo ne pouvait pas deviner qu'elle partageait avec Sophie un minuscule appartement.

Après avoir tourné dans une ruelle, elle poussa bientôt la lourde barrière de sécurité et monta l'étroit escalier.

Le salon, où deux petits sofas se faisaient face de chaque côté d'une table basse, donnait sur la cuisine. Bella se dirigea droit vers le réfrigérateur et en sortit une bouteille d'eau qu'elle vida d'un trait pour s'éclaircir les idées.

Durant cinq ans, elle avait tout fait pour refouler ses souvenirs. Mais, maintenant que Matteo était de retour, elle devait se débrouiller pour être à la hauteur.

Ouvrant un tiroir, elle en sortit une jupe tube noire et un haut moulant à fines bretelles. Ensuite, elle passa un coup de chiffon sur ses ballerines noires, se brossa les cheveux qu'elle noua en chignon et quitta l'appartement.

— Tu as été rapide, en effet, commenta Matteo quand elle le rejoignit.

— Tu veux dire que tu aurais préféré que je fasse plus d'efforts pour toi ?

— Je voulais dire que tu as été rapide, c'est tout.

Ils marchaient côte à côte, crispés. Mais la tension qui vibrait entre eux n'avait plus rien à voir avec celle qui avait empreint l'atmosphère ce matin-là, dans la suite du Fiscella. Ils étaient maintenant deux anciens amants s'efforçant de garder leurs distances et de se comporter en vieux amis bavardant de tout et de rien, pour rattraper le temps perdu.

— Ça te va, ici ? proposa Matteo en s'arrêtant devant un restaurant à la mode.

Bella faillit tourner les talons et s'enfuir en courant. Un jour, elle était venue là pour déposer son CV, dans l'espoir de se faire embaucher comme serveuse, et on ne lui avait même pas laissé franchir le seuil du luxueux établissement.

Si elle n'était pas assez sophistiquée pour servir ces clients chic et branchés, elle l'était encore moins pour s'asseoir parmi eux. Mais déjà Matteo demandait s'ils pouvaient s'installer en terrasse.

Bella surprit quelques regards dirigés vers eux. Vers Matteo, plutôt. Quant aux froncements de sourcils, ils s'adressaient exclusivement à elle.

Une fois qu'ils furent assis, le serveur déplaça légèrement l'immense parasol. Dans de telles conditions, Rome devenait une ville de rêve, songea Bella en savourant l'ombre bienfaisante.

— Tu te plais, à Rome ? demanda Matteo à brûle-pourpoint.

— Je n'ai pas le temps d'en profiter.

— La Sicile te manque ?

— C'est ici que je vis, désormais. Et toi, Bordo Del Cielo ne te manque pas ?

— Non, répondit-il en secouant la tête. Jamais.

— Et ta mère ?

— Elle a déménagé. Elle est partie avec son mari, peu après la mort de Malvolio.

— Vous restez en contact ?

— Elle m'appelle quand elle a besoin d'argent – je lui en envoie, point final.

— Tu ne la vois jamais ?

— Non.

— Et ton demi-frère, Dino ?

Matteo serra les mâchoires.

— Il est en prison. Après la mort de Malvolio, tout le monde l'a laissé tomber. Il purge sa peine dans le centre de détention où Paulo avait été enfermé.

— Tu vas le voir ?

— Non. Je fais tout ce que je peux pour ne pas penser à lui.

Il haussa les épaules.

— Je suis sûr qu'il est resté le même. Les gens ne changent pas.

— Non, en effet, approuva Bella.

— Tu aimes ton travail ?

— Oh ! *j'adore* faire les lits ! répondit-elle avec une ironie mordante. Et parfois, quand je récure un lavabo, je me sens heureuse à un point que tu ne peux pas imaginer… Mais ce n'est rien comparé au plaisir de nettoyer les toilettes d'un riche ivrogne.

— Et tes projets de stylisme ?

— Mes projets ? fit-elle en haussant un sourcil. Je ne suis pas aussi douée que je le croyais. J'ai postulé pour entrer dans des tas d'écoles…

— Tu n'as pas besoin d'école, l'interrompit-il. Tu pourrais démarrer quand tu veux.

Bella plissa les yeux derrière ses lunettes de soleil. Il ne comprenait visiblement pas que le simple fait d'acheter du tissu lui posait des problèmes et que ses dix ou douze heures de travail quotidien lui permettaient juste de survivre.

— Tu n'as jamais vu ce que je fais.

— Si, j'ai vu l'une de tes créations hier soir. Sur Sophie. Elle prétend être riche…

Bella retint son souffle.

— … mais je sais qu'elle ment, poursuivit Matteo.

— Et Luka, il le sait aussi ? demanda Bella.

C'était très étrange, mais d'instinct elle avait confiance en Matteo.

— Je l'ignore, reconnut-il. Nous ne parlons jamais du passé, lui et moi. Tout ce que je sais, c'est que Sophie est allée le voir et lui a demandé de jouer avec elle la comédie des heureux fiancés pour que Paulo vive ses derniers jours en paix. Et que, maintenant, elle veut qu'ils se marient…

Il esquissa une petite moue dédaigneuse.

— J'ai prévenu Luka qu'il risquait de se retrouver avec un divorce exorbitant sur les bras.

— Il ne s'agit pas d'argent, répliqua Bella. Sophie désire uniquement que Paulo termine sa vie en paix.

— On verra… Mais, dans ce cas, pourquoi ment-elle en prétendant être riche ?

— Peut-être parce qu'elle tient à aller demander de l'aide à son ancien amant la tête haute, tout simplement ?

— Quel que soit le jeu auquel elle joue, si la robe qu'elle portait hier soir était ton œuvre, eh bien, tu es particulièrement douée.

— La prochaine fois que vous participerez à une soirée mondaine, tu pourrais peut-être demander à Shandy de porter l'une de mes créations ? Il suffirait d'une photo dans la presse pour lancer ma carrière…

— Je ne crois pas que ce soit une bonne idée de demander cela à Shandy, dit-il avec un léger sourire.

Le serveur revenant avec la carte, il y jeta un bref coup d'œil avant de commander un *panino*.

— Je voudrais une brioche aux pistaches et de la glace à l'amarena, dit Bella.

— On a la nostalgie du pays ! fit Matteo en penchant la tête de côté.

En réalité, il s'en voulait terriblement d'avoir amené Bella dans ce restaurant. À l'instant même, un groupe de femmes attablées un peu plus loin contemplaient ses ballerines d'un air méprisant, tout en chuchotant entre elles.

Lui, il la trouvait superbe. Il se fichait que sa petite jupe noire ne date pas d'hier, ou que ses cheveux aient besoin d'une bonne coupe. Mais, sans le vouloir, il l'avait exposée aux regards dépréciateurs et impitoyables.

Dans cet endroit, l'on était jugé à son allure, à ses vêtements, à la marque de ses lunettes de soleil, de son sac à main…

Lorsque le serveur déposa sa brioche et sa glace devant elle et que Bella le remercia en souriant, Matteo regretta de ne pas pouvoir lui prendre la main et lui dire que rien de tout cela n'avait d'importance à ses yeux. De toute façon, elle devait le savoir puisque, durant leur merveilleuse nuit, il s'était confié à elle.

— Hum, c'est délicieux, murmura-t-elle en fermant les yeux. Au fait, j'ai entendu dire que Bordo Del Cielo était très coté, maintenant. Et que l'hôtel attirait beaucoup de touristes. Trop, même… Mais, depuis la mort de Malvolio, les gens sont bien plus heureux, là-bas.

— Nous en jugerons bientôt par nous-mêmes.

Elle reposa sa brioche dans l'assiette.

— Comment cela ?

— Sophie ne t'en a pas encore parlé ?

— Non.

— Luka m'a appelé ce matin : ils vont se marier à Bordo Del Cielo et il m'a demandé d'être son témoin. Si j'ai bien compris, Sophie va te…

— Je ne peux pas, je travaille, l'interrompit Bella à la hâte.

Les pensées tourbillonnaient dans sa tête. Luka avait bien précisé à Sophie qu'il ne l'épouserait jamais…

— Non, tu ne travailles pas, lui rappela Matteo.

— C'est pour cela que tu as fait en sorte que je ne reprenne que lundi ? demanda-t-elle, le cœur battant la chamade.

— Non. J'ai reçu l'appel de Luka après avoir parlé avec ton directeur.

— Eh bien, tes efforts pour m'éloigner de Shandy n'auront servi à rien ! s'exclama Bella avec un rire creux. Elle va être surprise de me voir au mariage. Elle me lancera peut-être un seau d'eau à la figure ?

Matteo ne la détrompa pas en lui précisant qu'il irait à Bordo Del Cielo seul, si bien qu'ils restèrent silencieux tous les deux, jusqu'à ce qu'il tende la main pour lui ôter ses lunettes de soleil. Bella le laissa faire.

— Tu as l'air fatiguée.

— Je *suis* fatiguée. Et je me sens mal à l'aise, en plus. Les gens nous regardent.

En effet. À présent, certaines personnes ne se gênaient

pas pour dévisager Bella avec condescendance…, constata Matteo, indigné.

— Je n'aime pas me faire remarquer, poursuivit-elle.

Matteo fit signe au serveur de lui apporter l'addition.

4.

Rome était si belle, ce jour-là ! songea Bella en offrant son visage au soleil. Et c'était si étrange de se trouver là avec Matteo, et si pénible de ne pas pouvoir se balader avec lui main dans la main…

— Il n'y a pas un nuage, dit-il en scrutant le ciel. D'après le mot que tu avais laissé sur la table de nuit, il devait faire orageux…

— C'était moi, l'orage, expliqua-t-elle en souriant.

— La nuit dernière, j'ai loué une mobylette et…

— Je ne veux pas t'entendre parler de ta nuit avec Shandy, le coupa vivement Bella.

— Je n'étais pas avec elle. J'étais avec toi.

Ils se tournèrent l'un vers l'autre, tout en gardant une distance respectueuse.

— Nous pourrions aller faire un tour ensemble, reprit Matteo. Je pourrais de nouveau louer une…

— Non, l'interrompit-elle d'une voix ferme.

— Pourquoi pas ? Tu disais tout à l'heure que tu n'avais pas le temps de profiter de Rome ?

— Oui, c'est vrai. Mais je ne veux pas aller faire un tour avec toi à mobylette, parce que nous serions l'un contre l'autre.

Ils se remirent à marcher, sans parler, savourant juste le plaisir d'être ensemble, avant d'arriver devant une vaste pelouse où étaient installés des familles, des couples.

Matteo alla chercher deux cafés à la buvette, puis ils s'assirent côte à côte, à regarder les gens bavarder, les enfants jouer au ballon en s'interpellant gaiement. Après avoir ôté ses lunettes de soleil, Bella s'allongea sur le dos et ferma les yeux.

Avec Matteo, elle se sentait bien – chez elle. Elle se tourna vers lui et constata qu'il s'était allongé à côté d'elle et avait fermé les yeux lui aussi. Elle contempla son beau profil, son nez droit…

— Je mentais en disant que Bordo Del Cielo ne me manquait pas, dit-il soudain. Je ne parle pas des gens, non. C'est plutôt…

Comme il restait silencieux, Bella ajouta :

— Moi aussi, ça me manque. Je me répète chaque jour que j'aime Rome et c'est vrai. J'aime la liberté dont on jouit ici, j'aime ne plus avoir peur, mais, en même temps, il y a tant de choses qui me manquent… La plage, par exemple.

Elle tourna la tête et referma les yeux.

— Nous y allions tous les jours, Sophie et moi. Le marché, la nourriture. Les thermes antiques… J'aimais tant aller me balader là-bas…

— Comment a réagi ta mère, quand tu es partie ?

Bella tressaillit. Elle connaissait si peu de monde qu'elle avait rarement l'occasion de parler de la mort de sa mère. Et, maintenant que Matteo lui posait la question, elle craignait de fondre en larmes en lui répondant.

— Et toi, qu'est-ce qui te manque ? demanda-t-elle plutôt.

— Je ne sais pas vraiment. Les six derniers mois…

Etant lui-même maître dans l'art d'esquiver les questions relatives à son passé, Matteo ne se formalisait pas que Bella n'ait pas répondu à la sienne.

— Je n'en ai jamais parlé à Luka, vu qu'il était en prison, poursuivit-il, mais durant ces mois-là, quand j'ai pu diriger l'hôtel sans personne pour me surveiller, j'ai senti que je pourrais rester à Bordo Del Cielo et arriver à quelque chose, sans avoir envie de m'enfuir…

— Ta mère ne te manque vraiment pas ?

— Je ne vois pas comment elle pourrait me manquer,

répondit-il d'un ton sarcastique. Elle ne s'est jamais occupée de moi. Elle me détestait.

— Je ne crois pas qu'elle t'ait vraiment détesté, fit Bella en fronçant les sourcils.

— Oh ! si ! Elle me l'a dit elle-même. Quant à sa brute de mari, il n'avait pas besoin de me le dire : ses poings se chargeaient de faire passer le message. Je ne me souviens pas d'elle avant son remariage avec ce salaud…

— Tu n'as jamais pensé qu'elle avait peut-être peur de te témoigner de l'affection devant lui ?

— Au début, peut-être. Mais, ensuite, elle est devenue aussi cruelle que lui. Un jour – je devais avoir cinq ans à l'époque –, j'étais assis à table et, comme toujours, elle l'a servi en premier. Puis elle a servi Dino, qui devait avoir trois ans. Ensuite, elle s'est servie elle-même. J'avais faim, mais, quand *il* a dit qu'il voulait encore de la sauce et des pâtes, elle a rempli une nouvelle fois son assiette Alors j'ai compris.

Bella se rappela sa propre mère qui lui disait qu'elle avait déjà dîné, quitte à se priver pour être sûre que sa fille ait suffisamment à manger.

— Je suis allé chez Luka, continua Matteo. Je n'aimais pas ça, à cause de son père, mais au moins il y avait à manger, là-bas. J'ai pris l'habitude d'y aller tous les soirs et de rester de moins en moins à la maison. Jusqu'au jour où Luka est parti en pension, alors je n'ai plus eu le choix. Un soir, après m'être disputé violemment avec ma mère, je suis parti et je n'ai plus remis les pieds à la maison. J'avais quinze ans.

— C'est ce jour-là qu'elle t'a dit qu'elle te détestait ?

— Oui. En fait, c'est moi qui lui ai demandé pourquoi elle me détestait, et elle m'a répondu que je lui rappelais mon père. Comme je ne savais pas grand-chose sur lui, je lui ai demandé s'il l'avait maltraitée. Non, au contraire, c'était pour cela qu'elle ne pouvait pas me supporter. Le simple fait de me regarder lui rappelait des moments heureux et elle trouvait ça trop douloureux.

— Où es-tu allé ?

— Chez le père de Luka. Il m'a dit que je pouvais m'installer dans l'une des maisons de pêcheurs, sur la plage. Et, quand je lui ai expliqué que je n'avais pas d'argent pour lui payer un loyer, il a répliqué que ce n'était pas un problème. Qu'il me trouverait du travail.

Matteo éclata d'un rire sardonique.

— Bien sûr qu'il m'en a trouvé ! Mais moi, ce que j'aurais voulu, c'est aller rejoindre Luka et faire des études. Hélas, j'étais trop fier pour le lui demander. Quand il est revenu plus tard, pour rompre avec Sophie, je savais qu'il coupait tous les liens avec son père. Nous devions nous retrouver à l'aéroport pour boire un verre avant son départ, et je comptais lui demander de m'aider à partir. Mais il n'est jamais venu. Le pauvre, il avait une excuse, vu qu'il avait été arrêté…

Il s'interrompit quelques instants.

— Cinq ans plus tard, toi non plus, tu n'es pas venue. Quelle était ton excuse, Bella ? demanda-t-il sans la regarder.

Comme elle restait silencieuse, il changea de sujet.

— Tu peux peut-être répondre à une autre question, alors. Ce matin, ce n'était pas un accident, n'est-ce pas ?

— Non.

Cette fois, il tourna la tête vers elle.

— Tu avais prévu de renverser ce seau sur nous ?

— Tu veux vraiment connaître la vérité ? répliqua-t-elle en tournant à son tour la tête vers lui. J'espérais te trouver seul.

— Pour me parler ?

— Non.

— Que se serait-il passé, si j'avais été seul ?

Il laissa descendre son regard sur sa bouche pulpeuse. Celle-ci frémissait, s'entrouvrait…

Sans même se toucher, ils faisaient l'amour, songea Bella. Au passé. Ils revivaient leur nuit magique rien qu'avec leurs yeux.

— C'était si bon, murmura-t-elle.

— Merveilleusement bon.

Il aurait suffi qu'ils se rapprochent un tout petit peu…

— Mais tu as bien réussi, tu mènes la vie dont tu rêvais, dit Bella pour rompre le charme. J'ai des nouvelles de toi de temps en temps, par la presse.

— Les journalistes racontent beaucoup de salades.

— Mais ils disent parfois la vérité. Ils s'intéressent à ton passé, n'est-ce pas ?

La bouche soudain sèche, Matteo déglutit, pressentant ce qui allait suivre.

— Oui.

— Alors, c'est aussi bien que nous ne soyons pas ensemble, parce que, sinon, ils seraient ravis de fouiller dans le mien, ce qui te desservirait.

— Bella…

— Je ne supporterais pas de voir ma vie étalée dans la presse, Matteo, le coupa-t-elle.

— Je sais.

Bella se redressa et se leva. Parce que c'était plus facile de marcher en gardant ses distances, et de se rappeler pourquoi elle ne pourrait jamais plus rien partager avec Matteo.

Ils s'arrêtèrent un peu plus loin sur la place d'Espagne et s'assirent sur les marches reliant la célèbre *piazza* à l'église de la Trinité-des-Monts.

— Tu as dit devant moi que tu travaillais depuis cinq ans au Fiscella, commença Matteo avec une note rauque dans la voix. Par conséquent, tu es venue à Rome peu après…

— Trois mois après, précisa Bella.

Soudain, elle inspira et prit son courage à deux mains.

— Quand je suis rentrée chez moi ce matin-là, j'ai trouvé ma mère étendue par terre. Elle avait fait un infarctus. Elle est morte trois mois plus tard.

Matteo parut choqué.

— Tu n'as jamais cherché à savoir pourquoi je n'étais pas venue te rejoindre ? continua Bella.

— Je t'avais donné de l'argent pour partir, commença-t-il d'une voix crispée. Quelques semaines plus tard, j'ai parlé avec Dino, au téléphone. Il n'a jamais fait allusion à ce qui était arrivé à ta mère. Il a dit que tu travaillais au bar et que ça te plaisait. Que lui-même, il…

Une fois encore, Matteo ne put achever sa phrase. Même encore maintenant, le simple fait d'imaginer Bella avec Dino le rendait malade.

— Ton frère est un menteur, dit-elle. Tu ne t'en étais pas encore rendu compte ? Je n'ai jamais remis les pieds au bar après cette nuit-là. La veille des obsèques de ma mère, juste après la condamnation de Paulo, je me suis enfuie et j'ai rejoint Sophie à Rome. À cause de cela, ma mère repose dans la partie du cimetière réservée aux indigents.

— Bella…

— Sophie avait trouvé un appartement et…

Elle hésita, puis décida de ne pas dire à Matteo que Sophie travaillait déjà à l'hôtel quand elle était arrivée. C'était à son amie de le révéler à Luka, si elle en avait envie.

— J'ai réussi à me faire embaucher au Fiscella et j'y suis restée depuis.

— Ainsi, tu n'as…

Matteo ne trouvait pas les mots. De toute façon, Bella s'était levée et s'éloignait d'un pas rapide. Il la rattrapa, mais elle ne s'arrêta qu'une fois arrivée devant la fontaine de Trevi. Selon la tradition, les touristes se bousculaient pour s'en approcher le plus possible avant de tourner le dos pour jeter une pièce de monnaie dans l'eau et espérer ainsi revenir un jour dans la Ville éternelle.

Sans dire un mot, Bella fouilla dans son sac et en sortit une pièce qu'elle porta à ses lèvres, mais, au lieu de la jeter dans la célèbre fontaine, elle la tendit à Matteo.

— Garde-la, s'il te plaît. Pour ne pas revenir. Nous irons à Bordo Del Cielo pour ce mariage mais, je t'en supplie, ne reviens pas. Parce que si tu reviens, si tu achètes l'hôtel, je m'en irai et devrai recommencer à zéro quelque part. Et j'en ai assez.

— Bella…

Matteo lui prit le bras pour la forcer à le regarder. Elle ne pouvait l'éviter. Ni changer de sujet.

— Est-ce que tu veux dire que tu n'as jamais…

Cette fois encore, il ne put aller plus loin. L'imaginer avec Dino l'avait rendu autrefois malade, et maintenant le fait d'apprendre que son demi-frère l'avait trompé lui était insupportable et lui donnait la nausée.

Les mots lui manquant pour exprimer ce qu'il ressentait, Matteo prit la main de Bella, mais son geste déclencha sa fureur.

— J'ai réussi le test, c'est ça ? lança-t-elle en redressant le menton d'un air de défi. Tout à coup, je deviens une femme respectable parce que tu as été mon seul client ? Eh bien, tu te trompes, Matteo. Je l'ai raté, ton test. Il y a des moments où on n'a pas le choix. On agit, parce que c'est une question de survie. Et ce n'est pas toujours joli.

— Bella…

Au lieu de le laisser parler, Bella fit une chose terriblement cruelle. Envers elle-même.

Elle leva la main et lui ôta ses lunettes noires.

Matteo eut beau s'efforcer de dissimuler ce qu'il ressentait, il n'y parvint pas tout à fait. Et ce ne fut pas seulement de la déception qu'elle découvrit dans ses yeux gris.

Bella y lut aussi du dégoût.

5.

Elle lui fourra ses lunettes entre les mains, se détourna et s'éloigna d'un pas rapide. Elle avait besoin d'être seule, à présent. Et, de toute façon, Matteo n'avait pas tenté de la retenir, se dit-elle en se frayant un chemin parmi la foule.

Une fois rentrée, Bella se mit à tourner en rond dans l'appartement en s'interdisant de penser à lui ; par ailleurs, elle n'arrivait pas à croire que Luka allait épouser Sophie. Celle-ci n'allait pas tarder à le lui annoncer, évidemment, mais, si c'était bien vrai, Bella avait beaucoup mieux à faire que d'arpenter le minuscule appartement en essayant de repousser les souvenirs brûlants qui se bousculaient dans son esprit, et la ramenaient inexorablement à cette unique et merveilleuse nuit.

Elle s'agenouilla dans la cuisine, tira de dessous la table les deux briques et glissa la main dedans. Elle avait fait de son mieux pour ne pas toucher à l'argent mis de côté pour la pierre tombale de sa mère mais, parfois, c'était plus important de s'occuper des vivants. Et Bella voulait aider Sophie.

Un quart d'heure plus tard, elle se tenait devant son étal préféré, au marché du quartier, et bavardait avec la marchande de tissus.

— Qu'est-ce qu'il est beau ! dit-elle en passant la main sur du tulle couleur ivoire.

Le prix en était raisonnable, mais son regard retournait se poser sur un rouleau de mousseline de soie, qui coûtait quatre fois plus cher. La qualité était la même que celle dans laquelle elle avait confectionné autrefois une robe pour les fiançailles de Sophie. Mais, alors que celle-ci avait été corail, l'étoffe qu'elle convoitait était d'une subtile nuance de blanc cassé.

— C'est très difficile à travailler, la mousseline de soie, dit-elle dans l'espoir de se dissuader de faire une folie pareille. Et je n'ai pas beaucoup de temps…

À la perspective de travailler un matériau aussi raffiné et de créer une robe relativement bon marché par rapport au prix qu'elle coûterait en boutique, Bella sentit une excitation délicieuse s'emparer d'elle.

Soudain, elle se revit avec Sophie dans leur petite crique secrète, regardant au loin et rêvant à l'avenir : Bella serait riche et célèbre, et Sophie travaillerait sur des paquebots, voyageant dans le monde entier…

La vie leur paraissait si simple, alors.

Eh bien, même si leurs rêves ne s'étaient pas réalisés, et que ce mariage n'était qu'une farce, elle confectionnerait une robe fabuleuse pour son amie, décida Bella. Parce qu'au fond le cœur de Sophie appartenait toujours à Luka, elle en était convaincue.

Souriant à la marchande, elle lui indiqua le métrage dont elle avait besoin, puis, le cœur battant, regarda les ciseaux glisser dans l'étoffe.

Ensuite, elle acheta de l'huile pour graisser sa petite machine à coudre, du fil, des aiguilles et du papier de soie, puis regagna l'appartement en courant presque.

Installée dans sa chambre, elle dessina le patron de mémoire. Sophie était un peu plus ronde de poitrine et de hanches qu'à dix-huit ans, mais ce n'était pas difficile à évaluer. De toute façon, elle allait commencer par la jupe.

En début de soirée, celle-ci était coupée. Epinglée sur le papier de soie, l'étoffe ressemblait à d'immenses pétales de tulipe. C'était l'un des moments le plus excitants du processus, l'instant magique où la robe naissait, où sa beauté commençait à apparaître…

Concentrée sur son travail, Bella sursauta en entendant la porte de l'appartement s'ouvrir.

— Sophie…

Sortant de la chambre, elle recueillit son amie en larmes dans ses bras.

— Luka m'a dit qu'il regrettait de m'avoir aimée autrefois, sanglota Sophie.

Ils partiraient le lendemain pour Bordo Del Cielo, expliqua-t-elle, mais Luka ne la rejoindrait pas à l'église. Sophie serait la risée de toute la petite ville et, comme si tout cela ne suffisait pas, son père allait mourir.

Oubliant ses propres problèmes, Bella s'efforça de la réconforter, mais ce n'était pas facile…

— En plus, je me suis disputée avec mon père, continua Sophie. Il voulait que je porte la robe de mariage de ma mère et j'ai refusé.

À ces mots, Bella se sentit totalement absoute d'avoir dépensé ses dernières économies.

— Je suis en train de te confectionner une robe, dit-elle en souriant. J'avais gardé un peu d'argent et je m'en suis servie pour acheter de la mousseline de soie sur le marché. Je vais travailler toute la nuit pour la terminer.

Elle regarda son amie.

— Je serai là avec toi, Sophie.

— Non ! se récria vivement celle-ci. Tu dois travailler au Fiscella, et puis…

— Vas-y, continue…

— Matteo sera là, avec…

— Je sais qu'il a une amie, dit Bella avec calme. Et je sais aussi qu'elle est éblouissante. Mais je viendrai, Sophie, et ne t'en fais pas pour le travail, je suis suspendue temporairement.

— Quoi ?

— J'ai eu des ennuis : j'ai renversé un seau à glace sur un client en venant apporter le petit déjeuner.

— Un seau à glace ?

— Oui, rempli d'eau froide. Ce n'était pas ma faute : j'ai

trébuché… Mais sa petite amie a fait un scandale et a appelé Alfeo – alors qu'il s'agissait d'un accident. Il faisait sombre, je ne l'ai pas vu… Et ils ne m'ont pas entendue entrer. Ils étaient trop occupés.

Sophie la regarda, époustouflée.

— Tu as renversé un seau d'eau froide sur Matteo ?

— Oui, répondit Bella en souriant jusqu'aux oreilles. Alors, tu comprends que je n'aie pas peur d'aller à ton mariage ! Sophie, tu vas être la plus belle mariée du siècle !

Bella prit les mesures de son amie, qui lui parla de la maison de Paulo, réquisitionnée autrefois par Malvolio.

— Luka l'a rendue à papa, expliqua-t-elle. Enfin, c'est ce qu'il lui a dit, du moins. Qui sait ce qu'il se passera après sa mort… Mais, pour l'instant, Paulo est heureux de savoir qu'il a une maison.

— Je veux revoir la mienne, répliqua Bella. Je sais que d'autres gens y habitent, mais je frapperai à la porte et je leur demanderai si je peux entrer, et s'ils veulent bien que je cueille quelques fleurs du jardin. Elle les aimait tellement, ses fleurs.

À présent, Sophie s'était un peu détendue, mais elle semblait avoir du mal à garder les yeux ouverts…

— Va te coucher, Sophie.

— Le jet décolle à 7 heures, parce que nous prenons le jet privé de Luka, bien sûr !

— Eh bien, nous allons retourner à Bordo Del Cielo avec classe ! Mais va te reposer, maintenant : sinon, tu vas avoir une mine épouvantable, et je ne veux pas que tu gâches *ma* robe !

Sophie sourit, mais son sourire se mua en bâillement.

— Tu te sens nerveuse à la perspective de revoir Matteo ? demanda-t-elle en battant des paupières.

— Non, pas vraiment, mentit Bella. Nous avons bavardé ; il m'a emmenée prendre le petit déjeuner dans un restaurant chic, ce matin.

Elle adressa un petit sourire crispé à son amie.

— Il me prend toujours pour une prostituée.

— J'espère que tu l'as détrompé !

Comme elle se contentait de secouer la tête, Sophie la regarda en fronçant les sourcils.

— Bella… ?

— Ne t'en fais pas. Ça s'est bien passé.

Elle serra la main de son amie entre les siennes.

— Et ne t'inquiète surtout pas pour moi. Nous allons tenir le coup. Nous avons vécu pire !

— Mais toi et Matteo…

— Il n'y a pas de « moi et Matteo ». Il n'y en aura jamais.

Sophie ne pouvait pas comprendre, parce qu'elle ne connaissait pas l'entière vérité.

— Mais…

— Va dormir ! l'interrompit Bella. Je ne veux pas parler de lui maintenant.

Elle ne voulait pas davantage penser à Matteo. Ni regarder en arrière.

Après avoir donné ses instructions à son assistant, Matteo rangea son portable dans sa poche. Luka utilisant le jet, il se rendrait de son côté à Bordo Del Cielo en hélicoptère, et reviendrait à Rome par le même moyen, avant de s'envoler pour Dubaï le lundi matin.

Lorsque son assistant lui avait demandé s'il retournerait au Fiscella, Matteo avait hésité un instant.

Il aurait certes pu rester plus longtemps à Bordo Del Cielo et prendre l'avion pour Dubaï de là-bas, mais il préférait garder ses distances par rapport à Bella.

Même si elle ne représentait plus rien pour lui, se répéta-t-il en regardant machinalement par la fenêtre.

Cette nuit-là, il ne lui avait pas seulement donné le contenu de son portefeuille. Il lui avait offert son cœur. Et qu'en avait-elle fait ?

La maladie de sa mère l'avait empêchée de le rejoindre à l'aéroport, il voulait bien l'admettre, mais ensuite ? Et lui, était-ce par orgueil mâle qu'il l'avait laissée partir tout à l'heure ? Était-ce son passé honteux qui les séparait ?

Non, ce n'était pas de l'amour qu'il avait trouvé cette nuit-là, ç'avait été du plaisir sexuel, rien de plus.

Alors pourquoi le souvenir de cette nuit le hantait-il ?

Bella était si belle, si fascinante… Et il la désirait encore. Non. Il voulait bien davantage : il voulait qu'elle partage sa vie. Et peu importait l'opinion des autres.

Cependant, ce n'était pas seulement son orgueil qui le retenait. Bella craignait d'être exposée, or les journalistes ne feraient qu'une bouchée d'elle. Ils s'empareraient de son passé, l'examineraient à la loupe, le transformeraient, l'exhiberaient, sans aucun ménagement.

Sa photo serait étalée partout, le passé de sa mère disséqué, dans les moindres détails.

Sans que Matteo n'y puisse rien.

En se montrant en public avec Bella, il signerait sa perte. Car les médias adoraient fouiller dans la vie des femmes avec qui il s'affichait.

Par conséquent, il ne lui restait plus qu'une seule chose à faire : l'oublier.

6.

Cinq ans plus tôt

La salle d'audience bondée sentait la cire, l'excitation et la peur, tandis que tout le monde attendait le verdict.

Assise à côté de Sophie, Bella serra la main de son amie dans la sienne.

Après l'arrestation de Malvolio, Matteo avait pris la direction du Brezza Oceana et, depuis, l'établissement prospérait.

Bella travaillait toujours autant, mais désormais le personnel avait droit à deux pauses-repas, aux frais de l'hôtel. En outre, le chef gardait toujours une part supplémentaire qu'elle rapportait à la maison pour sa mère.

Par ailleurs, Matteo ayant décidé que les employés toucheraient désormais les pourboires, tout le monde redoublait d'ardeur au travail. Et Bella gagnait suffisamment pour acheter du tissu. Le soir, même si elle était fatiguée, elle avait encore assez d'énergie pour se remettre à sa couture, après avoir fait réchauffer le dîner de sa mère et le lui avoir servi.

Bref, depuis que Matteo dirigeait l'hôtel, Bella commençait à entrevoir une possibilité d'échapper à la dure existence qu'elle menait depuis sa naissance.

Mais à présent, assise dans la salle d'audience à attendre le verdict avec Sophie, elle savait que cet espoir pouvait s'éteindre d'un coup. Et virer au cauchemar.

— Ça va aller, dit-elle à son amie.

Après une descente de police effectuée chez Malvolio six

mois plus tôt, Luka, Malvolio et Paulo avaient été arrêtés. Et maintenant, Luka était jugé pour les crimes de son père.

Mais le juge devait avoir compris qu'il n'était impliqué en rien dans les agissements de Malvolio…

Quand Luka se leva, Bella laissa échapper un petit soupir, puis son regard alla se poser sur Matteo Santini, dont le beau visage était dénué de toute expression.

Comme toujours, il portait un costume impeccable et, en dépit de la chaleur ambiante, il avait gardé sa veste et n'avait pas desserré sa cravate. Il avait l'air de s'ennuyer. À le voir, personne n'aurait pu soupçonner que le verdict qui allait tomber concernait son ami le plus proche.

Au fond, Matteo était-il *proche* de quiconque ? s'interrogea-t-elle en l'observant.

Quand son regard croisa le sien, Bella rougit, mais il avait déjà détourné les yeux et regardait le juge.

— Luka Romano Cavaliere, non coupable.

Dieu merci. Matteo s'interdit le moindre battement de cils, mais ne put empêcher un petit soupir de soulagement de franchir ses lèvres.

Luka était davantage son frère que Dino.

Le père de Matteo était mort alors qu'il était tout petit – on faisait rarement de vieux os, à Bordo Del Cielo. D'après ce que savait Matteo, ç'avait été un homme charmant, mais sa mère avait hélas choisi son parfait opposé pour le remplacer.

Luka n'avait jamais questionné Matteo sur ses blessures intimes. Comme Matteo ne l'avait jamais interrogé sur les siennes.

La vie était rude, même quand on avait un père tout-puissant, comme c'était le cas de Luka.

Ou même si, comme Matteo, l'on faisait les quatre volontés de Malvolio.

Il se tourna vers Sophie pour voir sa réaction. Lors de l'arrestation, elle et Luka avaient été surpris au lit ensemble, et plus tard, au cours du procès, Luka avait couvert la jeune fille de honte. Il avait dit notamment que, après qu'il eut rompu avec elle, Sophie s'était offerte à lui et qu'il en avait profité.

Matteo regarda de nouveau son amie assise à côté d'elle. Bella Gatti. Il la connaissait depuis longtemps et savait qu'elle et Sophie étaient amies.

Observant Bella avec plus d'attention, il la vit pâlir tandis que, les yeux agrandis par la peur, elle attendait le verdict concernant Malvolio en retenant son souffle.

Elle semblait pétrifiée. Comme la plupart des gens présents dans la salle, d'ailleurs. Et à juste titre : si Malvolio était acquitté, la terreur reprendrait dès sa sortie du tribunal.

Dans ces conditions, Bella s'inquiétait sans doute pour sa mère. Maria ne travaillait plus et, croulant sous les dettes – accumulées à cause de Malvolio –, elle s'était mise à boire.

Et, si ce salaud était libéré, il faudrait les régler, ces dettes… Par conséquent, Bella avait de bonnes raisons d'avoir peur.

Matteo regarda Malvolio, gras et ventru, sortir un mouchoir de sa poche et s'essuyer le front. Tout en priant pour qu'il soit condamné à perpétuité, Matteo songea que cela n'effacerait jamais toutes les saloperies qu'il avait faites.

Mon Dieu, comme il haïssait cet homme !

— Malvolio Cavaliere, non coupable.

Un silence mortel s'abattit sur la salle, puis, comme si tout le monde réalisait d'un coup que Malvolio avait repris le pouvoir sur Bordo Del Cielo, les gens se mirent à applaudir à tout rompre.

Matteo ne se joignit pas au chœur. Il se contenta de contempler le sourire vil et arrogant de Malvolio.

Le tyran était de retour.

Suivant le regard avide qui fouillait l'assistance, Matteo comprit d'où venait la terreur emplissant les yeux de Bella.

Un souvenir lui revint brusquement. Alors qu'il venait de reprendre la direction du Brezza, il avait vu le nom de Bella Gatti dans la liste des employées qui devaient servir au bar.

Et l'avait rayé.

— Non, avait-il dit fermement. Elle continuera à travailler comme femme de chambre.

Comme les autres, Matteo s'était fait des illusions. Ensuite ce fut le tour de Paulo, le père de Sophie, qui avait perdu sa femme, Rosa, alors que leur fille était encore toute petite.

La mort de Rosa Durante n'avait pas été un accident, Matteo en était certain.

Paulo se leva, frêle et voûté, tenant à peine sur ses jambes.

Matteo avait travaillé avec lui, le remplaçant même parfois lorsque celui-ci se sentait incapable de faire certains boulots trop durs, physiquement ou moralement.

Cependant, tout en acceptant de sales missions, Matteo s'était toujours débrouillé pour les remplir à sa façon.

Il se rappela ce qui s'était passé une nuit, quelques années plus tôt, alors que Malvolio avait demandé à Paulo de mettre le feu à une maison où dormait une famille. Matteo l'avait trouvé assis sur un muret, la tête entre les mains, le bidon d'essence posé à côté de ses pieds.

— Je ne peux pas faire ça, avait-il dit en levant ses yeux emplis de larmes. Je ne peux pas…

— Si tu refuses, tu seras mort avant demain, Paulo.

— Que Malvolio aille au diable ! Il y a des enfants, dans cette maison. Je préfère mourir plutôt que de faire ça !

Pour une fois, Paulo osait résister au tyran.

— Peut-être, avait répliqué Matteo avec calme. Mais qu'arrivera-t-il à Sophie, si tu n'es plus là pour la protéger ? Malvolio lui trouvera peut-être du travail. Quel âge a-t-elle ?

Le visage de Paulo avait blêmi.

— Je m'en occupe, avait poursuivi Matteo en se penchant pour saisir le bidon.

— Matteo ! Je ne peux pas te demander de faire mon travail à ma place…

— Rentre chez toi, Paulo. Moi, je suis seul, personne n'a besoin de moi. Personne ne s'inquiète de mon sort et je ne m'inquiète pour personne…

Cette nuit-là, sa solitude s'était révélée une véritable bénédiction.

Une fois Paulo parti, Matteo s'était dirigé vers la petite maison de pêcheur. Par la fenêtre ouverte, il avait entendu un bébé pleurer, puis la voix de Talia, sa mère, qui lui chantait une berceuse pour le rendormir.

Mais, au lieu d'attendre que la maison redevienne silencieuse, il s'était approché de la fenêtre et avait frappé à la vitre.

Talia avait sursauté et ouvert la bouche, prête à crier.

— Chut… Sinon nous sommes tous morts !

Elle avait hoché la tête en silence, les yeux écarquillés d'épouvante.

— Vous voyez ceci ? avait demandé Matteo en lui montrant le bidon. Dans cinq minutes, votre maison sera en flammes, alors fichez le camp avec vos enfants par la porte de derrière…

L'air terrorisé, la pauvre Talia se détournait déjà.

— Attendez !

Matteo s'était penché pour prendre une poignée de terre et lui avait souillé le visage et les mains, puis Talia avait couru réveiller ses enfants.

On avait parlé de miracle. Les gens avaient considéré Talia comme une héroïne qui avait réussi à sortir de la maison en feu avec tous ses enfants.

Quant à Malvolio, il avait accueilli la nouvelle avec un haussement d'épaules. Cela servirait d'avertissement à tout le monde, avait-il décrété avec mépris. Qu'ils soient morts ou vivants lui importait peu.

Revenant au présent, Matteo promena les yeux sur la salle d'audience et aperçut Talia. Sentant son regard posé sur elle, elle se tourna vers lui et lui adressa un sourire imperceptible, auquel il s'abstint de répondre.

Personne ne devait jamais deviner ce qui s'était passé cette nuit-là. Surtout maintenant que Malvolio allait revenir semer la terreur dans les rues de Bordo Del Cielo.

— Paulo Durante, coupable.

Matteo tressaillit malgré lui, tandis que le juge précisait que Paulo serait transféré à Rome et que sa sentence serait prononcée là-bas. Comme mus par un ressort, les gens se levèrent en vociférant et en tendant le poing dans la direction du vieil homme qui courbait la tête.

Ils réagissaient ainsi uniquement par crainte de Malvolio.

Lorsque Matteo sortit du tribunal, il sentit qu'une chape de plomb pesait sur la ville en dépit du soleil éclatant qui brillait dans le ciel bleu.

Quelques instants plus tard, Luka vint le rejoindre, manifestement heureux d'avoir recouvré la liberté.

— Matteo, je vais parler avec Sophie, dit-il à la hâte. Maintenant que son père est condamné, leur nom va être traîné dans la boue. Je pars, je ne prendrai pas la relève de mon père. Et je vais emmener Sophie avec moi à Londres.

Matteo approuva d'un hochement de tête, sans montrer sa surprise devant la franchise de Luka.

— Il faut que tu fiches le camp aussi, poursuivit son ami.

— Moi ? fit Matteo, encore plus surpris.

Malvolio ne le laisserait jamais partir. Il avait essayé de s'enfuir une fois, mais ce salaud l'avait rattrapé. Par ailleurs, en éternel méfiant, Matteo se demandait si son ami ne lui tendait pas un piège, pour le tester, comme son demi-frère l'avait fait autrefois.

— Pourquoi partirais-je avec toi ? demanda-t-il. Rien n'a changé, pour moi…

— Au contraire, Matteo. *Tout* a changé, l'interrompit Luka. Après mon départ, et vu que Paulo reste en prison, tu vas devenir le bras droit de mon père.

— Il y a aussi Dino.

Son ami secoua la tête.

— Beaucoup de sang va couler, Matteo.

Le pouls lui battant les tempes, Matteo réalisa qu'il venait d'être promu héritier de Malvolio. Et que ce serait lui qui serait chargé de le venger de tous ceux qui avaient eu le courage de témoigner contre lui.

— Nous prendrons l'avion à 9 heures demain matin, enchaîna Luka. Si tu en parles à quiconque, tu sais ce qui arrivera. Réfléchis-y bien avant de venir nous rejoindre.

Comme Matteo restait silencieux, il continua :

— Ce soir, fais la fête avec mon père, laisse-le penser que tu es fou de joie de le voir en liberté… Il va te surveiller nuit et jour, maintenant, Matteo : il se méfie toujours un peu de toi. Alors ce soir, tu dois lui montrer que tu es digne de sa confiance, que tu ne souhaites qu'une chose : devenir son bras droit et mener la même vie dépravée que lui. Sinon, tu seras toi aussi victime du grand nettoyage…

Luka s'interrompit en fronçant les sourcils.

— C'est peut-être la vie que tu souhaites vivre, après tout…

Même s'ils avaient partagé toutes sortes de choses, Matteo se confiait peu, si bien que personne ne savait ce qu'il pensait vraiment.

— Si c'est le cas, poursuivit Luka, je te souhaite bonne chance, Matteo.

— Moi aussi, je te souhaite bonne chance.

— Même si tu ne viens pas nous rejoindre, tu veux bien faire quelque chose pour moi ?

Matteo hocha la tête.

— Arrange-toi pour qu'il soit ivre mort et dorme jusqu'à demain midi.

— Pas de problème.

Après lui avoir adressé un léger sourire, Luka s'éloigna. Sans doute pour aller trouver Sophie et la convaincre de partir avec lui.

Matteo comprit vite que Luka avait eu raison. Tout le monde semblait le considérer comme le numéro deux, désormais, et plusieurs personnes lui demandèrent comment il comptait fêter le retour de Malvolio.

— Peut-être une fête de rue, répondit-il. Comme ça, tout le monde pourra le voir et le féliciter d'avoir été libéré.

C'était surtout le meilleur moyen de le tenir à distance du bar – et de Bella.

Matteo retourna s'installer au volant de la voiture de Malvolio, garée devant le tribunal, au bas des marches. Une minute plus tard, ce dernier les descendit en s'épongeant le front et s'engouffra dans le véhicule. Souriant, Matteo tendit la main à son patron en lui disant qu'il était ravi de le revoir.

— Alors, qu'est-ce qui se passe, ce soir ? demanda Malvolio.

— Une fête dans la rue, répondit Matteo en souriant. Tout le monde désire vous voir.

— Je n'ai pas dix ans ! riposta Malvolio en pinçant sa bouche lippue. Matteo, je pensais que tu aurais trouvé mieux… Une petite soirée très privée… Il faut peut-être que je l'organise moi-même ?

— Je m'en occupe, s'empressa de répliquer Matteo. Vous voulez d'abord passer chez vous, je suppose ?

— Oui. Ensuite, nous irons directement à l'hôtel. Ça fait longtemps que j'attends ce moment…

Il s'interrompit et demanda à Matteo de ralentir, puis baissa la vitre pour héler Pino, le jeune garçon qui lui servait de messager, parcourant la ville à bicyclette.

Mais, au lieu de donner ses instructions devant Matteo, Malvolio sortit du véhicule pour lui parler.

— Maintenant, la soirée sera parfaite, dit-il en revenant s'asseoir à côté de Matteo.

Angela, la gouvernante, sourit à son patron, mais Matteo vit l'inquiétude qui assombrissait son regard. Malvolio se servit un whisky, puis invita son second à l'imiter. Ensuite, Matteo appela le Brezza pour organiser la soirée tandis que le gros homme montait à l'étage se changer.

Il redescendit vêtu de l'un de ces costumes tape-à-l'œil

qu'il affectionnait, et suant à grosses gouttes. Malvolio transpirait toujours, même quand il sortait de la douche…

— Tu as l'air nerveux, laissa-t-il tomber en regardant Matteo. Ça ne te ressemble guère…

— Pourquoi serais-je nerveux ? répliqua Matteo.

En vérité, il se posait lui-même la question.

Après tout, il connaissait à peine Bella Gatti.

Soudain, il réalisa qu'elle rougissait à chaque fois qu'il posait les yeux sur elle, avant de se souvenir du jour lointain où il était intervenu parce que Dino allait trop loin avec elle.

En fait, Matteo s'intéressait à elle plus qu'il ne voulait l'admettre, et il ne pouvait supporter de penser au sort qui l'attendait ce soir. Mais, pour l'instant, il devait se concentrer sur Malvolio, qui l'observait en plissant les yeux.

— Je croyais que tu te sentirais honoré de monter en grade ?

Sa vie dépendait de sa réaction, comprit Matteo.

— En fait, je…

Il sourit jusqu'aux oreilles.

— Je n'ai plus de raison d'être nerveux, maintenant. Je suis très honoré, Malvolio ; je pensais que vous choisiriez Luka.

— Mon gredin de fils ne pense qu'au sexe, mais il rampera bientôt. Pour l'instant, je le laisse se rabibocher avec Sophie…

Après s'être interrompu un instant, il reprit en regardant Matteo dans les yeux :

— Elle ressemble trop à sa mère. Elle parle trop, comme Rosa. Et, au lieu de se rebiffer, elle ferait mieux de s'occuper de ses affaires. Luka se fatiguera vite d'elle. De toute façon…

Il haussa ses épaules grasses.

— Nous savons tous ce qui est arrivé à Rosa.

Matteo reprit son verre et en avala une gorgée avant de répliquer.

— Je reconnais que j'étais inquiet à l'idée que vous puissiez aussi me préférer Dino.

— Dino parle trop, lui aussi. Tout le monde est au courant de ce qui lui passe par la tête ! Tandis que toi…

Il regarda de nouveau Matteo en plissant les yeux, comme s'il cherchait à percer son éternelle réserve.

— Ce soir, poursuivit-il, pas de questions : il s'agit de mettre tout le monde à l'aise. Beaucoup de mes hommes ont été forcés de témoigner, ils ont dû raconter des tas de choses sur mon compte contre leur gré…

Matteo hocha la tête.

— Alors ce soir, tu leur expliqueras, comme je le ferai de mon côté, que je sais qu'ils ont été soumis à une terrible pression. Tu leur diras qu'il n'y a aucun ressentiment de ma part, parce que j'ai compris qu'ils n'avaient pas le choix.

Matteo ne put retenir un petit soupir de soulagement.

— Ce soir, poursuivit Malvolio d'un ton sournois, laisse-les croire qu'ils sont pardonnés. Mais demain, tu leur feras payer leur trahison. À tous, sans exception.

Y compris Luka, comprit Matteo. Malvolio ferait un exemple avec son propre fils.

Dieu merci, Luka serait loin…

Après avoir repris place au volant de la voiture de Malvolio, Matteo se dirigea vers le Brezza tandis que le jour commençait à baisser. Au moment où le véhicule empruntait la rue longeant le bord de mer, le soleil embrasa la mer, pareille à de la lave en fusion.

Et, lorsque, après s'être garé devant le Brezza, Matteo y entra avec son patron, il eut l'impression de franchir les portes de l'enfer.

7.

Dès que le fourgon cellulaire eut démarré, suivi et précédé de gendarmes à moto, Bella entraîna rapidement Sophie afin d'échapper aux journalistes qui allaient sans aucun doute se ruer sur elles.

Depuis l'arrestation de Paulo, Sophie habitait avec Bella et sa mère, car Malvolio avait fait saisir la maison des Durante pour se rembourser des frais occasionnés par la défense de Paulo.

Pour l'instant, Sophie n'était pas déprimée. Elle bouillait de colère. Non seulement son père avait écopé à la place de Malvolio, mais en plus, après des mois d'anxiété et d'attente, elle avait appris que Luka l'avait traitée de paysanne…

— Il m'a humiliée ! s'étrangla-t-elle. Et maintenant, je parie qu'il est en train de fêter sa libération avec son père !

— Tu sais très bien que ce n'est pas vrai ! protesta Bella.

— Il a dit sous serment que je m'étais jetée à son cou, après avoir été rejetée par lui !

— Il a dit cela pour ne pas révéler que toi et lui aviez prévu de vous enfuir ensemble, lui rappela Bella en marchant à côté d'elle. Tu avais raconté à Luka que tu étais inquiète à propos de sales affaires dans lesquelles ton père était impliqué. Comment réagirais-tu, maintenant, si Paulo avait été condamné à cause de ça ?

— Tu parles ! L'attitude de Luka n'a rien arrangé, lâcha Sophie entre ses dents. Parce que mon père est condamné, de toute façon. Luka a dit à Malvolio que je n'étais qu'une paysanne…

Ça, ça devait faire très mal, compatit Bella. D'autant qu'elle savait que Sophie s'était sentie abandonnée par Luka lorsqu'il était parti à Londres…

Par conséquent, elle s'était sentie cruellement blessée en entendant ses craintes confirmées au tribunal.

— Tu comptes pour lui, Sophie. Souviens-toi qu'il a dit ces choses affreuses alors qu'il essayait de rompre tous les liens avec son père.

Bella lui avait répété cent fois que Luka n'avait pas pensé ce qu'il avait dit au tribunal. Qu'il avait seulement tenté de protéger Paulo. Mais, ce soir, Sophie ne voulait rien entendre.

Quand elles entrèrent dans la petite maison, elles trouvèrent sa mère installée dans la cuisine avec Sylvia, une amie venue lui apporter les dernières nouvelles.

Après leur avoir adressé quelques mots, Bella entraîna Sophie dans la chambre qu'elle partageait maintenant avec son amie.

La porte à peine refermée, celle-ci se mit à rassembler ses affaires.

— Je pars à Rome, pour être près de mon père, Bella, et tu dois t'en aller aussi. Malvolio est de retour, il…

— Je ne peux pas abandonner ma mère, l'interrompit Bella.

Elle aurait bien aimé s'enfuir, évidemment, le plus loin possible de Bordo Del Cielo, du Brezza, de ce salaud de Malvolio, mais c'était impossible.

— Elle comprendra…

— Non, Sophie. Je ne peux pas, elle est trop malade.

À cet instant, quelqu'un frappa à la porte d'entrée.

Sans doute Luka, qui venait pour s'expliquer avec Sophie, songea Bella en allant ouvrir.

Mais, au lieu de Luka, elle découvrit Pino qui s'appuyait d'une main au mur pour rester en équilibre sur sa bicyclette. Il avait un message pour elle, commença-t-il avec son flegme habituel. Malvolio voulait qu'elle travaille au bar ce soir.

Bella resta immobile, alors qu'en réalité elle tremblait intérieurement.

Elle avait toujours redouté ce moment.

Quelques mois plus tôt, Gina lui avait remis un paquet en lui disant que, le soir des fiançailles de Luka et de Sophie, Malvolio voulait l'embaucher au bar. Depuis ce jour-là, le paquet était resté dans l'armoire, intact.

L'arrestation de Malvolio avait repoussé l'échéance, mais celle-ci arrivait à son terme.

L'issue du procès approchant, Bella avait su ce qui se passerait si Malvolio était libéré. Elle avait même commencé à prendre la pilule, au cas où, et chaque soir, au moment de l'avaler, elle se répétait que c'était une précaution inutile, que bientôt elle rirait de ses peurs absurdes…

Bella referma la porte et retourna dans la chambre.

— Je ne veux pas le voir, dit Sophie.

— C'était Pino. Il va y avoir une grande fête à l'hôtel, ce soir. Tout le monde est invité et je dois travailler au bar.

Sophie leva les yeux de sa valise.

— Non ! s'écria-t-elle. Tu pars à Rome avec moi !

— Je ne peux pas laisser maman maintenant. Mais, toi, tu dois partir, et pas seulement pour veiller sur Paulo. Tu es devenue un bouc émissaire, ici. Tout le monde sait que c'est Malvolio le coupable, mais personne ne le dira jamais à voix haute.

Brusquement, Bella fondit en larmes.

— Je ne veux pas que mon premier amant soit Malvolio… Tu vas me dire qu'il faut que je lui résiste, je sais…

— J'ai bien compris que ce n'était pas aussi simple, dit doucement Sophie en lui passant un bras autour des épaules.

— Quand ma mère sera partie, et cela ne saurait plus tarder, j'irai te rejoindre à Rome. Mais pas maintenant. Je dois rester ici pour veiller sur elle, comme tu t'en vas pour t'occuper de Paulo.

— Je sais.

Maria ne pouvant plus travailler, Malvolio l'avait obligée à lui céder la maison, en lui promettant en échange d'assumer tous les frais médicaux – l'obligeant ainsi à lui verser un loyer. Comment Bella aurait-elle pu la laisser gérer tout cela ? Et se débrouiller toute seule avec cette ordure ?

Après l'avoir regardée un long moment avec tristesse, Sophie n'essaya plus de la dissuader, ce dont Bella lui sut gré. En outre, on frappait de nouveau à la porte et cette fois, c'était bien Luka. Il insista pour voir Sophie, si bien que celle-ci finit par accepter d'aller faire un tour avec lui.

Quand ils furent partis, Bella passa devant la cuisine et entendit Maria bavarder avec Sylvia. Sûre de ne pas être dérangée, elle regagna sa chambre, ouvrit l'armoire et en sortit le paquet remis par Gina.

À l'intérieur, elle découvrit une robe de satin noir affreusement vulgaire, des sous-vêtements tout aussi vulgaires ainsi qu'une paire de bas résille de mauvaise qualité, noirs eux aussi. Il y avait également une trousse en plastique contenant du maquillage et un flacon de parfum bon marché. Lorsque Bella en vaporisa un peu sur un mouchoir en papier, elle fronça le nez, écœurée par la senteur trop sucrée. Puis elle prit les sandales à brides noires et les reposa. De toute façon, elles étaient trop petites, cela se voyait à l'œil nu…

Après s'être assurée que les deux femmes bavardaient toujours dans la cuisine, Bella se glissa sans faire de bruit dans la chambre de sa mère et ouvrit doucement l'armoire où se trouvaient plusieurs paires de sandales à hauts talons du même style que celles prêtées par Gina.

Un léger sourire aux lèvres, elle choisit celles qu'elle désirait avant de vérifier que l'embout de caoutchouc s'enlevait facilement, révélant des talons creux. Toujours sans faire de bruit, elle referma l'armoire et se tourna vers la photo encadrée posée sur la commode, celle de son père et de Maria, toute jeune et radieuse.

Bella ne savait pas grand-chose sur son géniteur. Sa mère lui avait seulement dit qu'il s'agissait d'un riche homme d'affaires français et qu'il s'appelait Pierre.

Soulevant le cadre, elle regarda ses cheveux brun foncé et lisses, son teint clair et les yeux verts dont elle avait hérité. Entendant soudain du bruit dans le salon, elle remit la photo à sa place, sortit en hâte de la pièce, alla cacher les chaussures sous son lit, puis se dirigea vers la cuisine où elle trouva sa mère seule.

— Tu t'es parfumée ? demanda celle-ci en plissant le nez.

— Non.

Le peu qu'elle avait vaporisé dans sa chambre avait dû s'imprégner sur ses vêtements…

— Ça doit venir de Sophie, poursuivit-elle. Elle est sortie faire un tour avec Luka.

— Que voulait Pino ? Je l'ai entendu, tout à l'heure.

— Il désirait juste savoir si nous participerions à la fête de ce soir, fit Bella d'un ton détaché.

— Et qu'est-ce que tu lui as répondu ?

— Que tu étais trop fatiguée et que je travaillais.

Maria la regarda en plissant les yeux.

— Je dois faire des heures supplémentaires et assurer le service de nuit, expliqua Bella. Il y a eu beaucoup de réservations de dernière minute, à cause de la libération de Malvolio.

— C'est un triste jour pour Bordo Del Cielo.

— Oui, acquiesça Bella d'une voix un peu rauque.

Elle sourit à sa mère et reprit d'un ton plus neutre :

— Sophie va partir à Rome pour être plus proche de Paulo.

— Elle devrait davantage penser à elle et vivre sa vie.

— Peut-être…

— Je crois que je vais me coucher tôt…

Lorsque sa mère se leva de sa chaise, Bella lui passa le bras autour de la taille et l'accompagna jusqu'à sa chambre.

— Si j'ai besoin de toi cette nuit, je t'appellerai.

— Je t'ai dit que je travaillais, ce soir.

— Oui, mais tu rentreras vers 22 heures, non ?

Bella hocha la tête, mais sentit son cœur se serrer à la pensée que sa mère puisse avoir besoin d'elle au cours de la nuit et qu'elle ne soit pas là.

— Je t'aime, maman.

— Je sais, Bella.

Une fois sa mère couchée, Bella commença à se préparer. La matière des sous-vêtements était très désagréable sur la peau, constata-t-elle en se penchant pour enfiler un bas.

Les mains tremblantes, elle le fixa aux jarretelles, passa l'autre, puis sortit le maquillage de la trousse et se mit de l'eye-liner, du mascara, avant de terminer par une bonne dose de fard à joues et du rouge à lèvres vermillon. Ensuite, elle se fit un chignon flou en laissant volontairement s'échapper de petites mèches.

Sans verser une larme. Pas pour épargner son maquillage mais, parce que si elle craquait, elle s'effondrerait complètement.

La mort dans l'âme, Bella enfila la robe de satin, puis, les sandales à la main, se dirigea vers la cuisine sur la pointe des pieds. Là, elle vida dans l'évier la bouteille de *limoncello* apportée par Sylvia, de crainte que sa mère ne soit tentée de la vider dans la nuit.

Ensuite, ses chaussures sous un bras et son sac en bandoulière de l'autre côté, elle ouvrit la porte de la maison en s'efforçant de dominer la peur qui lui dévorait le ventre.

— Bella ! cria sa mère depuis sa chambre.

Figée sur le seuil, Bella retint son souffle.

— Bella, je voudrais te parler.

— Pas maintenant, maman ; sinon, je vais être en retard !

— S'il te plaît, Bella. Juste deux minutes.

— Je dois vraiment y aller ! insista Bella en ouvrant grand la porte.

— Referme immédiatement cette porte et viens dans ma chambre ! ordonna sa mère.

Après avoir paru si faible tout à l'heure, elle avait subitement repris des forces…

Bella referma la porte et reprit le petit couloir en sens inverse, avant de constater en entrant dans la chambre que la lampe de chevet était allumée.

Jusqu'à la fin de ses jours, elle se souviendrait de l'expression qui envahit les traits de Maria en voyant sa tenue, et du sanglot qui jaillit de sa gorge tandis qu'elle posait la main sur sa poitrine.

— Non, je t'en supplie, Bella ! Tu vaux mieux que ça ! Et tu n'as pas à lui obéir ! Pars à Rome avec Sophie : je vous ai entendues parler, tout à l'heure. Je t'en supplie, va-t'en d'ici, *maintenant* !

Si elle s'en allait, Bella savait très bien ce qui se passerait : Malvolio se vengerait sur la pauvre Maria et lui ferait payer la désertion de sa fille.

— Je ne te laisserai pas, maman.

— Je te demande de le faire.

— Jamais, affirma Bella en s'asseyant sur le bord du lit. Je ne pourrais jamais t'abandonner.

Par ailleurs, elle n'avait pas les moyens d'emmener sa mère. Même si elle réussissait à trouver suffisamment d'argent pour payer les billets d'avion, comment se débrouillerait-elle en arrivant à Rome ? Avant de trouver du travail, elle et Sophie pouvaient vivre à la dure durant quelques jours, voire quelques semaines. Mais sa mère ne tiendrait pas une demi-journée.

— Écoute-moi, commença Maria. Ma vie n'a pas été facile, mais j'ai eu de bons moments. La plupart de mes clients étaient cruels, durs ou vicieux, mais pas tous. Je considérais certains d'entre eux comme des amants. Je connais les hommes, Bella. Ils se plaignaient de leurs femmes, affirmant qu'ils auraient voulu qu'elles soient comme moi, mais ils avaient beau dire, jamais ils ne m'auraient épousée ! Je ne peux pas te retenir de force, mais écoute-moi bien : si tu vas travailler au bar ce soir, ta vie en sera *irrémédiablement* changée. Tu resteras souillée, tu porteras une marque indélébile, toute ta vie.

Maria lui prit la main avant de se tourner brièvement vers la photo posée sur la commode.

— Quand j'ai rencontré ton père, je venais d'avoir seize ans. Tu sais qu'il venait de France et était un riche homme d'affaires ?

Bella hocha la tête en silence.

— Il voulait faire construire un hôtel sur ce genre de site, et il avait eu un coup de cœur pour Bordo Del Cielo. Avant que le Brezza ne soit construit, il y avait quelques cafés, le long de la plage. Pierre avait un beau projet : non seulement il voulait garder les maisons et les cafés, mais il avait une idée fabuleuse : il envisageait d'intégrer son hôtel dans le paysage, de le construire en partie *dans* la colline ! La Sicile était déjà prisée par les touristes, à l'époque, mais pas l'ouest, trop sauvage. Mais lui, c'était ça qui lui plaisait, justement, et c'est pour cela qu'il revenait souvent ici. Même si j'aime à penser qu'il revenait aussi pour moi…

Elle s'interrompit un instant, les yeux brillants.

— Malvolio a vite compris que Pierre avait des projets qui contrecarreraient les siens, alors il s'est arrangé pour le faire partir. Quand je me suis rendu compte que j'étais enceinte, il était déjà rentré en France. Ma grossesse a causé un scandale épouvantable. Mes parents étaient furieux et anéantis mais, moi, j'avais confiance en Pierre, j'étais sûre qu'il ferait ce qu'il fallait.

Le cœur serré, Bella attendit la suite.

— Je n'avais ni son adresse ni son numéro de téléphone, mais je connaissais le nom de son entreprise, alors je lui ai écrit. Et c'est comme ça que j'ai appris qu'il était marié. Je ne peux pas te dire à quel point j'ai souffert, Bella. J'avais toujours pensé que la seule chose qui nous séparait, c'était la distance géographique. J'espérais que, lorsque l'hôtel serait construit, Pierre s'installerait ici…

Les larmes roulèrent sur les joues de Maria. C'était la première fois que Bella voyait sa mère pleurer.

— Il t'a abandonnée ? demanda-t-elle doucement.

— Il a fait pire, ou du moins c'est comme ça que je l'ai ressenti à ce moment-là. Il m'a proposé d'aller vivre en France, mais il n'avait pas l'intention de quitter sa femme, non. Il m'a expliqué que je serais sa maîtresse, que j'aurais un bel appartement et qu'il viendrait me voir aussi souvent qu'il le pourrait. Et tu sais ce que je lui ai répondu ? Que je ne serais jamais une femme entretenue…

Un rire ironique franchit ses lèvres, mêlé d'une amertume atroce.

— Je lui ai dit que je ne partagerais jamais un homme avec une autre et que c'était elle ou moi. Il a choisi sa femme et tu es venue au monde, Bella. Tu étais le plus beau cadeau que la vie m'ait jamais offert, mais je n'avais pas les moyens de t'élever. Mes parents ne voulaient plus entendre parler de moi ; alors j'habitais chez Gina. Malvolio venait souvent la voir et il m'a proposé de gagner un peu d'argent… Tu devines la suite, n'est-ce pas ?

Bella hocha la tête en silence.

— Mais tu ne sais pas encore tout, reprit sa mère. Je travaillais pour Malvolio depuis quelques mois lorsque Pierre est revenu. Il avait quitté sa femme et décidé de venir vivre ici, et de réaliser son projet. Malvolio ne possédait pas encore la ville entière, et Pierre avait bien réfléchi à tout. Il m'a dit qu'il voulait vivre avec moi et notre fille, avant d'apprendre comment j'avais survécu sans lui pendant un an.

Les larmes coulèrent de nouveau sur ses joues creuses.

— Je n'oublierai jamais l'expression de son visage, Bella. Il me regardait avec un tel dégoût…

— Il avait trompé sa femme…

— Oui, mais à ses yeux ce n'était pas pareil, vois-tu… J'ai perdu l'amour de ma vie, Bella, et je ne veux pas que tu vives la même chose.

— Je comprends, maman. Mais je n'ai pas d'amour à perdre.

— Peut-être, mais un jour tu rencontreras un homme que tu aimeras. Qu'est-ce que tu lui diras, à ce moment-là ?

Bella resta silencieuse.

— Et puis, ce n'est pas vrai que tu n'as personne. Tu es amoureuse de Matteo Santini depuis des années !

— Il n'y a rien entre nous, maman. J'ai été attirée par lui pendant longtemps, c'est vrai, mais, maintenant qu'il est devenu le bras droit de Malvolio, il ne m'intéresse plus. C'est lui qui organise la fête de ce soir. Je le croyais différent, mais apparemment je me trompais : il n'est peut-être pas aussi pourri que Malvolio, mais il le deviendra bientôt.

— Tu ne peux pas le savoir, répliqua Maria. Je me souviens de son père : c'était un homme bon et aimable, mais, après sa mort, la mère de Matteo a épousé une brute…

Elle secoua la tête en pinçant les lèvres.

— J'étais jeune, à l'époque, mais je me rappelle encore que tout le monde racontait qu'il faisait vivre un véritable enfer à Matteo, à tel point qu'il allait se réfugier de plus en plus souvent chez Luka, le pauvre. Là-bas, il avait à manger, au moins, il était avec son ami.

Redressant légèrement la tête, elle demanda :

— Je t'ai raconté ce que Matteo a fait pour Talia ?

— Oui, plus d'une fois, répondit Bella en souriant.

Sa mère connaissait tous les secrets de Bordo Del Cielo.

— Va-t'en, Bella. Pendant qu'il en est encore temps.

Bella opta pour la franchise.

— Je m'en irai quand je le pourrai. Je resterai ici aussi longtemps que tu y seras.

— Promets-le-moi.

— Je te le promets, maman. Un jour, je partirai d'ici et j'irai rejoindre Sophie à Rome. Mais, en attendant, je dois vraiment y aller…

Bella se pencha pour embrasser sa mère sur le front, puis se leva et quitta la chambre.

Cette fois, n'ayant plus à craindre de faire du bruit, elle chaussa les sandales dans le couloir, redressa les épaules et sortit dans la nuit, prête à affronter le sort qui l'attendait.

8.

Les fleurs commandées par téléphone avaient été livrées et déposées un peu partout dans le hall, diffusant un mélange de parfums capiteux qui lui soulevèrent le cœur dès qu'il eut franchi les portes de l'hôtel avec Malvolio.

Matteo entra dans le bar sous les applaudissements destinés à son patron, mais aussi à lui-même. Il dut ensuite supporter les poignées de main vigoureuses, les accolades, les tapes sur l'épaule…

— Buvons et mangeons, mes amis ! lança Malvolio en levant son verre. Et ensuite…

Il plissa ses lourdes paupières.

— Je vois que Pino a transmis mon message…

Lorsque Matteo suivit le regard de son patron et posa les yeux sur l'objet de sa convoitise, il eut l'impression que son cœur s'arrêtait de battre.

Vêtue d'une petite robe noire vulgaire, son buste menu sans doute remonté au maximum par un *push-up*, le visage mal et trop maquillé, Bella remplissait un verre – d'une main qui tremblait si violemment que le vin déborda.

Quand elle croisa le regard de Matteo, elle arbora un sourire éclatant alors qu'il voyait de la terreur assombrir ses yeux verts.

Quant à Malvolio, il la déshabillait sans vergogne de son regard lubrique.

Au lieu d'aller s'asseoir à sa table habituelle, son patron passa derrière le bar pour vérifier le bon fonctionnement des caméras de vidéosurveillance installées dans les ascenseurs, les couloirs de l'hôtel, le hall et autour de la piscine. Tout en regardant les écrans, il demanda à voir les comptes.

— Je croyais qu'on faisait la fête, ce soir ? dit Matteo d'un ton enjoué.

— Oui, nous allons faire la fête, mais je veux d'abord voir comment tu t'es débrouillé.

Lorsqu'il découvrit que le personnel gardait maintenant les pourboires, Malvolio fronça les sourcils.

— Qu'est-ce que ça veut dire ?

— Ils travaillent encore plus, dit Matteo.

— Ils n'ont pas besoin d'argent pour travailler plus. Tu es trop doux avec eux.

— Regardez, insista Matteo en lui désignant un chiffre. Le nombre de clients qui reviennent a augmenté. Et…

— Tu crois faire mieux que moi ?

Une menace non voilée avait percé dans la voix de Malvolio. Il ne supportait pas que Matteo ait pu diriger l'hôtel avec plus d'efficacité que lui – et qu'en son absence l'établissement ait accru ses bénéfices. En douceur, en plus…

— Mais dis donc, je ne vois pas ta petite amie, poursuivit Malvolio en regardant autour de lui.

— Nous avons rompu.

En réalité, Matteo s'était longtemps servi de Tina comme prétexte pour pouvoir rentrer chez lui le soir, et éviter ainsi de participer aux soirées décadentes de Malvolio.

Mais, dès que celui-ci s'était retrouvé derrière les barreaux, il avait mis fin à leur liaison.

— Tant mieux ! s'exclama Malvolio avec un sourire pervers. Ce soir, nous allons enfin te voir *t'éclater*…

Sur ces mots, il claqua des doigts à l'adresse de Bella, qui vint aussitôt remplir leurs verres.

Quant à lui, il avait intérêt à réfléchir très vite, songea Matteo.

— J'ai toujours eu envie de Bella, dit-il en la regardant s'éloigner.

Elle dut l'entendre car elle vacilla légèrement sur ses hauts talons avant de redresser les épaules.

— Dommage ! s'esclaffa Malvolio en entraînant Matteo vers sa table habituelle.

Dès qu'ils furent assis, Gina s'avança vers eux en ondulant des hanches.

— Tu m'as manqué, Malvolio, susurra-t-elle. C'est bon de te revoir parmi nous.

Matteo la regarda se diriger vers une autre table. Ce soir, elle faisait comme les autres. Elle mentait, pour survivre.

Bella avait carrément la nausée. Cela faisait presque un an qu'elle redoutait ce moment, même si, pendant la détention de Malvolio, elle avait connu un peu de répit. Mais, depuis qu'il était entré dans le bar, elle tremblait littéralement de peur.

En outre, le fait de voir Matteo s'acoquiner avec ce monstre lui déchirait le cœur.

Certains le disaient insensible à toute émotion. Qu'il était né mauvais, comme son demi-frère. De son côté, Bella avait cru mieux le connaître. Ou du moins elle avait toujours été persuadée qu'il était différent. Elle l'avait adoré de loin mais, quand il avait parlé d'elle de façon grossière à Malvolio, elle avait dû faire un effort pour ne pas se retourner et lui balancer une réplique bien sentie.

Après avoir repris sa place derrière le bar, elle les observa à la dérobée et vit Malvolio dire quelque chose à son compagnon, qui, le visage impassible, se leva et se dirigea vers elle, son verre à la main.

— Fais en sorte que nous ayons à boire en permanence.

— Bien sûr.

— Mon verre est à moitié vide.

Mais, quand elle voulut le remplir, il tourna la tête vers la carafe d'eau.

— Je veux garder les idées claires, dit-il.

Bella comprit : il voulait que, de temps en temps, elle coupe son vin avec de l'eau.

— Bella…

Il s'interrompit, se contentant de la regarder en silence tandis qu'elle battait des cils. C'était la première fois qu'il l'appelait par son prénom.

Matteo ne pouvait pas lui révéler le fond de sa pensée, ni lui expliquer ce qu'il mijotait. Alors il s'efforçait de lui faire comprendre qu'il était de son côté.

Après un nouveau battement de cils, elle se tourna vers Gina qui la rejoignait derrière le bar. À cet instant, Matteo leur tourna le dos et regagna la table de Malvolio.

— Fais au moins semblant de t'amuser ! s'exclama Gina d'un ton de reproche.

— Pourquoi ? répliqua Bella. Ils se fichent autant l'un que l'autre que je m'amuse ou pas !

— Cesse de faire de l'ironie, Bella. Porte-leur à boire et dis-leur que la nourriture arrive. Pour quelqu'un qui disait mourir de faim en prison, Malvolio n'a pas maigri…

Bella réussit à émettre un petit rire qui sonna creux.

Après avoir rempli deux verres, elle les posa sur un plateau et s'avança vers leur table, mais, lorsque Matteo prit le verre spécialement préparé pour lui et l'eut reposé vide sur la table, Malvolio lui tendit le sien.

Sans ciller, Matteo le prit et le but jusqu'à la dernière goutte.

— Là…, approuva Malvolio en souriant.

Il mettait son second à l'épreuve, comprit Bella.

Quand elle se pencha pour prendre les verres vides, Malvolio fixa son décolleté en léchant ses grosses lèvres.

— J'ai une faim de loup, tout à coup ! s'exclama-t-il, d'un ton sans équivoque.

— Moi aussi, enchaîna Matteo.

Interdite, Bella sentit sa main lui effleurer les fesses.

C'était un hasard, se dit-elle. Il fallait que ce soit un hasard. Mais la main de Matteo s'attardait, caressait…

Elle brûlait de se tourner vers lui et de le gifler. Venant

de Malvolio, ce geste odieux ne l'aurait pas surprise, mais que Matteo la traite ainsi l'emplissait d'un profond dégoût.

— Non non ! s'exclama alors Malvolio. Elle est pour moi ? Hein, Bella ?

Sans savoir comment, elle réussit à sourire.

— J'espère…

— Et les primes ? demanda alors Matteo en haussant un sourcil.

Horrifiée, Bella sentit sa main se glisser sous sa robe, remonter sur sa cuisse… Elle ferma les yeux, mais, lorsque les doigts de Matteo rencontrèrent sa peau nue, à la lisière du bas, ils s'immobilisèrent.

Malvolio regarda Matteo en silence, visiblement choqué par le culot dont il faisait preuve.

Le sourire aux lèvres, Gina vint déposer une immense assiette devant lui : crevettes, fromage grillé, steak et ailes de poulet…

— Vous savez ce que j'aime, vous deux, fit Malvolio en regardant tour à tour ses deux employées, les yeux brillants.

Il était de bonne humeur, songea Matteo en l'observant à la dérobée. Et sans doute fatigué, alors il ne voulait pas faire d'histoires… Mais il ne l'admettrait jamais, bien sûr.

— Prends-la, lui dit soudain Malvolio. Maintenant, avant que je ne change d'avis…

Matteo laissa retomber sa main et se leva.

Non, pas Matteo, pria Bella en silence tandis qu'il lui saisissait le bras. *Pas comme ça…*

Il l'entraînait déjà hors du bar, traversait le hall…

— Où vas-tu ? cria Malvolio derrière eux.

— Faire un tour…

— Tu es mon bras droit, Matteo !

Se retournant, Matteo le vit claquer les doigts vers Gina qui hocha la tête.

Quelques instants plus tard, elle se dirigea vers lui et lui tendit une clé magnétique.

— Non…, murmura Bella en essayant de se dégager.

Matteo la tira sans ménagement vers l'ascenseur et la poussa dans la cabine.

— Matteo… Non…

— Fais ce que je te dis, Bella, ordonna-t-il en la regardant dans les yeux. Je t'expliquerai tout à l'heure. En attendant, tu dois me faire confiance.

— Jamais !

Juste au moment où les portes allaient se refermer, elle réussit à lui échapper. Mais Matteo la rattrapa en trois enjambées.

— Reste tranquille ! lança-t-il en lui reprenant brutalement le bras.

Malvolio les observait, les yeux rivés à l'écran de surveillance, il en était certain. Alors il éclata de rire, appuya Bella contre le mur tandis qu'elle se débattait en vain, et prit durement sa bouche, étouffant ses cris.

Puis il écarta son visage du sien et l'entraîna de force dans le couloir avant de la pousser de nouveau dans l'ascenseur. Et, lorsque Bella essaya une fois encore de lui échapper, il la gifla.

Sonnée, choquée, la joue meurtrie, Bella le regarda avec incrédulité. Lui, Matteo. Son idole, l'homme qu'elle avait vénéré entre tous, venait de se transformer en monstre sous ses yeux.

Les larmes lui brouillèrent la vue, un sanglot lui échappa. Sans s'émouvoir, Matteo prit de nouveau sa bouche et la dévora jusqu'à ce que la cabine s'immobilise au dernier étage.

À présent, Malvolio pouvait retourner à son assiette, songea-t-il en refermant la porte de la suite quelques instants plus tard.

Parce que là il n'y avait pas de caméra de surveillance.

9.

Matteo s'appuya contre la porte pour empêcher Bella de s'enfuir.

— Calme-toi, nous sommes seuls, maintenant.

Ses paroles ne l'apaisèrent pas, au contraire : elle se mit à lui marteler la poitrine de ses poings, mais il lui immobilisa les poignets.

— Je n'aurais jamais cru ça de toi ! s'écria-t-elle en se débattant de toutes ses forces.

— Nous ne ferons rien, la rassura Matteo. Je savais que Malvolio nous espionnait sur les écrans de sécurité : c'est pour cela que j'ai été brutal avec toi. Mais je ne te ferai plus aucun mal, Bella, je te le jure.

Il la lâcha.

— Et, à partir de maintenant, je ne te toucherai plus.

Complètement déroutée, Bella porta la main à sa joue et recula jusqu'au lit, où elle s'assit. Il avait raison : il y avait des caméras dans tous les couloirs, dans l'ascenseur… Malvolio surveillait son personnel comme un faucon, mais pas jusque dans les chambres.

À présent, elle comprenait la signification du long regard que lui avait adressé Matteo, au bar, ainsi que la retenue avec laquelle il lui avait caressé la cuisse. Il avait agi ainsi pour l'éloigner de Malvolio.

— Tu aurais dû me le dire.

— J'ai essayé.

— Tu aurais dû essayer davantage ! insista-t-elle, le cœur battant. M'expliquer !

— Pour que nous venions jusqu'ici en nous tenant par la main ? répliqua-t-il d'un ton dédaigneux. Je suis désolé de t'avoir giflée, mais je devais t'arrêter…

Bella resta silencieuse et regarda autour d'elle. La chambre ne lui était pas inconnue, bien sûr, vu qu'elle travaillait à l'hôtel.

— Je suppose que Malvolio a droit à la suite présidentielle ?

Matteo se contenta de hocher la tête.

La porte-fenêtre était ouverte sur la nuit, laissant pénétrer un doux mélange de parfums. Le ventilateur était arrêté, remarqua Bella en levant les yeux au plafond.

— Tu veux que je le mette en route ? demanda Matteo.

— Ça m'est égal.

Il tendit le bras pour appuyer sur l'interrupteur, et le ventilateur commença à tourner.

— Alors, on reste là à attendre ? reprit Bella.

— Oui.

Au lieu d'être soulagée comme il s'y attendait, elle éclata d'un rire moqueur.

— Ah je vois ! Matteo, le grand sauveur ! Tu ne comprends pas que tu ne fais que retarder l'inévitable ? Tu crois vraiment m'aider ?

— Tu n'es pas obligée de…

Il s'interrompit. À Bordo Del Cielo, on avait rarement le choix.

— Tu pourrais t'en aller, ce soir.

Elle ne daigna même pas lui répondre.

— J'ai entendu dire que Sophie partait à Rome pour être plus proche de son père, continua-t-il. Pars avec elle. Je me serai endormi après nos ébats et ne me serai rendu compte de rien…

— Oui, et de quoi est-ce que je vivrai, à Rome ? riposta-t-elle en redressant le menton.

— Tu retomberas vite sur tes pieds, j'en suis sûr.

— Non, je ne peux pas m'en aller. Mais merci quand même pour ce petit répit, dit-elle en se levant.

Quand elle se mit à marcher de long en large, Matteo s'assit dans un fauteuil et la suivit du regard. Soudain, elle s'arrêta devant la bouteille de vin posée sur une petite console et la prit.

— Ouvre-la, dit-il.

— Je croyais que tu voulais garder les idées claires…

— Plus maintenant.

Il contempla la marque rouge sur sa peau fine, presque transparente. En outre, sa robe noire était déchirée, et il entendait encore sa voix vibrer de terreur.

Son cœur se mit à battre sourdement tandis que, sans rien montrer de son trouble, Matteo la regardait verser du vin dans deux verres. Sa main ne tremblait plus, remarqua-t-il.

Quand elle lui tendit l'un des deux verres, leurs doigts se frôlèrent en même temps que leurs regards se croisaient.

Bella lui adressa alors un petit hochement de tête, comme pour le remercier de l'avoir aidée. Mais elle avait raison, il n'avait fait que repousser l'inévitable, hélas.

Puis elle s'avança vers la porte-fenêtre et sortit sur le balcon. Lorsque, au bout de quelques instants, Matteo l'y rejoignit, elle se tourna à demi vers lui, un faible sourire aux lèvres, avant de contempler de nouveau le paysage presque noyé dans l'obscurité.

— La Tunisie n'est pas si loin…

Elle tendit le doigt devant elle.

— Kélibia est là, juste en face. Je m'entraînais tous les jours autrefois : je croyais pouvoir m'enfuir à la nage et arriver jusque là-bas…

— Tu pourrais t'enfuir, répliqua Matteo. Enfin, pas à la nage, évidemment… Tout le monde est au bar, Bella : tu pourrais *vraiment* partir ce soir, et être à Rome demain matin.

— Je ne peux pas abandonner ma mère, répliqua Bella. Ou plutôt je ne *veux* pas l'abandonner.

— Tu préfères cette vie ?

— Personne ne préférerait *cette vie*.

Elle se tourna franchement vers lui.

— Mais comment pourrais-tu le comprendre, puisque tu en fais partie ?

Matteo ne disait jamais le fond de sa pensée. À personne. Il ne parlait que lorsqu'il y était obligé, et très peu. Il regarda Bella appliquer le verre contre sa joue meurtrie pour apaiser la sensation de brûlure. Non, il ne lui dirait pas qu'il en savait beaucoup plus qu'elle ne le pensait. Il ne lui révélerait pas non plus que lui-même allait ficher le camp pour toujours le lendemain matin. Cependant, il pouvait lui parler un peu de son passé, dans l'espoir de la pousser à s'en aller.

— Je comprends plus que tu ne le crois.

Elle haussa les sourcils d'un air dubitatif.

— J'ai essayé de m'enfuir, une fois, poursuivit-il. C'était il y a deux ans, le soir de Noël. Malvolio avait organisé une grande fête et j'espérais qu'il serait tellement occupé que, lorsqu'il remarquerait mon absence, je serais loin...

— Je me souviens de cette fête, dit Bella.

— Quelques jours plus tôt, j'avais dit à Dino que j'en avais assez et que j'allais m'en aller.

— Comment a-t-il réagi ?

— Il n'a pas dit grand-chose. Du moins pas à moi. Il a préféré aller tout raconter à Malvolio.

Matteo resta silencieux un long moment avant de continuer.

— Il n'y a qu'une route pour quitter Bordo Del Cielo, Bella, alors je l'ai prise. J'avais dépassé les dernières maisons et je venais de franchir la rivière. J'ai voulu faire du stop, mais personne ne s'arrêtait, jusqu'à ce que...

— Malvolio arrive ?

Il hocha la tête en silence, revivant la terreur qui l'avait étreint au moment où la grosse voiture rouge avait ralenti à son niveau. Il revit la vitre se baisser, aperçut le revolver sous la veste. L'espace d'un instant atroce, il s'était vu étendu sur la chaussée, raide mort.

— Qu'a-t-il fait ? demanda Bella.

— Il m'a dit de monter et nous sommes allés faire un tour.

À chaque instant, Matteo avait su que sa vie ne tenait qu'à un fil.

— Il m'a emmené dîner. Tu sais comment il est…

Bella acquiesça d'un hochement de tête.

— Je savais que je devais réfléchir très vite, Bella. Et que, si je lui disais la vérité, j'étais fichu. Mais je savais aussi que, si je commençais à m'excuser, ce serait pire. Alors, au lieu de lui montrer ma peur, je me suis mis en colère…

Cette fois, Bella le regarda en haussant les sourcils. Non seulement elle avait du mal à imaginer Matteo terrifié, mais aussi à concevoir que quiconque puisse s'emporter contre Malvolio et s'en tirer à bon compte…

— Je lui ai dit que j'en avais marre d'être traité comme les autres. Que j'étais plus âgé que Dino, plus intelligent et plus fidèle que tous ceux qui travaillaient pour lui. Je lui ai dit aussi que je voulais être traité avec plus de respect, être payé plus que les autres et être plus élégant qu'eux.

— Ça a marché ?

— En partie. Maintenant, Malvolio fait venir un tailleur de Milan une fois par an, il porte des costumes hors de prix – même s'ils sont de mauvais goût – et, moi, je ressemble à une star du foot ou du show-business.

Cette fois, Bella éclata de rire et Matteo se surprit à sourire.

— J'aime ta façon de t'habiller, dit-elle. Et je m'intéresse beaucoup à la mode, féminine *et* masculine.

Bella le regarda sourire tandis qu'un long frisson naissait au creux de ses reins. Elle était seule avec lui. Dans cette suite, ils étaient coupés du monde.

— Mais il se méfie toujours de moi, reprit Matteo de sa belle voix de baryton. À juste titre, d'ailleurs…

— Pourquoi me racontes-tu tout cela ?

— Pour te faire comprendre que je sais à quel point c'est difficile de partir d'ici. Les occasions sont rares : cette nuit, tu en as une.

— Le soir où tu as tenté de t'enfuir, je t'attendais…

— Comment ça ? fit-il d'un air surpris.

— Tu me plaisais, déjà depuis longtemps, avoua Bella.

Une drôle de sensation parcourut Matteo. Il était habitué à plaire aux femmes, mais c'était la façon dont elle l'avait dit, si simplement, si franchement, qui le surprenait. Le *troublait.*

— Tu ne t'en étais pas rendu compte ? demanda-t-elle.

— Non.

— Tu crois que mes joues sont naturellement rose vif ? insista-t-elle en riant. Et que je souffre de bégaiement compulsif ?

— Je n'ai jamais…

Au lieu de lui dire qu'il ne s'était jamais vraiment interrogé à son sujet, il lui sourit de nouveau.

— Oui, j'ai remarqué que tu rougissais dès que je posais les yeux sur toi, dit-il. Et que tu avais tendance à t'embrouiller, mais je pensais que tu étais timide…

— Absolument pas ! Mais, quand je me retrouve près de toi, je perds tous mes moyens, et je ne trouve plus mes mots.

— Tu n'as pas ce problème maintenant, en tout cas !

En effet, réalisa Bella. Peut-être parce qu'elle parlait maintenant avec le vrai Matteo. Celui qu'elle avait toujours deviné sous ses airs ténébreux et distants.

— Non, mais je rougis quand même.

Cette petite provocation eut un effet inattendu et dévastateur sur sa libido. Que Matteo domina aussitôt.

— Tu n'as pas à te forcer, Bella.

— Me forcer à quoi ?

— À jouer le jeu.

Soudain, il réalisa qu'elle ne jouait pas. Au même instant, le téléphone sonna et elle éclata d'un rire dur et amer.

— Ils s'impatientent ! Ils se demandent pourquoi tu ne les rejoins pas ; tu devrais en avoir fini avec moi, à présent !

Bella le regarda soulever le combiné, puis comprit qu'il s'adressait à Gina. Il lui annonça qu'il passerait la nuit avec elle, Bella, avant de lui demander de transmettre le message à Malvolio. Il s'était exprimé en termes crus, qui durent plaire à ce dernier car des exclamations et des cris montèrent du rez-de-chaussée.

— Viens t'asseoir, dit Matteo en revenant vers le balcon.

— Pour quoi faire ? Pour manger les cacahuètes et boire le vin offerts par la maison ? Je te l'ai dit tout à l'heure : en m'amenant ici, tu n'as fait que repousser l'inévitable. Je ne suis pas Talia : je ne peux pas m'échapper en sortant par la porte de derrière !

— Qui t'a raconté ça ? demanda Matteo en fronçant les sourcils. Talia n'en aurait jamais parlé à personne.

— Sauf à son mari, peut-être. Ma mère connaît tous les secrets de Bordo Del Cielo, dit-elle en souriant devant son air surpris. Les hommes lui racontent des choses dont ils n'oseraient pas parler au bar…

Elle cessa de sourire.

— Demain soir, je retournerai travailler et ça va être drôlement plus douloureux que ça ne l'aurait été avec toi.

— Ne dis pas cela.

— Pourquoi pas ? C'est la vérité.

Voyant qu'il allait répliquer, elle l'arrêta d'un geste.

— Ne me dis plus qu'il faut que je m'en aille, s'il te plaît. Si tu veux vraiment m'aider…

— Oui ?

Bella contempla la Méditerranée maintenant presque noire. Tout en sachant que c'était impossible, la perspective de s'enfuir à la nage l'avait aidée à tenir durant des années. Et, ce soir, elle désirait vivre un petit morceau de son autre rêve.

— Tu pourrais me faire l'amour, dit-elle d'une voix qu'elle reconnut à peine. Je ne veux pas que ma première fois soit brutale…

Il secoua la tête en fermant les yeux, mais Bella ne se laissa pas décourager.

— Je sais ce qui m'attend, mais j'aimerais que tout se passe bien, insista-t-elle. Que ce soit différent.

— Tu veux que je prépare le terrain pour les autres, c'est ça ? rétorqua-t-il d'un ton sarcastique en rouvrant les yeux.

— Oui. Mais je veux aussi que tu me montres que ça peut être délicieux.

— Ça devrait toujours l'être.

— Serais-tu un amant attentionné, Matteo ? demanda-t-elle, incapable de s'empêcher de sourire.

— Non.

— Ce n'est vraiment pas mon jour de chance, alors…

Pourquoi réussissait-elle toujours à le dérider ? se demanda-t-il. Il y avait quelque chose dans sa franchise, dans la nuance moqueuse et douce à la fois qui colorait sa voix…

— Hé, reprit-elle avec un clin d'œil. Je devrais peut-être faire comme Gina avec Malvolio : être disponible uniquement pour toi…

Il faillit lui avouer qu'au matin il serait loin, mais s'en abstint. Ç'aurait été trop dangereux. Et puis, il connaissait à peine Bella, après tout.

— Non, ça ne risque pas d'arriver, dit-il simplement.

— Alors, puisque nous n'avons que cette nuit…, commença-t-elle en inclinant légèrement la tête. Nous pourrions retourner en arrière et tout recommencer à notre façon.

— Comment cela ?

— Eh bien, tu es peut-être venu à la fête, ce fameux soir, finalement. Tu es venu me retrouver et nous avons dansé, comme nous pourrions danser maintenant…

— Je n'aime pas danser.

— Moi non plus.

Tout en parlant, elle s'avança vers Matteo et lui passa les bras autour du cou tandis qu'il se laissait faire, le cœur battant à tout rompre.

Avant de s'en aller pour toujours, il pouvait peut-être danser avec cette femme au charme singulier et troublant, lui faire l'amour, et lui offrir la nuit dont il rêvait autant qu'elle.

— Viens…

Elle détacha les doigts noués sur sa nuque, et cette fois ils rentrèrent dans la chambre main dans la main.

Après avoir refermé la porte-fenêtre, Matteo laissa les

rideaux ouverts pour que la lumière de la lune baigne leurs corps nus plus tard.

Et, lorsqu'il prit Bella dans ses bras, elle se mit à trembler. Tout doucement, il caressa la joue qui prenait maintenant une teinte bleutée. Il se détestait de l'avoir effrayée, de l'avoir frappée ainsi.

— Tu vas avoir un bleu, murmura-t-il.

— Ce n'est pas grave. L'essentiel, c'est que Malvolio y ait cru.

Mais ce qui se passait maintenant, ce salaud n'en saurait rien, songea Bella au moment où Matteo effleurait ses lèvres des siennes.

Emerveillée, elle découvrait que cet homme sombre et taciturne possédait des réserves infinies de douceur. Même sa joue rugueuse lui paraissait douce, sur la sienne.

Le baiser arraché dans l'ascenseur ne comptait pas. C'était celui qu'ils partageaient maintenant, le vrai premier.

Quand Matteo écarta le visage du sien, ses lèvres étaient rouge vermillon.

— Tu as du rouge à lèvres, dit-elle en souriant.

Il reprit sa bouche avec fièvre, sa langue caressant la sienne, s'y mêlant…

Les circonstances qui les avaient réunis dans cette chambre n'avaient plus aucune importance. Ils dansaient pour la première fois ensemble, étroitement enlacés, oublieux de tout ce qui n'était pas eux.

C'était Noël. Le Noël où elle avait attendu Matteo. Et il était venu. Enfin.

— La rue était vibrante de couleurs et de lumières, se souvint-elle à voix haute. Les arbres illuminés…

— Que portais-tu, ce soir-là ? demanda-t-il en refermant la main sur un sein prisonnier du soutien-gorge trop ajusté.

Bella appuya la tête contre son épaule et ferma les yeux en savourant la savante caresse.

— Je m'étais fait une robe rouge garance.

— Tu l'avais cousue toi-même ?

— Oui, en pensant à toi. Tu ne peux pas imaginer comme elle était belle, cette robe. Je m'étais maquillée pour la première fois et, quand je suis sortie de ma chambre, ma mère m'a ordonné d'aller me démaquiller.

Bella sourit à ce souvenir.

— Je lui ai dit que c'était un peu fort, venant d'elle !

— Et qu'a-t-elle répliqué ?

— Que s'*il* m'aimait vraiment, je n'avais pas besoin de maquillage ni de parfum.

Elle redressa la tête pour le regarder dans les yeux.

— Ensuite, elle m'a demandé comment il s'appelait.

— Tu le lui as dit ?

Bella hocha la tête.

— Et comment a-t-elle réagi ?

— Elle m'a recommandé d'être prudente, reconnut Bella. Puis elle a dit que tu n'étais peut-être pas aussi mauvais que Dino…

Leurs hanches se mouvaient ensemble ; de sa main libre, Matteo lui caressait les reins sous l'étoffe. Elle se sentait merveilleusement proche de lui, et en sécurité. Elle aimait sa mère, certes, mais celle-ci ne lui avait jamais procuré aucun sentiment de sécurité. Cependant, Bella ne lui en avait jamais voulu.

Matteo reprit sa bouche avec passion. Le satin bon marché n'était pas bien épais, mais il détestait ce soutien-gorge qui l'empêchait de caresser le petit sein haut qu'il devinait ferme et doux à la fois. Doucement, il fit glisser les bretelles de sa robe sur ses épaules et, quand il lui ôta son soutien-gorge, Bella ferma les yeux en laissant échapper un petit halètement contre sa bouche.

Lentement, il caressa enfin le bourgeon gonflé frémissant sous ses doigts, mais, quand il lui embrassa la tempe, il ne put mentir.

— Je déteste ce parfum, Bella.

— Moi aussi.

— Débarrassons-nous-en, alors.

Sans plus attendre, il l'entraîna dans la salle de bains où, sans desserrer son étreinte, il ouvrit les robinets. Ils continuèrent à danser, jusqu'à ce que la baignoire soit remplie, Bella en string, porte-jarretelles, bas résille et talons hauts, et lui toujours complètement habillé.

Bella adora le voir remonter sa manche pour tâter la température du bain et ajouter de l'eau froide. Puis il lui prit la main et la fit asseoir sur le rebord de la baignoire.

Sans relever les yeux un seul instant, il détacha les bas des jarretelles et les fit rouler jusqu'aux chevilles, détacha les brides des sandales…

Penchant la tête, il lui embrassa l'intérieur de la cuisse tandis que Bella soulevait légèrement les fesses pour le laisser lui ôter son string et son porte-jarretelles. Puis, agenouillé devant elle, il lui écarta doucement les jambes.

Entièrement nue, la gorge nouée, Bella le regardait en silence. La pièce était envahie de vapeur tiède, les enveloppant comme un cocon… Elle mourait d'envie que Matteo l'embrasse, là. Mais elle n'osait le lui demander. Par ailleurs, elle pressentait que, s'il le faisait, elle s'envolerait aussitôt dans la jouissance, parce que la simple sensation de sa bouche sur sa cuisse la transportait déjà à des sommets vertigineux.

Matteo dut sentir son trouble car il se redressa et lui prit la main pour l'aider à s'installer dans la baignoire. Puis, sans la quitter des yeux, il commença à se déshabiller.

— Tu viens me rejoindre ? demanda-t-elle en le regardant ôter sa veste et la suspendre à la patère fixée à la porte.

— Oui. Je veux être avec toi, pas seulement t'admirer de loin…

Bella renversa la tête en arrière et sourit.

D'habitude, le visage de Matteo gardait une impassibilité totale, en toutes circonstances ; son regard était dissimulé sous ses lunettes noires, ou restait distant et méfiant. Dans les rares occasions où il souriait, il le faisait avec arrogance ou dédain.

Mais, ce soir, une douce chaleur irradiait de son sourire et de ses yeux, les colorant d'une sensualité inouïe – pour elle et elle seule.

En même temps, il continuait de se déshabiller avec une lenteur exquise, et terriblement excitante. Suspendue au moindre de ses gestes, Bella le regarda déboutonner un à un les boutons de sa chemise, faire glisser les manches de coton blanc sur ses épaules musclées, ses bras… Elle brûlait de toucher cette belle peau hâlée, de caresser les mamelons plats. Bientôt… En attendant, elle se repaissait de la vue de son torse puissant, de sa beauté virile. Fascinée, elle vit les muscles jouer sous la peau tandis qu'il se tournait pour accrocher sa chemise à la patère. À cet instant, elle aperçut une fine cicatrice blanche sur son flanc.

— Que t'est-il arrivé ? demanda-t-elle.

— Une bagarre. Je n'ai pas envie d'en parler.

Après s'être débarrassé de ses chaussures et de ses chaussettes, il s'immobilisa un instant, comme pour faire durer le suspense. Bella retint son souffle ; une chaleur dense et moite se répandait entre ses cuisses.

Quand Matteo défit sa ceinture de cuir, elle remarqua, le cœur battant à tout rompre, que son érection gonflait l'étoffe de son pantalon. Puis Matteo ouvrit sa braguette.

Tout à coup, Bella cessa de respirer. La salle de bains s'était rétrécie, la vapeur brouillait les miroirs, mais elle avait la bouche sèche.

Elle s'humecta les lèvres en regardant Matteo se débarrasser du reste de ses vêtements que, cette fois, il laissa tomber sur le sol pavé.

Habillé, il était impressionnant. Nu, il était l'incarnation même de la beauté virile. Avec ces mollets galbés, ces cuisses aux longs muscles déliés… Et surtout, cette érection incroyable, fière, sombre, qui grandissait encore sous la caresse du regard de Bella.

Quand il entra à son tour dans l'eau, la baignoire déborda.

— On va provoquer une inondation, murmura Bella.

Les jambes puissantes de Matteo glissèrent de chaque côté de son corps, se refermant autour d'elle comme un étau.

— Nous risquerions de traverser le sol et d'atterrir dans le bar ! enchaîna-t-il en éclatant d'un rire incroyablement sexy.

Bella tressaillit. C'était la première fois qu'elle l'entendait *rire*.

— Tu as peur ? demanda-t-il aussitôt.

Elle secoua la tête. Comment aurait-elle pu avoir peur alors qu'il la regardait ainsi dans les yeux et que leurs deux corps vibraient à l'unisson ?

Avec Matteo, il n'y avait plus de place pour la peur.

Mais, alors qu'elle lui tendait ses lèvres, il se tourna pour s'emparer d'un gant de toilette.

— Un peu de patience, murmura-t-il.

— Je n'en ai aucune, avec toi.

— Eh bien, je vais te l'apprendre, petite gazelle…

Avec une délicatesse infinie, il entreprit de la démaquiller. Sa bouche gourmande s'était déjà occupée du rouge à lèvres, songea Bella en fermant docilement les yeux.

Matteo s'y prenait avec une douceur infinie. Alanguie, elle posa les mains sur ses cuisses et les caressa en se rapprochant de son impressionnante érection, mais sans oser la toucher.

Quand il eut achevé de lui nettoyer le visage, Bella n'y tint plus et effleura le membre épais et ferme. Matteo la laissa faire.

S'enhardissant, elle le prit alors plus fermement entre ses mains. Matteo lui savonnait maintenant le cou, mais il avait du mal à se concentrer. De plus en plus hardis, les doigts de Bella l'exploraient, le caressaient, le soumettant à une torture exquise.

Quant au sourire qui s'épanouissait sur sa belle bouche pulpeuse, il l'excitait à tel point qu'il avait du mal à refréner son désir.

Repoussant la main qui lui infligeait des tourments à peine supportables, Matteo lui souleva les hanches pour l'attirer vers lui tandis qu'elle basculait la tête en arrière, faisant flotter sa longue chevelure. D'un geste habile, il posa les chevilles de Bella sur ses épaules, s'offrant ainsi une vision des plus enchanteresses.

Il aurait aimé prolonger encore ces moments délicieux, lui laver les cheveux en prenant tout son temps, mais, maintenant qu'il avait eu un aperçu du rose le plus ravissant sur lequel il eût jamais posé les yeux, sa patience s'épuisait…

Doucement, il sortit de la baignoire, puis se pencha pour la soulever dans ses bras et l'emporter dans la chambre.

Il la déposa délicatement sur le lit. S'il brûlait de la prendre, il voulait d'abord la goûter…

Un vertige délicieux gagna Bella. L'air brassé par le ventilateur passait sur sa peau humide sans apaiser le feu qui couvait entre ses cuisses. Et, lorsque Matteo, agenouillé, lui saisit les jambes pour les poser sur ses épaules, avant de poser ses lèvres au cœur de son intimité, elle se sentit à la fois exposée, vulnérable, et terriblement excitée.

Le bouquet de sensations qui explosa en elle sous cette caresse de plus en plus appuyée ne ressemblait en rien à ce qu'elle avait pu imaginer. Les doigts enfouis dans les cheveux de Matteo, elle sentit une coulée de lave sourdre de son sexe. Il lui faisait l'amour avec ses lèvres et sa langue.

Enivrée, la tête renversée en arrière, Bella le repoussait, l'attirait tour à tour…

Quand elle jouit dans sa bouche, Matteo faillit basculer avec elle dans l'extase. Mais il réussit à contenir la marée qui se déchaînait en lui. Car il voulait jouir *en elle*, sachant que le plaisir serait encore plus grand, plus fort.

Tout en continuant à la caresser avec sa bouche, il tendit la main vers la table de nuit pour y prendre un préservatif.

— Nous n'en avons pas besoin, murmura Bella entre deux soupirs.

— Tu…

— Cette nuit, nous appartenons l'un à l'autre, Matteo. Il n'y a que toi et moi, et notre désir…

Il se redressa et, enlacés, ils roulèrent sur le lit. La bouche de son amant avait le goût de sa liqueur intime, son érection palpitait contre l'orée de son sexe. Sans cesser de l'embrasser, il glissa la main entre leurs deux corps pour guider son membre en elle.

Surprise par l'intensité de la douleur qui la traversait, Bella ne put retenir un sanglot. La souffrance allait diminuer, se dit-elle. Et faire place à la volupté…

À cet instant, Matteo donna un vigoureux coup de reins, puis s'arrêta et attendit. Il faisait preuve d'une délicatesse inouïe. Dès qu'elle se crispait, il ralentissait ; quand elle gémissait de plaisir, il insistait. Il continua ainsi, jusqu'à ce que la volupté emporte Bella jusqu'à des hauteurs insoupçonnées.

Le souffle court, elle laissa la jouissance déferler en elle, et sentit son corps se tendre, son cœur exploser… Elle sombra, s'envola, entraînée dans le flot impérieux que Matteo faisait naître en elle, emporté lui aussi par le plaisir…

Soudain, Bella poussa un cri. Il lui offrait un deuxième orgasme. Accrochée à lui, elle se laissa mourir de plaisir, se perdant en lui autant qu'il se perdait en elle, en une étreinte magique et éternelle.

Ils firent l'amour toute la nuit avant de s'effondrer sur le lit, enlacés et silencieux.

Peut-être allait-il proposer qu'ils se revoient ? songea Bella en contemplant ses beaux yeux gris.

— Si tu avais le choix, que ferais-tu maintenant ? demanda-t-elle soudain.

Il allait bientôt le découvrir, songea Matteo, qui bondit du lit et alla ouvrir la porte-fenêtre.

La fête était terminée. Aucun bruit ne montait plus du bar, ni de Bordo Del Cielo. Seul le murmure de la mer troublait le silence.

— J'aime cet endroit, dit Bella. Il s'y passe des choses moches, mais il y a aussi beaucoup de beauté.

Elle lui parla des thermes antiques et lui raconta que parfois elle s'imaginait être née à l'époque où ils étaient fréquentés.

— Je n'y suis jamais allé, avoua Matteo.

— C'est vrai ? Tu as tort, je t'assure.

Tout en parlant d'un ton enjoué, Bella savait qu'elle se leurrait elle-même, que leur histoire n'avait aucun avenir, qu'elle était déjà terminée.

— Nous pourrions aller y pique-niquer, continua-t-elle en souriant. Et y passer la journée…

— Pique-niquer ? répéta-t-il du bout des lèvres.

— Oui, nous pourrions emporter du bon vin et…

Sans répondre, Matteo traversa la chambre et entra dans la salle de bains. Après avoir pris une douche, il s'habillerait et s'en irait. La perspective de laisser Bella le troublait, il ne savait comment la quitter, mais il ne *pouvait pas* rester.

Parce qu'il désirait faire quelque chose de lui-même, de sa vie. Il en avait assez de la sale atmosphère qui régnait à Bordo Del Cielo, de la dépravation dans laquelle Malvolio se vautrait. Et, s'il restait, il serait forcé de jouer le rôle que ce salopard attendait de lui. Or Matteo voulait se créer un véritable avenir, sans souillure d'aucune sorte. Pour cela, il devait rompre avec son passé.

Pourtant, au lieu de se rhabiller, il se noua une serviette autour des reins et regagna la chambre.

Toujours au lit, Bella contemplait la vue qui s'offrait par la porte-fenêtre ouverte. Il contempla ses cheveux épars sur l'oreiller, remarqua une légère trace de mascara oubliée, sous l'œil gauche… Incapable de résister au sourire qui illuminait son visage, il se débarrassa de la serviette qu'il laissa choir sur le sol, se recoucha et la prit dans ses bras.

Le jour s'était levé, remarqua-t-il avant d'embrasser les lèvres qui s'offraient à lui. Sans doute était-ce la dernière fois qu'il verrait le jour se lever sur Bordo Del Cielo…

Car, s'il revenait, il serait accueilli par une balle de revolver.

La tête nichée au creux de son épaule, Bella resta immobile. Longtemps. Ni l'un ni l'autre ne bougeaient, n'esquissaient un geste.

Maintenant qu'elle avait vécu la nuit merveilleuse dont elle avait rêvé, l'avenir lui paraissait plus sombre encore. Car Matteo lui avait donné bien davantage que ce qu'elle avait attendu de lui, alors elle devait le laisser partir et accepter l'inéluctable.

Tout doucement, elle laissa glisser sa main sur son ventre plat et ferme, et sentit son membre viril réagir aussitôt. Sans réfléchir, elle posa les lèvres sur sa poitrine.

— Bella… Je vais bientôt m'en aller…

— Je sais, l'interrompit-elle. Mais avant que tu t'en ailles…

Matteo se fichait de renoncer à toute logique. De ressentir ce qu'il ressentait après une seule nuit partagée avec Bella. Il ne savait qu'une chose : qu'il ne pouvait plus l'abandonner derrière lui, comme Bella ne pouvait abandonner sa mère.

Sa bouche gourmande glissa sur sa poitrine, son ventre, sa langue s'aventura sur son érection…

— Bella, tu vas partir avec moi.

Elle éclata de rire, comme si sa proposition relevait de l'absurde.

— Non, murmura-t-elle. C'est toi qui vas t'envoler avec moi…

Sur ces mots, elle se redressa avant de s'installer à califourchon sur ses cuisses, puis se pencha pour le prendre dans sa bouche.

— Oui, murmura Matteo en fermant les yeux. Oui…

Quand il s'accrocha à ses cheveux, Bella se souvint de la façon dont il l'avait goûtée la veille au soir. Savourant le pouvoir qu'elle exerçait maintenant sur lui, elle s'employa à lui offrir le même plaisir.

Matteo referma la main sur son sein, en caressa la pointe gonflée tout en encourageant Bella d'une voix rauque. Puis il renonça à la guider et savoura ses caresses qui valaient mille fois celles de la plus habile des maîtresses.

La jouissance le prit par surprise, et le cri qui lui échappa ne fit que stimuler davantage encore Bella, qui, éperdue, s'abandonna.

Un peu plus tard, quand elle se rallongea à côté de lui, il se tourna vers elle et la regarda dans les yeux.

— Je m'en vais tout à l'heure, Bella. Et tu pars avec moi.

— Je…

Il ne la laissa pas continuer.

— Ta mère aussi. Nous partons tous les trois.

10.

Assise sur une chaise à côté du lit où reposait sa mère, Bella regarda la perfusion fixée à son bras amaigri en repensant au moment où elle était rentrée chez elle, après avoir quitté Matteo le cœur empli d'espoir.

Les épaules et le dos raide d'être restée dans la même position toute la nuit, elle contempla le visage livide et les traits las de Maria. Après trois mois de lutte pour rester en vie, celle-ci avait fini par renoncer et maintenant son état se dégradait rapidement.

Une infirmière entrebâilla la porte et dit à voix basse :

— Quelqu'un vous demande au téléphone, Bella. Vous pouvez prendre l'appel dans le bureau… Je reviendrai plus tard pour changer la perfusion.

Ce serait sans doute la dernière fois, songea Bella en se levant. Elle n'aimait pas l'idée de s'éloigner de sa mère maintenant, mais c'était probablement Sophie.

Quand elle était arrivée à Rome, son amie avait appelé chez Maria et était tombée sur Sylvia, venue remettre un peu d'ordre dans la maison. Aussi Sophie connaissait-elle la triste nouvelle.

— Je suis désolée pour Paulo, dit Bella. J'ai regardé les informations.

— Quarante-trois ans de réclusion, répliqua Sophie avec des larmes dans la voix. Il finira sa vie en prison.

— Comment a-t-il réagi ?

— Il s'est effondré et depuis il n'arrête pas de pleurer.

Il est très faible, confus, et très inquiet pour moi. Alors j'ai menti : je lui ai dit que Luka était à Rome avec moi…

— Tu as bien fait, répliqua Bella avec chaleur.

— Et j'ai trouvé du travail, continua son amie. Au Fiscella. Si tu voyais tout ce luxe, Bella…

Sophie s'interrompit, puis demanda doucement :

— Comment va-t-elle ?

— Je crois que la fin est proche.

Bella resta silencieuse à son tour, un long moment.

— Il faut que tu prennes une décision, dit-elle enfin avec calme.

— Oui, je sais, acquiesça Bella. Après les obsèques…

— Bella, il ne faut pas que tu retournes là-bas. Si tu y vas, il ne te laissera pas partir.

Elle avait raison, reconnut Bella en son for intérieur. Depuis l'hospitalisation de sa mère, elle n'avait pas remis les pieds à Bordo Del Cielo, et avait expliqué à Malvolio que Maria avait besoin d'elle. Ce qui était vrai. Mais la patience de ce salaud atteignait ses limites.

— Bella, il faut que je raccroche ! Je t'appelle de l'hôtel et je n'ai pas intérêt à me faire prendre…

Après avoir dit au revoir à son amie, Bella sortit du bureau au moment où Malvolio apparaissait au bout du couloir. Il passait de temps en temps, davantage pour la surveiller elle que pour voir Maria.

— L'infirmière m'a dit que quelqu'un te demandait au téléphone… ?

— Oui, une amie de ma mère, répondit Bella d'un ton neutre. Elle voulait prendre des nouvelles.

— C'est la journée « nouvelles », décidément. Matteo a appelé Dino, tôt ce matin.

— Cette sale brute ! répliqua Bella en remerciant mentalement Matteo de l'avoir giflée, ce soir-là.

Lorsqu'il avait appris le départ de son fils et de celui qu'il avait élu comme son bras droit, Malvolio était entré dans une rage folle. Aussitôt après, il était allé trouver Bella et l'avait soumise à un interrogatoire serré. Il se moquait de Sophie, mais la fuite des deux autres l'avait rendu fou furieux.

— Matteo a demandé ce que tu devenais, dit Malvolio.

Bella affecta l'indifférence alors qu'en réalité son cœur lui martelait la poitrine.

— Dino ne lui a pas parlé de ta mère. Il a pensé que tu ne voulais pas forcément que Matteo soit au courant. Alors il a dit que tu appréciais de travailler au bar…

Il la testait, comprit Bella. Parce qu'à travers elle il espérait toujours atteindre Matteo. Mais s'il croyait qu'elle allait se trahir, ou le trahir, il se faisait des illusions.

— … et qu'il profitait bien de tes services, enchaîna Malvolio.

Serrant les poings, elle s'ordonna de garder son calme. S'interdit de rien montrer. Matteo lui avait dit que personne ne devait savoir qu'il s'intéressait à elle… Comment avait-il réagi aux paroles de Dino ?

— Je dois retourner auprès de Maria.

— On m'a dit qu'elle n'allait pas bien du tout. Mais elle a tenu plus longtemps que prévu : ça fait combien de temps, maintenant ?

Bella perçut sans difficulté le sous-entendu : cela faisait trop longtemps qu'elle-même restait éloignée du bar.

— Trois mois, répondit-elle d'un ton détaché.

— Ça représente un sacré manque à gagner pour toi, Bella. Tu dois t'inquiéter pour les obsèques, mais tu n'as pas de soucis à te faire : je prendrai tout en charge. Ta mère mérite de nous quitter dignement.

Et Bella se retrouverait liée à lui par une première dette…

— Bella !

L'infirmière sortit en trombe de la chambre et lui fit signe de venir tout de suite.

Quand Bella arriva au chevet de sa mère, elle comprit que celle-ci vivait ses tout derniers instants. Doucement, elle la prit dans ses bras et la berça en lui murmurant qu'elle l'aimait, qu'elle la remerciait de son amour, tandis que Maria quittait ce monde, en paix.

Longtemps, elle resta assise à côté du lit où reposait sa mère, sachant au fond de son cœur que celle-ci comprendrait qu'elle n'assiste pas à ses obsèques.

— Si je rentre maintenant, dit-elle à voix haute, ça sera fichu pour moi.

Malvolio s'arrangeait pour faire travailler les filles jusqu'à l'épuisement, afin qu'elles n'aient même plus la force de réfléchir. Et, le jour où elles n'avaient plus assez d'énergie pour travailler, il leur fournissait de quoi se rétablir…

— Je t'aime, maman, répéta Bella.

Après avoir déposé un dernier baiser sur son front, elle lui ôta doucement sa bague en or sertie d'un petit rubis et se la passa au doigt.

— Je ferai tout pour la garder toujours, promit-elle.

Tout en sachant que, s'il le fallait, elle la vendrait peut-être un jour. En effet, elle ne possédait rien d'autre que les vêtements qu'elle portait sur le dos.

L'argent de Matteo avait servi à payer les repas pris à la cafétéria de l'hôpital, à acheter des bricoles pour sa mère.

— Bella, commença l'infirmière en poussant la porte. Votre ami demande si vous en avez encore pour longtemps.

— Mon ami ? répéta Bella en se levant.

Au même moment, Malvolio apparut. Elle avait oublié sa présence.

— Viens, dit-il. On te ramène à la maison.

Bella aperçut alors Dino derrière lui, qui s'avança vers elle et la prit par le bras avant de l'entraîner dans le couloir.

« Il n'y a qu'une route pour quitter Bordo Del Cielo », avait dit Matteo.

La mort dans l'âme, Bella monta à l'arrière de la voiture de Malvolio, pour prendre cette route dans le mauvais sens.

Elle venait de laisser passer sa deuxième chance.

Sylvia s'était bien occupée de la maison en son absence, et des fleurs fraîchement coupées attendaient Bella dans un vase posé sur la table.

Tout allait s'enchaîner très vite, à présent : une messe serait dite tout à l'heure pour Maria ; l'enterrement aurait lieu le lendemain… Et Bella était attendue au bar le soir même.

Une seule personne aurait pu l'aider. Matteo. Mais elle ne savait comment le joindre. Soudain, elle se rappela que sa mère l'appelait parfois, pour lui demander de venir prendre l'argent du loyer.

Bella se rendit dans l'entrée, ouvrit un tiroir et en sortit un mince carnet noir dans lequel elle trouva rapidement le nom de Matteo et son numéro de portable.

La main tremblante, elle souleva le combiné, mais sans obtenir de tonalité. Elle le reposa, recommença, avant de réaliser que la ligne avait dû être coupée en son absence.

Alors qu'elle s'apprêtait à aller l'appeler d'une cabine, quelqu'un frappa puis poussa doucement la porte. C'était Sylvia qui l'embrassa avec chaleur et lui dit qu'elle venait la chercher pour l'accompagner à l'église.

— Tu vas être débordée, Bella, poursuivit-elle. Alors je cuisinerai chez moi ce soir et apporterai tout ici demain matin. Comme ça, nous pourrons préparer la maison pour accueillir les invités.

Après l'avoir remerciée, Bella alla se changer dans sa chambre. Quelques instants plus tard, vêtue de noir, elle se dirigea vers la chambre de Maria.

Tout y était comme avant, les vêtements suspendus dans l'armoire, les photos sur la commode, la brosse à cheveux en argent, les flacons de parfum… On aurait dit que sa mère était encore en vie, que, si Bella se retournait, elle la verrait, là, allongée dans son lit.

— Bella ! cria Sylvia depuis l'entrée. Il faut qu'on y aille !

Tout le monde était venu rendre un dernier hommage à Maria. L'église était presque pleine, constata Bella en entrant dans le vieil édifice de pierre. Les femmes la saluèrent les lèvres pincées, tandis que leurs maris, qu'elle avait souvent vus franchir la porte de la maison, évitaient de croiser son regard.

La messe fut longue. Immobile sur sa chaise, Bella ne versa pas une larme. Elle était trop terrifiée par l'avenir pour pleurer.

Une fois l'office terminé, elle resta à l'intérieur et dit une dernière prière pour sa mère avant de retourner à la maison. Là, au lieu de préparer à manger pour le lendemain, elle s'allongea sur le lit de Maria en serrant dans sa main le petit bout de papier sur lequel elle avait recopié le numéro de Matteo.

À la nuit tombée, elle quitta la maison et se dirigea vers la cabine téléphonique la plus proche.

— Bella ?

Au son de la voix tant haïe, elle tressaillit violemment. À cette heure-là, Malvolio aurait dû être au bar…

— Qu'est-ce que tu fabriques dans la rue toute seule ?

— J'allais juste faire un tour.

— Je peux t'accompagner ?

— En fait, je comptais retourner à l'église. Je voudrais m'asseoir à côté du cercueil et prier Dieu pour le salut de son âme.

Malvolio la regarda en fronçant les sourcils puis, après avoir répliqué qu'il prierait lui aussi pour Maria, s'éloigna rapidement.

Soulagée, Bella le regarda disparaître au coin de la rue, puis se rendit à l'église. Après s'être recueillie un long moment, elle adressa un ultime baiser à sa mère du bout des doigts et s'en alla.

Ensuite, elle regagna la petite maison. Parce que Malvolio la surveillait, elle en était certaine. Alors, mieux valait ne pas téléphoner maintenant… Quant à se rendre à la gare ou à faire du stop, c'était exclu.

Elle repensa à ce que Matteo lui avait raconté, à sa terreur en voyant la voiture rouge ralentir à son niveau.

Il n'y avait qu'une seule issue.

Après avoir pris la brosse à cheveux en argent de sa mère et l'un de ses beaux flacons, elle sortit de la chambre et alla remplir une bouteille d'eau. Attrapant au passage quelques pâtisseries laissées par Sylvia, elle jeta un dernier regard autour d'elle, puis quitta la maison.

Par la fenêtre de la cuisine.

D'un côté de la route, la mer clapotait doucement, plongée dans l'obscurité. De l'autre s'étendait la forêt, dense, profonde, mais Bella n'avait pas peur de la nuit, ni des grands arbres sous lesquels elle s'avançait maintenant. La forêt était son amie, elle la protégeait. Bella y était souvent venue se réfugier enfant puis adolescente, pendant que sa mère « recevait du monde » à la maison.

Après avoir marché d'un bon pas sous les hautes futaies, elle parvint enfin aux thermes antiques et s'assit sur un muret presque intact pour boire et manger une pâtisserie.

La lune baignait de sa pâle clarté les portiques et les colonnes en ruine, projetant des ombres mystérieuses sur les bassins de pierre.

Ayant repris des forces, Bella se leva et se dirigea vers les lumières de la station-service qui scintillaient au loin. Sa mère lui avait parlé de cette station. C'était là qu'elle venait quand elle avait besoin d'argent. Et ce qu'elle gagnait ces jours-là, Malvolio n'en savait rien.

Quand Bella arriva sur le terre-plein, le soleil s'était levé. Sans reprendre son souffle, elle se dirigea droit vers la cabine téléphonique et composa le numéro de Matteo.

Une voix de femme lui répondit.

— Est-ce que je pourrais parler à Matteo ?

— Non, murmura son interlocutrice entre deux halètements. Parce que, pour vous parler, il… faudrait qu'il arrête de me…

Un long gémissement suivit, très explicite, puis la communication fut coupée.

Bella raccrocha, puis s'adossa dos à la paroi de verre. Soudain, elle se sentait affreusement lasse et seule au monde.

— Vous avez besoin d'aide ?

Un homme immobile se tenait devant la cabine et la regardait en plissant le front.

Bella poussa la porte.

— Je voudrais aller à Rome.

— Je peux vous emmener jusqu'à Messine...

— Maintenant ?

— Maintenant.

Bella le suivit jusqu'à son camion et y grimpa avec un soupir de soulagement. Mais, quand elle se tourna vers le chauffeur pour le remercier, elle resta muette d'horreur...

Il la regardait en faisant des gestes obscènes.

— Avant de partir, dit-il avec un clin d'œil.

Atterrée, Bella se détourna pour ouvrir la portière quand elle aperçut, dans le rétroviseur latéral, une voiture rouge.

Elle avait marché toute la nuit pour se retrouver nez à nez avec Malvolio !

— Démarrez, ordonna-t-elle en serrant les poings. Nous nous arrêterons un peu plus loin.

Le routier regarda Malvolio sortir de voiture, se diriger vers la boutique, puis se tourna vers Bella.

— Pressée ?

— Démarrez immédiatement, je vous en supplie...

11.

— Santé !

En dépit de l'heure matinale, ils burent du champagne à bord du jet qui les ramenait à Bordo Del Cielo.

Ensuite, Luka s'affaira sur son smartphone, Paulo alla se détendre dans l'aire de repos, et Bella s'installa derrière un rideau pour terminer la robe de Sophie.

— Ça va, Bella ? demanda celle-ci en scrutant son visage fatigué et ses yeux encore gonflés.

Bella se força à sourire.

— Oui, ça va, ne t'en fais pas.

— Si ça peut te réconforter, Luka vient de me dire que Matteo viendrait seul.

— Je m'en fiche, mentit Bella. Je suis un peu triste parce que je m'étais toujours promis que, lorsque je reviendrais à Bordo Del Cielo, ce serait pour donner une sépulture décente à ma mère… J'ai encore un peu d'économies, mais je ne crois pas que ça suffirait.

— J'ai honte, Bella. C'est à cause de moi que tu n'as presque plus rien…

— Tais-toi, Sophie. Nous avions toujours eu l'intention de ramener ton père chez lui – et non seulement nous avons réussi, mais nous le ramenons en vie ! Alors notre argent a été bien dépensé ! conclut-elle en souriant.

Mais, visiblement, son amie n'était pas dupe de sa prétendue bonne humeur.

— Bella, pourquoi laisses-tu croire à Matteo que tu…

— Parce que je ne veux pas qu'il sache ce que je ressens pour lui.

— Mais, pourquoi ? insista Sophie en plissant le front.

— Parce que ça ne servirait à rien.

— À cause de Shandy ?

Non, à cause de moi, aurait pu répliquer Bella, mais elle n'en fit rien. Après tout, c'était normal que Sophie ne la comprenne pas, puisqu'elle ignorait tout de la honte, du dégoût d'elle-même qu'elle avait ressentis à bord du camion, ce matin-là.

— Après le mariage, et une fois que j'aurai donné une sépulture décente à ma mère, je vais recommencer à faire des économies, reprit-elle.

— Pour quoi faire ?

— Je vais tenter une dernière fois d'entrer dans une école de stylisme et, si ça ne marche pas, je me ferai faire des cartes de visite et m'installerai à mon compte. Je vais faire quelque chose de moi, Sophie ! Mon nom va devenir célèbre : toutes les femmes voudront avoir du Gatti dans leur garde-robe !

— Excellente idée ! approuva son amie en riant. Mais j'aurai été la première, ne l'oublie pas…

— Aucun risque !

Bella la quitta en souriant, puis s'installa à l'écart pour coudre les minuscules boutons à la robe de Sophie. Elle y apporterait les ultimes retouches à Bordo Del Cielo, avant de laver la robe.

Sa création serait une merveille et, si Sophie était abandonnée au pied de l'autel, elle n'en serait pas moins la plus belle mariée du siècle !

Les yeux embués, Bella contempla les maisons si familières, les rues qui n'avaient pas changé, la vieille église…

Lorsque le Brezza apparut, se dressant au pied de la colline, ce ne fut pas aux longues heures de travail qu'elle repensa, ni à sa terreur de se retrouver derrière le bar. Ce fut à la nuit merveilleuse passée dans les bras de Matteo.

La voiture longea la mer, avant de se garer bientôt devant la maison de Paulo. Bella ouvrit sa portière et inspira profondément : même l'air sentait meilleur, depuis la disparition du tyran.

— On ira à la plage, dans notre petite crique secrète ! s'exclama-t-elle, excitée comme une gosse de la ville arrivant en vacances.

Mais, pour l'instant, Sophie devait s'occuper de son père, épuisé par le voyage pourtant effectué dans les meilleures conditions possibles à bord du luxueux jet. Avec l'aide de l'infirmière embauchée par Luka, elle l'aida à sortir de la voiture et entra dans la maison en le soutenant.

Luka déclina l'invitation à boire un café. Il devait retrouver Matteo au Brezza, expliqua-t-il. Sans regarder Bella, il ajouta d'un ton détaché que son ami viendrait seul…

Elle tressaillit : ainsi, il était déjà arrivé…

Après avoir pris une douche, Bella enfila une courte jupe de coton couleur sable et un haut fantaisie chipé à Sophie, se maquilla avec soin et sortit.

Quand elle arriva devant son ancienne maison, elle constata avec surprise que celle-ci était inhabitée. Fronçant les sourcils, elle contempla les plates-bandes envahies par les mauvaises herbes, les vitres poussiéreuses…

Après avoir nettoyé un petit coin de fenêtre avec ses doigts, elle regarda à l'intérieur. Hormis les housses recouvrant les meubles, rien ne semblait avoir changé. Ce qui était *très* bizarre étant donné qu'elle savait que, aussitôt après la mort de Malvolio, les prix du marché immobilier avaient flambé. À présent, Bordo Del Cielo était devenu un lieu de villégiature réputé. Alors, comment se faisait-il que sa maison n'ait pas été vendue ?

S'écartant de la fenêtre, Bella rebroussa chemin d'un pas déterminé et retourna chez Paulo. Là, elle trouva un mot de Sophie disant qu'elle partait au cimetière avec son père.

Parfait, elle avait la maison pour elle toute seule pendant un petit moment…

Après avoir sorti la robe de son papier de soie, Bella cousit deux derniers petits ourlets invisibles. Elle avait à peine terminé qu'elle entendit les voix de Sophie et de Paulo par la fenêtre ouverte. Elle glissa rapidement la robe dans un grand sac de toile.

— Tu retournes faire un tour ? demanda Sophie en souriant. Tu as un rendez-vous ?

— Non, mais on ne sait jamais sur qui on pourrait tomber ! répliqua son amie avec un clin d'œil malicieux.

Une fois devant la maison où elle avait grandi, Bella réussit sans trop de difficultés à forcer la fenêtre de la cuisine et se glissa à l'intérieur.

Fugacement, elle se rappela la peur ressentie quand elle était partie en cachette… Mais, à présent, elle n'éprouvait plus aucune crainte. Au contraire, elle se sentait en proie à une sorte d'allégresse.

Tout en chantonnant, elle ôta les housses des meubles, nettoya les vitres, astiqua les planchers dont sa mère avait été si fière. Ensuite, elle ouvrit l'armoire de sa chambre et en sortit la robe rouge garance qu'elle emporta dans le salon. Là, elle coupa, cousit, puis lava son ouvrage.

Ensuite, elle s'occupa de la tenue de Sophie, l'essora délicatement dans une serviette, puis la suspendit à côté de la sienne dans le jardin pour la faire sécher au soleil.

Toujours pleine d'énergie, Bella arracha les mauvaises herbes, cueillit des fleurs en pensant à sa mère qui les adorait toutes, cultivées ou sauvages…

Son bouquet à la main, elle se dirigea vers le cimetière et en franchit bientôt les vieilles grilles rouillées.

Quelques instants plus tard, elle s'arrêta devant une tombe sur laquelle s'élevait une croix de bois.

Les larmes lui montèrent aux yeux. Des larmes de joie.

Car, si sa mère avait été enterrée avec les pauvres, quelqu'un lui avait néanmoins offert cette belle croix toute simple avec son nom gravé. Et non seulement sa tombe était entretenue avec soin, mais on y avait déposé des fleurs, certaines fraîchement coupées, d'autres déjà fanées.

Oui, Maria avait été aimée. Et on ne l'oubliait pas.

12.

Le jour où devait avoir lieu le mariage de Luka, Matteo marchait avec lui le long de la plage., sous un ciel marbré de longues traînées allant du mauve clair à l'orangé, en passant par de subtiles nuances de rose.

Ils avaient trop bu, s'étaient rappelé trop de souvenirs et avaient décidé de prendre l'air. Soudain, une vision aérienne apparut à Matteo : Bella. Vêtue d'une jupe courte et d'un haut fleuri à bretelles fines, les cheveux flottant au vent…

— Bonjour, Bella, dit Luka en inclinant brièvement la tête.

Elle hocha la sienne en silence, mais avec un petit sourire moqueur au coin des lèvres, remarqua Matteo.

— Comment va Sophie, ce matin ? demanda Luka.

— Bien, répondit Bella en redressant le menton. Et elle continuera d'aller bien, quoi qu'il arrive aujourd'hui. Je doute que tu puisses en dire autant.

— Qu'entends-tu par là, exactement ?

— Sophie est mon amie. Et moi, au moins, je ne prendrai pas le risque de la perdre, répliqua-t-elle en regardant Luka dans les yeux.

— Elle est avec Paulo ?

— Non. Elle est descendue à la crique.

Sur ces mots, Bella s'éloigna sans se retourner. Mais Matteo la rattrapa et lui prit le bras pour l'obliger à s'arrêter et à se tourner vers lui.

À la fontaine de Trevi, ce n'était pas du dégoût qu'elle avait vu dans son regard, réalisa Bella. C'était de la colère, comme celle qui brillait maintenant dans ses yeux gris.

— Je t'avais donné les moyens de partir ! cria-t-il. Je comprends que tu n'aies pas pu t'en aller tout de suite à cause de ta mère, mais je t'avais laissé suffisamment d'argent pour quitter Bordo Del Cielo plus tard…

Bella se libéra en éclatant d'un rire sombre et se remit à marcher.

— Gina a pris sa part, Malvolio la sienne, et ce qu'il restait…

Elle se tourna vers Matteo.

— Trois mois de repas à la cafétéria de l'hôpital, une écharpe achetée pour ma mère, des chaussons et autres bricoles du même genre. Tu veux que je t'en fasse la liste ?

— Tu n'avais qu'à m'appeler.

— Tu ne m'avais pas donné ton numéro.

— Tu aurais pu appeler Luka.

— Aurais-tu oublié comment Malvolio nous traitait ? J'aurais dû chercher le numéro de Luka sur mon ordinateur, peut-être ? Ou mon téléphone portable ? Sauf que je n'en avais pas. J'avais seulement accès aux cabines publiques de l'hôpital et, quand je suis rentrée à la maison, la ligne avait été coupée. Mais je *t'ai* appelé, Matteo. Ma mère est morte le lendemain du jour où la sentence de Paulo a été prononcée…

Matteo fronça les sourcils en blêmissant légèrement.

— J'ai trouvé ton numéro dans son carnet et je me suis enfuie. Je suis passée par la forêt et, oui, je t'ai appelé, mais tu étais trop occupé pour me répondre.

Sans détacher son regard du sien, elle demanda :

— Tu l'aimais ?

— De qui parles-tu ?

— De la femme dont tu *t'occupais* cette nuit-là…

— Je ne me souviens même pas de qui il s'agissait, reconnut Matteo.

À cette époque, il s'était mis à coucher avec toutes les

femmes qu'il rencontrait, pour chasser la vision insupportable de Bella avec Dino.

— Bien sûr ! répliqua-t-elle d'un ton ironique. Mais je sais au moins une chose sur cette femme : comme toutes les autres qui l'ont précédée ou suivie, c'est ton argent qui l'intéressait. Alors, dis-moi, qui est vraiment à blâmer, dans l'histoire ?

Matteo resta silencieux.

— Et toi, tu as essayé de m'appeler ? reprit-elle.

— Oui, souvent. Et, comme tu ne me répondais jamais et qu'ensuite la ligne semblait en effet avoir été coupée, j'ai appelé Dino…

Elle devait bien savoir ce que ce salaud lui avait dit.

Chassant les images abhorrées, il s'éclaircit la gorge.

— Luka est parti parler à Sophie, reprit-il. Je voudrais…

— Je n'ai pas besoin de ton rapport, Matteo, l'interrompit-elle sèchement. Je saurai ce qui s'est passé par Sophie. Comment as-tu trouvé le Brezza ?

— C'est aussi bien que Shandy ne soit pas là, au fond. Après le Fiscella, elle serait très déçue.

— Pas moi…

Le cœur battant, Bella le regarda.

— Je suis dans la même chambre, murmura-t-il. Rien n'a changé.

— Ah… Et à quelle heure veux-tu que je vienne t'y rejoindre ?

— Bella ! s'écria Matteo. Ce n'est pas ce que je voulais dire, bon sang !

Il ferma les yeux. Comment lui dire que l'imaginer avec d'autres hommes le torturait ? Que, pour lui, c'était un véritable supplice d'être revenu à Bordo Del Cielo, de se retrouver dans la chambre où ils avaient…

— Tu me veux en femme de chambre ? insista-t-elle. Puisque ta fiancée n'est pas là, nous pouvons peut-être nous amuser un peu…

— Oui…

Il la posséderait encore une fois, il se ruinerait pour elle, il ferait n'importe quoi pour revivre cette nuit-là.

Le baiser fut brutal, sauvage. Bella avait provoqué Matteo, certaine qu'il lui ordonnerait de ficher le camp, qu'il ne la désirait plus comme autrefois.

Mais elle s'était trompée.

Ce constat la toucha au cœur. De goûter à ce dont elle continuait de rêver, à ce qui lui avait tant manqué, de s'abandonner ainsi… Le baiser auquel elle répondait sans retenue lui rappela leur merveilleuse nuit.

Or tout avait changé, à présent. Et rien ne serait plus jamais possible. Incapable de retenir ses larmes, Bella arracha sa bouche de la sienne et repoussa Matteo de toutes ses forces.

— Je ne peux pas…

Parce que, si elle se permettait cette folie, elle y laisserait son âme.

Matteo s'allongea sur le lit, contempla le plafond où tournait le ventilateur. Ses souvenirs n'avaient rien perdu de leur éclat. Il lui avait fallu du temps, pour tenir sa promesse envers lui-même. Pour s'affranchir de son passé, se faire un nom, une réputation… Et pourtant, à cet instant, il se sentait prêt à tout balancer.

En demeurant toutefois conscient des conséquences d'un tel acte.

Matteo songea au cheikh qu'il allait rencontrer pour discuter de la création d'une chaîne d'hôtels. Comment pourrait-il lui présenter Bella comme sa femme, une fois que les journalistes se seraient livrés à toutes sortes d'élucubrations fantaisistes sur son passé ?

Allongé sur son lit, l'esprit en proie à un chaos indescriptible, Matteo comprit qu'il devait s'en aller. La proximité de Bella lui brouillait les idées, il était incapable de réfléchir.

Il était toujours étendu, les bras croisés sous la tête, lorsque Luka l'appela sur son portable.

— Oui ?

— Je vais épouser Sophie ! Ce sera un *vrai* mariage. Epargne-moi tes commentaires, Matteo. Sophie et moi…

— Je ne veux pas le savoir, l'interrompit Matteo.

Il ne voulait pas entendre son ami lui dire qu'il allait épouser la femme de sa vie, ni se voir dans l'obligation de danser avec Bella ce soir.

À présent, il ne désirait plus qu'une chose : que l'hélicoptère l'emporte loin de Bordo Del Cielo. Maintenant. Ensuite, il retournerait à la vie qu'il s'était créée, dans laquelle les femmes ne faisaient que passer sans laisser de traces.

Bientôt, il se retrouva dans une église archi-bondée. Cependant, ce ne fut pas sur la mariée que Matteo darda son regard quand elle s'avança dans l'allée centrale au bras de son père. Ce fut sur la jeune femme en rouge garance qui la suivait.

Elle portait la robe confectionnée pour lui autrefois, devina-t-il. Une création alliant sobriété et raffinement, et dont la teinte faisait ressortir la nuance singulière de ses yeux verts.

Bella était devenue une femme élégante, une vraie lady, songea-t-il en admirant sa démarche gracieuse et son port de tête. Doublée d'une styliste particulièrement douée.

Après avoir adressé un léger sourire à Matteo, Bella se concentra sur le mariage en s'efforçant de ne pas pleurer. Même si elle était sincèrement heureuse pour son amie, elle se sentait en proie à une tristesse infinie.

Sans regarder Matteo qui marchait à ses côtés, Bella sortit de l'église derrière l'heureux couple, sous les hourras et les félicitations fusant de toutes parts, accompagnés des traditionnels lancers de riz.

Tout le long de la rue, des tables décorées de rubans et de fleurs avaient été installées, sous les lampions colorés qui se balançaient gaiement aux branches des arbres.

Lorsque le moment tant redouté arriva, Bella vit Matteo se diriger vers elle, le visage impassible. D'une main tremblante, elle reposa son verre tandis que son cavalier s'inclinait devant elle. Puis il l'enlaça, le corps raide et le visage dénué de toute expression.

C'était l'enfer. Et le paradis.

Bella appuya la tête contre l'épaule de Matteo et ferma les yeux. Son corps puissant n'avait pas changé. Son odeur non plus, mélange subtil et délicieux des effluves de son eau de toilette et de son essence mâle.

Mais elle, elle n'était plus la même.

— Je suis désolé de t'avoir offensée ce matin, dit-il soudain.

— Tu as offensé également Shandy, répliqua Bella en redressant la tête. Je ne l'aime pas, mais je suis déçue de constater que tu étais prêt à la tromper.

— Nous avons rompu. Environ dix minutes après ce… cet incident provoqué par toi, dans notre chambre.

— Je ne te crois pas. Tu dis cela pour que j'accepte de te suivre au Brezza.

— Non. Je le dis parce que ce matin il ne s'agissait ni d'infidélité ni de mensonge. Il s'agissait de nous deux, et de mon désir pour toi.

— Et tu n'as pas songé à me l'expliquer ?

— Si. Mais j'ai jugé plus prudent de n'en rien faire.

— As-tu craint de te réveiller dans les mêmes circonstances qu'au Fiscella ? demanda Bella avec un faible sourire.

— Sans doute, répondit-il en souriant à son tour. Bella…

Matteo ferma un bref instant les yeux avant de poursuivre.

— Je m'en vais aussitôt après cette danse, dit-il d'une voix rauque. J'ai réservé un hélicoptère…

— Tu ne peux pas laisser tomber Luka…

— Il comprendra. Je dois m'en aller pour pouvoir réfléchir. Avec toi, j'en suis incapable…

Parce qu'il était aussi troublé qu'elle. S'il restait, s'il dansait encore avec Bella, ils retourneraient ensemble à l'hôtel. Alors que ce soir Matteo devait dominer son désir. Pour leur bien à tous les deux.

Il l'embrassa sur la joue, la serra un instant contre lui en s'enivrant du parfum de ses cheveux, puis lui dit au revoir avant de rejoindre Luka et Sophie.

Quelques instants plus tard, Bella regarda les feux de l'hélicoptère s'élever dans le ciel, puis se perdre dans la nuit.

Elle se retrouvait seule, une fois de plus.

13.

Soudain, Bella eut envie de se conduire en parfaite égoïste. De faire ce qu'elle désirait *vraiment* faire, pour elle et rien que pour elle.

— Sophie…

Bella regarda son amie. Jamais encore elle ne lui avait vu cet air radieux, ce visage épanoui. Non, ce mariage n'était pas une comédie… L'amour vibrait littéralement entre elle et Luka.

— Je vais faire une chose épouvantable, Sophie. Je… Je vais te laisser et m'en aller, maintenant.

— Partirais-tu à la poursuite de ton beau cavalier ? répliqua son amie en souriant.

Bella hocha la tête.

— Je ne serai jamais assez bonne pour Matteo, j'ai compris, mais…

Sa phrase resta en suspens. Bella n'avait pas à expliquer à Sophie qu'elle n'avait jamais oublié sa nuit passée avec Matteo.

Ni à lui dire qu'elle désirait renouveler l'expérience et en chérir le souvenir jusqu'à la fin de ses jours.

— Vas-y, dit Sophie en la serrant brièvement dans ses bras. Tu as besoin d'une voiture ?

— Non, j'ai demandé à Pino de m'emmener.

Après s'être éloignée des invités, Bella se dirigea vers le cimetière et se rendit sur la tombe de sa mère, où de nouvelles fleurs avaient été déposées.

— Je t'aime, maman. Et un jour je t'offrirai une pierre

tombale digne de toi, mais aujourd'hui je m'en vais, pour faire ce que j'ai *choisi* de faire.

Pino, qui avait délaissé la bicyclette pour la moto et menait maintenant une vie irréprochable, accéléra néanmoins à fond lorsque Bella le lui demanda.

C'était merveilleux de filer ainsi sur la route, de quitter Bordo Del Cielo et de rouler vers Matteo…

La forêt s'étendait comme autrefois, sombre et profonde, mais à présent Bella se sentait vraiment libre, libre de vivre ses propres choix, même s'ils étaient déraisonnables.

Elle prit le dernier vol de la journée et arriva à l'appartement à l'aube. Après avoir pris une douche, elle se sécha les cheveux mais ne se maquilla pas. Puis elle enfila sa robe vert pâle, ses chaussures plates à lacets. Elle le regretterait peut-être plus tard, mais pour l'instant elle n'écoutait que son cœur.

Quelques heures après avoir quitté Bella, Matteo avait déjà repris complètement possession de ses moyens et recouvré ses esprits.

Le choix qui s'était présenté à lui, devant cette même fontaine, était fait, à présent. Il sortit la pièce de sa poche et la jeta dans le bassin par-dessus son épaule.

Il reviendrait, avec Bella.

En attendant, il avait beaucoup à faire.

Une fois arrivé dans sa suite du Fiscella, il passa un certain nombre de coups de téléphone, avant de sombrer dans un profond sommeil.

14.

Bella franchit la porte réservée au personnel et pénétra dans l'hôtel, puis prit l'ascenseur conduisant au dernier étage.

Quelques instants plus tard, grâce à son passe, elle entrait dans la suite de Matteo. S'il n'était pas seul, elle tournerait les talons et s'en irait. Sans esclandre, ni seau d'eau renversé « par accident »…

Mais il était seul.

Immobile sur le seuil de la chambre, Bella le regarda en laissant ses yeux s'accommoder à la pénombre.

Cette fois, il n'avait pas suspendu ses vêtements avec soin… Ceux-ci étaient épars sur le tapis, ainsi que deux serviettes de toilette chiffonnées.

Lentement, elle promena son regard sur la silhouette recouverte d'un drap. Le visage détendu, un bras replié au-dessus de la tête et l'autre posée sur le ventre, Matteo dormait paisiblement.

Elle s'avança vers le lit avec l'intention de le réveiller d'un baiser, mais ses doigts brûlaient d'impatience. Ils se posaient déjà malgré elle sur une épaule musclée, en savouraient la peau chaude… Bella laissa glisser sa main sur son bras, comme pour s'assurer qu'il était bien réel.

Matteo luttait pour ne pas se réveiller. Dans son rêve, Bella était là, à côté du lit. Il sentait son parfum de femme, la caresse de ses doigts, sa douceur à nulle autre pareille.

Excité, il voulut glisser la main vers son érection, mais celle de Bella l'emprisonna. Puis elle se pencha pour poser les lèvres sur son torse, lui embrassa la poitrine, la gorge, le cou…

Sans rouvrir les yeux, Matteo accueillit la langue qui s'enlaçait sensuellement à la sienne.

Bella lui tenait toujours le poignet.

— Est-ce que je rêve ? murmura-t-il entre deux baisers.

— Peut-être que nous rêvons tous les deux, chuchota-t-elle en s'installant à califourchon sur lui.

D'une main, il déboutonna sa robe et retrouva le galbe ferme de ses petits seins ronds et nus. Elle lui avait tellement manqué, bon sang…

Le souffle court, Bella le repoussa et prit sa magnifique érection entre ses mains.

— Comment me veux-tu ? chuchota-t-elle.

— Exactement comme tu es, répondit-il en lui soulevant les hanches pour lui ôter sa robe.

À présent, il avait rouvert les yeux et, le regard soudé au sien, il lui adressa un sourire si sensuel et si tendre qu'un sanglot échappa à Bella.

Elle avait enfin retrouvé son amant.

Matteo déchira sa culotte d'un coup sec. Il la voulait entièrement nue, toute à lui. Il brûlait de retrouver le goût unique de sa peau, de sa chair, dans les endroits les plus secrets de son corps.

Faisant preuve d'un courage incroyable, Bella l'avait rejoint cette nuit sans savoir ce qu'il avait décidé pour eux. Elle avait eu le cran de venir le retrouver dans sa chambre sans même être sûre de l'y trouver seul… Son initiative, son audace le sidérait et attisait son désir.

Il attira contre lui son seul et unique amour, et l'embrassa avec passion. Puis il roula sur le flanc en l'entraînant avec lui.

Bientôt, leurs corps ne faisaient plus qu'un et Matteo, gagné par une délicieuse ivresse, oublia tout ce qui n'était pas l'instant présent et sa divine fusion avec Bella.

— Tu as quitté le mariage pour venir ici ?

— Oui. Dès que tu es parti, j'ai réalisé que j'avais commis une erreur. Je n'ai jamais regretté notre nuit au Brezza, Matteo. Ce sont les moments que nous n'avons pas vécus ensemble qui m'emplissent de remords. Et le fait que rien ne soit plus possible entre nous.

— Comment peux-tu le savoir ?

— Il y a des erreurs que l'on paye toute sa vie…

— Bella, l'interrompit Matteo. Je vivais dans l'univers de Malvolio, à ce moment-là, où tout était noir et blanc. Mais nous en sommes loin, à présent.

— Tu l'as dit quand même.

Bella lui raconta ce qui s'était passé pour sa mère lorsque Pierre était revenu.

— Quand il a appris ce qu'elle avait fait, il l'a regardée avec dégoût et repoussée, pour toujours.

— Est-ce que je t'ai jamais regardée avec dégoût ? demanda Matteo.

— Non. Mais tu ne sais pas comment j'ai réussi à arriver jusqu'à Rome, le jour où je me suis enfuie.

— Eh bien, raconte-moi.

— Je ne peux pas.

— Malheureusement, je crains que tu ne sois *obligée* de me le dire, Bella. Parce que j'ai besoin de comprendre. Je vois bien que quelque chose te hante… Que tu en as honte et que tu souffres…

Il plongea son regard dans le sien.

— Bella, tu peux *tout* me dire.

Il était sincère, comprit Bella. Ce n'était pas du dégoût qu'elle avait découvert dans ses yeux à la fontaine de Trevi, mais de la colère.

— Je n'en ai jamais parlé à personne, murmura-t-elle.

— Il n'est jamais trop tard pour commencer…

Bella ferma les paupières, inspira profondément, puis se lança. Elle lui raconta sa fuite, sa traversée de la forêt, sa halte aux thermes, sa tentative de le joindre par téléphone.

Après s'être interrompue un instant, elle évoqua la proposition du routier de l'emmener jusqu'à Messina, et la promesse qu'elle lui avait faite…

— Il t'a forcée à…

— Non, les choses ne sont pas allées aussi loin. J'ai voulu descendre du camion, mais tout à coup j'ai aperçu la voiture de Malvolio dans le rétroviseur…

Matteo comprenait mieux que quiconque la terreur qu'elle avait dû ressentir à ce moment-là.

— Ce salaud m'avait rattrapée, poursuivit-elle, les larmes aux yeux. S'il m'avait vue, il m'aurait ramenée de force, ou peut-être pire encore… Alors j'ai souri au type et je lui ai dit de démarrer, en lui promettant que nous nous arrêterions un peu plus loin. Comme il avait compris que j'étais pressée de partir, il a obéi et nous avons roulé pendant quelques minutes. Et ensuite…

— Et ensuite ?

Quand Bella leva les yeux vers lui, Matteo songea à la solitude atroce, à la vulnérabilité et à la terreur qu'elle avait dû ressentir dans ce camion arrêté à la lisière de la forêt.

— Ensuite… il a posé sa main sur ma cuisse et a commencé à me toucher. Mais je n'ai pas pu continuer, je l'ai giflé et je me suis enfuie. J'ai honte de lui avoir fait cette proposition indécente, d'avoir joué ce jeu ignoble…

— À ta place, j'aurais fait la même chose, Bella. J'aurais été capable de n'importe quoi pour échapper à Malvolio. Je suis désolé que tu aies eu à faire ça, mais je suis fier que tu l'aies fait.

Jamais, dans les divers scénarios qu'elle avait échafaudés, Bella n'aurait pu imaginer une telle réaction de la part de Matteo. Il venait de dire qu'il était *fier* d'elle…

— Et je suis fier que tu aies réussi à t'échapper.

— Merci, murmura-t-elle avec un faible sourire.

— Et après Messine ?

— J'ai refait du stop mais cette fois j'ai été prise par un automobiliste qui m'a emmenée jusqu'à Rome. Je mourais de peur mais il était très gentil. Il m'a donné la moitié de son sandwich et m'a parlé de sa famille. Mais le routier… Ç'a été les minutes les plus horribles de ma vie !

— Je comprends ! s'exclama-t-il. Mais maintenant il faut que tu oublies tout cela. Tu n'as rien fait de mal, Bella.

Quand il lui prit la main et la porta à ses lèvres, Bella se sentit belle, entièrement, et se serra contre lui en savourant sa chaleur et sa force.

Au même instant, on frappa.

— C'est le petit déjeuner, dit-il. Espérons que la femme de chambre ne sera pas maladroite, cette fois-ci…

— Il faut que je me cache…

— Ne bouge pas. Tu n'auras plus jamais à te cacher, Bella.

Le drap remonté jusqu'au cou, elle resta immobile dans le lit et vit entrer… Alfeo en personne.

Après un imperceptible moment d'hésitation, celui-ci dit en souriant :

— Bonjour, monsieur Santini.

Puis il se tourna vers Bella.

— Madame…

Pétrifiée et cramponnée à son drap, Bella fut incapable de prononcer un seul mot. En même temps, elle ne pouvait s'empêcher d'admirer le sang-froid de son directeur…

Sans cesser de sourire avec déférence, Alfeo leur servit le café, en informant Matteo que l'hélicoptère serait prêt à décoller dans une demi-heure comme il l'avait demandé. Ensuite, au grand soulagement de Bella, il s'en alla.

— J'ai perdu mon job !

— Je te rappelle que tu es au lit avec le patron ! répliqua Matteo en souriant.

— Le patron qui va s'en aller à Dubaï, dit Bella sans lui rendre son sourire.

— On ne peut pas se rendre à Dubaï en hélicoptère, Bella. J'ai repoussé mon voyage. Cet hélicoptère va me ramener à Bordo Del Cielo.

— Pourquoi retournerais-tu là-bas ?

— Parce que je pensais t'y trouver ce matin. Quand j'ai atterri à Rome hier soir, je réalisais déjà mon erreur. Nous en avons tellement fait, des erreurs, toi et moi ! Je voulais te dire que je t'aimais hier, mais je m'y suis mal pris. Alors, je voulais réparer ça ce matin.

Il se tourna vers la table de nuit et prit un petit écrin violet qu'il lui tendit.

— J'ai fait réveiller le bijoutier en pleine nuit, dit-il d'un air malicieux. Parce que je comptais retourner à Bordo Del Cielo pour te demander d'être ma femme.

Abasourdie, Bella ne peut que répondre :

— Mais… et si la presse découvre mon passé ?

Il éclata de rire.

— Les journalistes n'auront pas grand-chose à raconter !

— Et ma mère ?

— Tu es fière d'elle ?

Bella hocha la tête et contempla la bague qu'il venait de lui passer au doigt : un anneau de platine serti d'une magnifique émeraude flanquée de deux petits diamants.

— Alors, ils ne pourront pas t'atteindre, dit Matteo en se penchant pour attraper le journal.

Quand il le déplia, il vit la photo de Sophie et de Luka s'étaler en première page.

Après avoir parcouru l'article en diagonale, il lut à voix haute :

— « La mariée portait une robe fabuleuse signée Gatti, une toute nouvelle créatrice établie à Rome. »

Il se tourna vers Bella qui écarquillait les yeux d'un air ahuri.

— Ta carrière est lancée, Bella ! dit-il en souriant.

Non seulement sa carrière était lancée, en effet, songea Bella, aux anges, mais en outre elle allait épouser l'homme de sa vie !

Épilogue

— Ta robe est stupéfiante ! s'extasia Sophie. Mais je crois que les créateurs de chaussures vont te haïr…

Bella avait confectionné sa robe de mariée en utilisant exclusivement de la dentelle locale. Et, vu la sophistication et le raffinement de cette matière, suffisante en soi, elle avait opté pour une coupe simple, avec encolure dégagée et tombé fluide.

Pas de maquillage, ni de parfum, de boucles ou de chaussures. Pour seul ornement, Bella avait choisi des fleurs plantées autrefois par Maria, qu'elle s'était piquées dans les cheveux et tenait en bouquet à la main.

Le jardin comme la maison appartenaient maintenant à Bella puisque Luka, désireux de réparer les exactions commises par son père, avait demandé à ses avocats de restituer tous les biens extorqués de gré ou de force aux habitants de Bordo Del Cielo.

Le sourire aux lèvres, elle monta en voiture avec Sophie en cette belle fin d'après-midi lumineuse et le véhicule s'arrêta bientôt devant les grilles du cimetière.

Bella s'avança seule vers la tombe de sa mère et contempla les nouvelles fleurs déposées au pied de la croix.

— Je suis heureuse, maman. Matteo est le plus merveilleux des hommes. Bientôt nous irons nous installer à Londres…

Ou à Rome. Ou peut-être à Dubaï.

De plus en plus de femmes souhaitant s'habiller chez Gatti, les commandes commençaient à affluer du monde entier.

Et, comme les activités professionnelles de Matteo étaient internationales, ils avaient le choix.

— Je n'ai plus peur de la presse, poursuivit Bella.

Il y avait bien eu cet article paru dans un magazine très bon chic bon genre qui faisait allusion au passé trouble de Bella Gatti et évoquait sa mère « célibataire », mais après un léger malaise Bella s'était souvenue des paroles de Matteo.

Il avait raison : elle était fière de sa mère et rien ne pouvait l'atteindre.

Prenant quelques fleurs de son bouquet, elle les déposa à côté des autres et retourna à la voiture.

Quelques instants plus tard, celle-ci se gara à l'orée d'un sentier qui s'enfonçait dans la forêt.

La mousse était douce et fraîche sous ses pieds nus, des ampoules colorées éclairaient les sombres futaies, indiquant le chemin. Et soudain, le sentier déboucha sur une oasis resurgie des temps anciens.

Mais ce n'était pas un mirage.

Là aussi, les arbres et les colonnes en ruine étaient parsemés d'ampoules multicolores tandis que, sur les tables de pierre, un véritable festin avait été disposé, parmi quantité de fleurs et de bougies dont les flammes dansaient gaiement sous l'effet de la brise tiède.

Tous les habitants de Bordo Del Cielo étaient venus. Les thermes antiques revivaient.

Debout à côté de Luka, Matteo était plus beau et plus séduisant que jamais, portant un costume sombre, une chemise de soie blanche et une cravate de la même nuance que les yeux de Bella.

Elle n'avait personne pour la confier à son fiancé, mais cela n'avait aucune importance. Elle n'avait pas besoin de substitut.

Le cœur empli d'amour et d'allégresse, Bella s'avança vers le seul homme qu'elle ait jamais aimé et qui allait devenir son époux.

— Ma fée de la forêt, murmura Matteo quand elle s'arrêta devant lui. On dirait que tu sors tout droit de mes rêves.

Quand ils prononcèrent leurs vœux, il lui prit la main et en embrassa doucement la paume, puis lui glissa l'alliance au doigt.

Bella fit la même chose en souriant à son mari. Eux seuls connaissaient la signification de leur geste.

Les actes passés étaient pardonnés. À présent, ils regardaient l'avenir avec confiance, ensemble.

Plus tard dans la soirée, alors qu'ils dansaient au clair de lune, Bella dit en regardant Matteo dans les yeux :

— Je suis la femme la plus chanceuse de la terre.

— Et moi l'homme le plus chanceux et le plus heureux, Bella.

Quand le moment vint de quitter les invités, elle embrassa Sophie, son amie de toujours.

— Le moment est venu pour toi d'être heureuse, Bella, dit celle-ci.

— Pour toi aussi, répliqua Bella en hochant la tête.

Au Brezza Oceana, le personnel avait sans aucun doute été surpris que Matteo Santini ne réserve pas la suite présidentielle. Et déconcerté quand il avait demandé une bouteille de vin ordinaire. Ainsi que des cacahuètes.

Cette fois, ils entrèrent dans la chambre main dans la main et en riant.

Matteo ouvrit grand la porte-fenêtre, puis mit le CD sur lequel ils avaient dansé cette nuit-là. Leur première nuit d'amour.

— J'ai un cadeau pour toi, dit Bella en se dirigeant vers son sac resté sur la commode.

Elle tendit une enveloppe blanche à Matteo.

— La nuit où je suis allée te rejoindre dans ta suite, au Fiscella, j'avais oublié quelque chose.

Matteo regarda le résultat du test de grossesse un long moment en silence, puis leva les yeux vers Bella.

— Tu es surpris, j'imagine…

— Pas vraiment. Et surtout, je suis encore plus heureux, murmura-t-il, la gorge nouée par l'émotion. Je n'aurais jamais pensé fonder une famille…

Non seulement il avait épousé la femme de sa vie, la seule qui eût jamais compté pour lui, mais il apprenait qu'il allait être père…

Il baissa les yeux sur les pieds nus de sa femme.

— Je crois que tu as besoin d'un petit bain…

— Moi aussi !

— Je vais le faire couler pendant que tu ouvres *ton* cadeau, dit-il en s'avançant vers la salle de bains.

Bella contempla le fin paquet posé sur le lit, puis ôta le papier argenté avant de découvrir une grande enveloppe.

Après avoir lu les documents, elle resta assise sur le lit, émerveillée d'avoir autant de chance, d'être aussi heureuse, aussi amoureuse – et d'être aimée à ce point.

Lorsque Matteo l'appela, elle le rejoignit dans la salle de bains et le trouva déjà installé dans la baignoire.

— Tu as acheté le Brezza ?

— *Nous* l'avons acheté, corrigea-t-il. Rien que nous deux. Cette acquisition ne fait pas partie de la société que je partage avec Luka.

Avant de s'expliquer, il regarda la femme merveilleuse qui lui souriait. *Sa* femme.

— Avant toi, les moments les plus heureux de ma vie, je les ai passés ici, au Brezza, durant la détention provisoire de Malvolio. J'aime cet endroit et je le connais bien. Alors, avec une meilleure gestion, et une transformation radicale des aménagements et de la décoration, nous pourrions faire de cet hôtel un véritable bijou. Et puis…

Il sourit à Bella, appuyée au chambranle de la porte.

— J'ai repensé à ton passé, à la solitude que tu as vécue, même si tu avais ta mère et Sophie. Alors j'ai cherché un lieu où les gens pourraient veiller sur toi. Il n'y a plus de secrets à Bordo Del Cielo, maintenant, et tout le monde sait comment les choses se passaient réellement durant le règne tyrannique de Malvolio. Les gens d'ici prendront soin de toi, j'en suis certain.

Émue qu'il puisse se soucier autant d'elle, de son bien-être, Bella le regarda un instant sans parler, les yeux emplis de larmes.

— Notre bébé naîtra à Bordo Del Cielo, dit-elle enfin.

— Oui. Et il, ou elle, y grandira, répliqua Matteo. Même si nous nous déplaçons beaucoup à cause de mon travail et du tien, je me suis dit que ça serait agréable de nous installer ici.

La robe n'étant pas ajustée, Belle la fit passer facilement par-dessus sa tête et la suspendit à la patère de la porte. Puis elle ôta son soutien-gorge et sa petite culotte tandis que Matteo la regardait faire en souriant.

Pas de sandales à talons hauts, pas de bas ni de porte-jarretelles. Bella était nue, avec son sourire pour seule parure.

— Les futurs mariés vont apprécier ton travail, Bella.

— Il faut penser au moment où l'on enlève la robe, dit-elle avec un clin d'œil malicieux. Pas seulement à celui où on la passe…

Elle s'installa dans la baignoire et regarda son mari en silence. Les souvenirs les enveloppaient comme la vapeur du bain, les souvenirs sensuels et tendres de ces moments qui n'avaient été qu'un avant-goût du bonheur qui les attendait, sans qu'ils le sachent.

Après avoir enroulé ses jambes autour de la taille de Matteo, Bella s'accrocha à ses puissantes épaules en même temps qu'il lui refermait les mains sur les hanches. Puis, les yeux dans les yeux, ils firent l'amour en tant que mari et femme, pour la première fois.

Ce fut une étreinte d'une douceur inouïe, profonde, intense. Bella se revit étendue sur la pelouse à Rome, tandis qu'ils faisaient l'amour avec leurs yeux, sans se toucher.

— Je t'aime et je t'aimerai toujours, ma chérie, murmura Matteo en la pénétrant.

Bella posa la tête contre son épaule et sentit la jouissance se répandre en elle.

L'eau bougea à peine.

Matteo repoussa doucement la tête de Bella.

— Allons nous coucher, dit-il tendrement.

Comme autrefois, il sortit de l'eau et souleva Bella dans ses bras avant de l'emporter vers le lit.

Mais cette fois la porte-fenêtre resta ouverte, et seul le murmure de la mer accompagna leur étreinte.

Retrouvez prochainement,
dans votre collection

AZUR

Des adieux au prince, de Kim Lawrence - N°4378

Un coup de foudre, un mariage éclair… Tout se passe trop vite entre Béatrice et Dante Velasquez, prince héritier de San Macizo. Incapable de s'habituer à l'atmosphère guindée et vénéneuse du palais royal et de donner à Dante un héritier, Béatrice quitte le royaume, désespérée. Mais, lorsque quelques mois plus tard Dante réapparaît dans sa vie, elle décide de s'offrir, dans les bras de son époux, une dernière nuit d'adieux. Une étreinte passionnée aux tendres conséquences…

Délicieuse rédemption, de Jackie Ashenden- N°4379

Issu d'une famille de malfrats, Vincenzo de Santi consacre sa vie à racheter les crimes des siens. Rien ni personne n'échappe à sa quête de justice, ce qui lui vaut d'être l'ennemi numéro un des malfaiteurs. C'est donc avec stupeur qu'il voit débarquer chez lui Lucy Armstrong, un génie des chiffres devenue experte dans le blanchiment d'argent. Loin de le craindre, la jeune femme a l'audace de lui proposer un marché. S'il accepte de lui offrir la protection dont elle a besoin pour échapper à son clan, elle l'aidera à faire tomber son propre père – l'homme que Vincenzo considère comme son plus grand adversaire…

**Séduite par Emiliano Delgado,
de Michelle Smart - N°4380**

Beau, puissant, séducteur… le champion de polo Emiliano Delgado fait tourner la tête de Becky. Toutefois, parce qu'elle travaille pour le play-boy argentin, elle doit garder ses émotions sous contrôle. Mais la chair est faible et, à l'occasion d'un séjour dans la principauté de Monte Cleure, Becky finit par céder à la passion entre les bras de son patron. Un moment de folie qui se révèle bientôt porteur de conséquences. Enceinte d'Emiliano, Becky se voit en effet proposer… de l'épouser !

Une innocente au palais, de Dani Collins - N°4381

« C'est mon bébé ! » Ce cri du cœur, Hannah ne peut le retenir face au cheikh Akin Sarraf. Le prince, qu'elle rencontre pour la première fois, est en effet venu lui annoncer que l'enfant qu'elle porte est l'héritier secret de la famille royale de Baaqi ! Alors qu'Akin exige qu'elle le suive dans son pays pour l'épouser, Hannah chancelle. Car elle sait déjà qu'elle ne pourra s'opposer à cet homme puissant sans prendre le risque de perdre le petit être qu'elle aime déjà plus que tout…

Le secret d'un mariage grec,
de Lynne Graham - N°4382

Tansy ne se fait aucune illusion : son mariage avec Jude Alexandris sera de pure convenance, une union platonique. Comment pourrait-il en être autrement, alors qu'elle n'a jamais rencontré l'homme d'affaires grec ? Aussi est-elle la première surprise quand, sitôt qu'elle pose les yeux sur son promis, les émotions déferlent en elle. Plus fou encore, lorsque Jude déclare vouloir partager sa chambre avec elle, Tansy est gagnée par le désir… Or, à mesure qu'elle se prend à espérer s'engager dans un véritable mariage, son inquiétude grandit : bientôt, Jude découvrira ce tendre secret qu'elle lui a caché. Et alors, il sera furieux contre elle…

La tentation d'une assistante, de Nina Milne - N°4383

Terriblement sexy dans son costume taillé sur mesure, Ben Gardiner dégage une aura de puissance qui ne laisse pas Sarah indifférente. Or, elle n'a pas le droit d'éprouver une telle attirance pour son patron ! Ce poste d'assistante personnelle, qui l'a tirée de l'ornière, lui est bien trop précieux pour assurer une vie sereine à sa fille chérie. Pourtant, à l'occasion d'un voyage à Milan, happée par le monde glamour qu'elle découvre auprès de Ben, Sarah voit ses résolutions vaciller…

Un bébé à Bollywood, de Tara Pammi - N°4384

SÉRIE : *PASSION À BOLLYWOOD* - 2/2

Un vent de scandale souffle sur Bollywood, alors que les gros titres des journaux prêtent à l'actrice Zara Khan une liaison avec un homme marié ! Agacée d'être l'objet de ces odieuses rumeurs, Zara décide de prendre les choses en main… en s'affichant avec Virat Raawal. Le talentueux réalisateur, connu pour ses frasques sentimentales et son caractère indomptable, détournera l'attention des paparazzis sur leur couple sulfureux, elle en est sûre ! Hélas, malgré ses résolutions pour garder le contrôle de la situation, Zara se laisse prendre au jeu et succombe à la tentation dans les bras de Virat. Et, bientôt, elle se découvre enceinte…

Union royale à Idylla, de Caitlin Crews - N°4385

SÉRIE : *LA COURONNE DE LA PASSION* - 1/2

Roi d'Idylla, Orion s'est promis de faire tout ce qui était en son pouvoir pour restaurer la paix dans son pays. Or, aujourd'hui, le voilà contraint de prendre reine pour assurer sa descendance. Lady Calista Skyros, la femme qui lui est promise depuis toujours, ne correspond malheureusement pas à l'épouse idéale. Dotée d'un esprit rebelle, elle est auréolée de scandale. Pire, en raison du désir irrépressible qu'elle lui inspire, Calista pourrait bien lui faire perdre la raison, alors même qu'Orion s'efforce d'être auprès de son peuple un monarque irréprochable…

Les amants de l'oasis, d'Abby Green - N°4386

SÉRIE : *LA DYNASTIE MARCHETTI* - 3/3

La princesse Liyah est prête à tout pour épargner à sa sœur des noces arrangées – et même à prendre sa place devant l'autel ! Mais, au moment où Sharif Marchetti, son nouvel époux, lève son voile de mariée afin de la découvrir pour la toute première fois, tous deux tombent des nues… Loin d'être des inconnus l'un pour l'autre, Liyah et Sharif ont partagé la veille une nuit de passion, dans une oasis perdue en plein désert. Or Liyah le comprend aussitôt au regard furieux que lui jette Sharif : son tendre amant a laissé la place à un cheikh implacable…

Les vœux d'une épouse, de Lucy Monroe - N°4387

Voilà cinq ans que Polly est mariée au milliardaire Alexandros Kristalakis. Durant toute cette période, elle a redoublé d'efforts pour endosser son rôle d'épouse et se mouler dans la bonne société grecque à laquelle elle était totalement étrangère. Bridant ses élans naturels et adoptant une garde-robe de circonstance, elle est devenue aussi docile que présentable. Du moins en apparence. Dans la chambre à coucher, Polly s'autorise à être elle-même et à exprimer les émotions que son époux éveille en elle, malgré tout. Jusqu'au jour où, enceinte de leur deuxième enfant, elle pose un ultimatum à Alexandros. S'il veut sauver leur mariage, il devra renoncer à la femme trophée dans laquelle elle ne se reconnaît plus…

Fiançailles à haut risque, de Maisey Yates - N°4388

Victoria a commis une erreur, douze ans plus tôt, et, par sa faute, son père a été conduit à la ruine. Depuis, une oppressante culpabilité l'étreint… Cependant, elle a trouvé comment se racheter : elle va convaincre le milliardaire Dmitri Markin de se fiancer avec elle et ainsi reprendre possession de l'entreprise familiale. En échange de ce petit service, elle fera tout son possible pour améliorer son image de séducteur invétéré. Sur le papier, l'idée est brillante. Mais, sous le regard de feu de Dmitri, ancien champion de lutte et homme d'affaires impitoyable, Victoria comprend qu'elle vient peut-être de se jeter dans la gueule du loup…